DOCTEUR ET MÉCHAMMENT CANON

L'élite de Boston

Tess Summers

Seasons Press LLC

Date de publication : 2021
Date de traduction : 2022
Copyright © 2021, Tess Summers
ISBN: 978-0-9994319-6-2
Traduit de l'anglais par Sylvain Mark
Traduction révisée par Elle Debeauvais

Ceci est une œuvre de fiction. Les personnages, événements et dialogues qui y sont décrits proviennent de l'imagination de l'auteure et ne sauraient être inspirés de faits réels. Toute ressemblance avec des événements historiques ou des personnes existantes ou ayant existé est purement fortuite.

Ce livre est destiné à un public averti. Il contient des scènes de sexe explicites et un langage cru qui pourrait choquer certaines personnes.

Tous les personnages se livrant à une quelconque activité sexuelle sont âgés d'au moins dix-huit ans.

SYNOPSIS

Le Dr. Steven Ericson ne s'était jamais douté qu'une contravention allait changer sa vie du tout au tout ; mais c'est exactement ce qui se passe le jour où il se rend au centre-ville afin de payer une amende qu'il avait oubliée après être resté garé trop longtemps.

En tant que directeur du service des urgences au Boston General, il n'a pas de temps à consacrer aux histoires d'amour – ou du moins, il n'a jamais rencontré une femme qui lui donne envie de prendre ce temps.

Tout change lorsqu'il rencontre Whitney Hayes. L'avocate montée sur ressorts et ses beaux talons hauts l'encouragent à réfléchir à leur relation autrement que comme un banal coup d'un soir. Imaginez sa surprise quand il découvre qu'elle non plus ne s'intéresse pas à l'amour – pas pour les cinq prochaines années.

Mais ça, Steven n'en a rien à faire. Les plans de la jeune femme ont besoin de deux ou trois changements et il est plus que prêt à apporter papier et encre afin d'écrire le nouveau chapitre de leur histoire.

Table of Contents

Docteur et méchamment canon
L'élite de Boston

Prologue

Steven

Il jeta un œil à l'amende de stationnement posée sur sa pile de factures à payer et soupira. Il avait prévu de la contester mais le délai était d'ores et déjà dépassé. Il ne lui restait plus qu'un jour pour s'acquitter de sa dette, ce qui signifiait une petite virée au centre-ville afin d'être dans les temps. Heureusement pour lui, il ne travaillait pas le lendemain. Le bureau de Zach, son ami, se situait à deux pas du palais de justice et Steven pensait donc qu'il en profiterait pour déjeuner avec lui.

Après avoir regardé l'horloge accrochée au mur, il sut qu'il n'était pas trop tard pour envoyer un message à son ancien colocataire du temps de l'université.

Steven : Hé, je vais au centre-ville demain. Ça te dit de déjeuner ensemble ?

Les points de suspension indiquant que son ami était en train de répondre ne se firent pas attendre.

Zach : Ça dépend. T'es prêt à attendre un peu ? Je suis au tribunal toute la journée, donc j'ai pas d'horaire précis pour le déjeuner. Tout ce que je peux te dire c'est que c'est entre 11h30 et 12h30, d'habitude.

Steven : Pour toi ? Je peux attendre bien sûr. Je prendrai une table au Rousso à 11h30 et je boirai une ou deux bières en t'attendant.

Zach : Je vois que Monsieur n'est pas de service.

Steven : Je suis libre jusqu'à samedi. J'ai travaillé nuit et jour ces derniers temps et je dois être de garde tout le weekend, donc j'ai demandé quelques jours de repos pour me détendre.

Zach : Et venir au centre-ville pour déjeuner avec moi c'est ta définition de la détente ?

Steven : Pas vraiment. Mais vu que je dois m'y rendre de toute façon, je me suis dit que je paierai une partie de ma dette.

Zach : Tu oublies les intérêts composés, mon ami. Ta dette augmente de jour en jour.

Steven sourit. Il serait à jamais redevable de l'aide que lui avait apporté son ami. En effet, Zach l'avait aidé à mettre la main sur sa magnifique maison au Cap et ce dernier avait refusé tout paiement.

« Paie simplement l'addition quand on déjeune ensemble, » lui avait-il répondu après que Steven lui avait demandé combien il lui devait. En conséquence, à moins que Zach ait besoin des services de Steven pour une raison ou pour une autre – et en tant que directeur du service des urgences au Boston General, Steven préférait éviter – ce dernier lui serait redevable pendant un bon bout de temps.

Steven : Je me ferai une joie de payer, comme toujours. Je t'attendrai au Rousso.

CHAPITRE UN

Steven

Zach esquissa un grand sourire dans sa direction alors qu'il passait les portes du restaurant, à midi pile, en voyant son ami assis à une table surélevée dans la partie 'bar' de l'établissement.

« C'est ta deuxième ou ta troisième ? » dit-il en s'installant avant de prendre le verre froid et à moitié vide de Steve et d'en boire une gorgée.

« Ma première, ducon. T'as combien de temps pour déjeuner ? »

Zach jeta un œil à sa montre. « Je dois y retourner pour une heure. D'ailleurs, pourquoi t'es venu jusqu'au centre-ville ?

- Je dois payer une amende de stationnement.

- Donc, tu t'es ramené ici juste pour payer une contravention ? Pourquoi tu l'as pas fait en ligne, abruti ? » dit Zach en riant.

Steven se frotta le cou, incrédule. « Attends, tu te fous de moi là... j'aurais pu la payer en ligne ?

- Bien sûr, c'est même écrit dessus. » Zach sourit et but une gorgée du verre d'eau que Steven avait commandé pour lui.

« J'ai cru que je devais la payer en personne vu que j'étais en retard. Merde. Et moi qui avait voulu aller au Cap, mais j'ai vu l'amende sur mon bureau... » Il secoua la tête, l'air déconfit et grommela dans sa barbe.

Steven était un médecin renommé, mais l'attention qu'il portait aux détails en dehors des urgences se faisait rare ces temps-ci. Cela lui servirait de leçon.

« Ouais, mais tu viens quand même me voir et tu me payes un coup, donc c'est pas mal, non ?

- Hmm, entre passer du temps dans une maison pour laquelle j'ai dépensé une somme astronomique et où je ne vais jamais, et te payer un coup... difficile de choisir, franchement.

- En parlant de ça, t'as prévu de m'inviter à nouveau un jour ?

- Oui. J'y vais le weekend prochain pour finir le quai et réparer quelques trucs, mais j'ai prévu d'inviter des gens pour le quatre juillet. »

Zach but une autre gorgée de la bière de Steve avant de la reposer brusquement en regardant l'entrée du restaurant. « Merde » lança-t-il en poussant discrètement le verre devant Steven et en s'essuyant la bouche.

Le docteur jeta immédiatement un œil en direction de l'entrée pour découvrir ce qui causait à son ami une telle panique. Ce qu'il vit était tout sauf effrayant.

Zach murmura très doucement : « Garde la bien devant toi. L'avocate de la partie adverse vient d'arriver, et je veux pas qu'elle se fasse des idées.

- Des idées de quoi ? Que tu buvais ma bière ? C'est pas comme si c'était faux.

- Écoute, cette affaire, c'est du gâteau. Je pourrais même plaider en étant complètement saoul et je gagnerais. Mais je pense que le juge ne serait pas très content. »

Le regard de Steven se posa à nouveau sur l'entrée. La beauté aux cheveux châtains qui se tenait à la réception, bombant le torse et la tête haute, donnait vraiment l'impression d'être la patronne de l'établissement. Ses longs cheveux étaient bouclés et lui arrivaient aux épaules, et Steven remarqua que ses yeux semblaient avoir la couleur de la piscine qu'avaient ses parents à San Diego alors que la jeune femme inspectait les alentours. Et son corps... dieu qu'elle était sexy. Le tailleur qu'elle portait magnifiait ses courbes et ses talons noirs révélaient quelques doigts de pieds, mais l'attention de Steven se portait sur la petite bande autour de sa cheville – là où il désirait que sa langue fasse un tour avant de remonter plus haut et explorer le reste de son corps.

« Tu parles de la femme aux cheveux marron en tailleur gris qui attend à la réception ? »

Zach ne la regarda même pas. « Ouais, c'est elle. Whitney Hayes.

- Oh putain. C'est une bombe.

- Et super intelligente avec ça. C'est une bonne chose qu'elle me donne du fil à retordre, sinon je banderais à chaque fois qu'elle entre dans la salle d'audience. »

Steve reporta enfin son attention sur son ami en gloussant. « J'imagine que ça pourrait entraver le bon déroulement de ta plaidoirie.

- Un bel euphémisme. »

Peu après, l'hôtesse installa Whitney à la table située à côté de la leur.

Elle salua Zach avec un sourire poli et en hochant la tête. « Zachary.

- Whitney. »

Steven donna un léger coup de pied à son ami et lui fit les gros yeux, ce à quoi Zach dit : « Whitney, voici mon ami le docteur Steven Ericson ; Steve, je te présente Madame Whitney Hayes. »

Steve leva les yeux au ciel après ces présentations pompeuses tout en tendant la main et il sourit après avoir remarqué qu'elle avait fait de même.

Ses yeux s'illuminèrent lorsque sa main rencontra la peau douce de la jeune femme et cette poignée de main dura bien plus longtemps qu'elle n'aurait dû. Leurs regards ne se quittèrent pas une seule seconde. À contre cœur, il fut obligé de la lâcher alors qu'elle se retirait.

« Est-ce que vous attendez quelqu'un ? Voudriez-vous peut-être vous joindre à nous ? » lui demanda Steven en indiquant une des chaises vides à leur table.

La jeune femme jeta un œil en direction de Zach. « Je suis venue seule, mais je ne crois pas qu'il soit approprié pour deux parties adverses d'être vues en train de manger ensemble. Ma réputation est déjà en danger à chaque fois que je lui adresse la parole en dehors de la salle d'audience. Je ne voudrais pas qu'on pense que je sois tombée sous le charme du fougueux Zachary Rudolf. »

Zach se serra la poitrine. « Vos paroles me flattent et parviennent pourtant à me briser le cœur, Madame. »

Whitney pencha la tête et pinça les lèvres. *Ses lèvres rouges, parfaites et appétissantes.* Steven était conscient de regarder fixement la bouche de l'avocate. Si cette dernière l'avait remarqué, elle lui avait fait la grâce de ne pas l'avoir montré.

« Vous flatter n'était pas le but de la manœuvre » dit-elle sèchement, même si un léger sourire leur indiquait qu'elle le taquinait.

Elle ouvrit son menu et mit un terme à la conversation. Mais durant tout le repas, Steven ne put s'empêcher de lui jeter des regards discrets – il écoutait à peine son ami lui raconter ses aventures de plongée à Aruba. Whitney esquissa un sourire en coin, presque charmeur, quand elle remarqua son regard trop insistant.

Sans se démonter, il lui fit un clin d'œil et le sourire de la jeune femme se transforma en un rire alors qu'elle détournait le regard d'un air faussement timide tout en ramenant ses cheveux derrière l'oreille.

Des images décrivant les doigts du docteur dans ses cheveux alors qu'il faisait glisser de haut en bas la tête de l'avocate sur sa bite lui vinrent à l'esprit et une bosse se forma sous son pantalon. Heureusement pour lui, il avait une serviette de table sur les genoux.

Il vit le serveur lui tendre le livre noir qui renformait la note, sa carte de crédit dépassait légèrement, et un sentiment de panique l'envahit alors qu'il la regardait signer le reçu. Il avait besoin de plus de temps avec cette femme, même s'il ne pouvait que la regarder de loin.

Whitney se leva et passa sa sacoche par-dessus son épaule avant de se tourner vers eux. Le sourire qu'elle avait sur les lèvres indiquait à Steven qu'elle était sur le point d'émettre une remarque vexante et pleine d'esprit. « Nous nous reverrons à l'audience, Zachary. Je vous conseille de restreindre votre consommation d'alcool – vous aurez besoin de toutes vos cellules grises pour mon contre-interrogatoire. » Puis, elle se tourna vers Steven et son expression se fit plus tendre. Du moins, c'était son impression. « J'ai été ravie de faire votre connaissance, Steven.

- De même » murmura-t-il. Ses yeux étaient rivés sur le cul de la jeune femme alors qu'elle marchait nonchalamment jusqu'à la porte. Quand elle fut enfin sortie, il se tourna vers Zach. « Je crois que je vais venir regarder mon célèbre ami en action cet après-midi. Voir un peu de quoi il en retourne.

- Ne t'avise même pas de m'insulter avec tes conneries. *Venir regarder mon ami.* Mon cul, je sais très bien qui tu vas venir regarder. »

Steven ne s'embêta même pas à nier. « Elle est célibataire ?

- Autant que je sache, oui. »

Steven hocha la tête, perdu dans ses pensées alors que Zach l'examinait.

« Écoute, c'est pas plus mal ; au moins tes goûts s'améliorent. Celle-là a un cerveau en plus d'un corps de rêve.

- Ah, c'est donc ça que je faisais de travers ? »

Zach haussa les épaules. « Je dis pas que c'était une erreur. Ça a plutôt bien marché pour toi jusqu'ici. Mais si t'es un gars comme moi ; ces temps-ci j'ai voulu allier le fond à la forme, si tu vois ce que je veux dire.

- Et comment ça se passe pour toi ? »

Zach se leva et resserra sa cravate en souriant. « Je vais prévoir un truc avec *toi* pour le weekend du quatre juillet. Ça répond à ta question ? »

****

Whitney

Elle était en train de parler à George Tannen, son client, avant que le juge n'arrive pour l'audience de l'après-midi lorsqu'elle remarqua quelqu'un passer à travers la porte en bois à double battant – un homme d'un mètre quatre-vingts dont les cheveux blonds rappelaient la couleur du sable et dont les yeux bleus brillaient de malice. Il n'avait vraiment pas l'air d'un docteur dans son jean délavé, ses Converses et sa chemise noire. La tenue de Steven était décontractée, mais elle ne parvenait pas à dissimuler son corps d'athlète.

Des papillons envahirent soudain son estomac alors qu'elle essayait de se concentrer sur les plaintes de l'homme assis à ses côtés. Il n'était qu'un petit connard riche et arrogant qui ne voyait aucun problème à gaspiller son argent dans des procès très longs et, comme toujours, Whitney avait tiré la courte paille quand il est arrivé à son cabinet – le bougre voulait poursuivre à nouveau quelqu'un pour un affront présumé.

C'était toujours à elle qu'on donnait les affaires de merde et cela se voyait dans son parcours. Quand elle était encore jeune et naïve, elle avait pensé que ses patrons avaient placé beaucoup d'espoirs en elle et en ses capacités et que, par conséquent, ils lui donneraient des affaires complexes. Ils avaient, après tout, financé ses études à l'aide d'une bourse. Mais il ne fallut pas longtemps à la jeune avocate pour se rendre compte que l'on ne lui donnait que les affaires les plus pourries afin que le cabinet puisse s'occuper de procès futiles et demander des prix exorbitants aux clients tout en laissant les autres avocats, très souvent des hommes, se charger des *vraies* affaires.

« Fais simplement de ton mieux avec ce que tu as. S'il sait que tu as travaillé dur pour le représenter, il ne se plaindra pas » lui avait dit Arthur Crane lorsqu'elle avait émis des doutes quant à cette affaire.

Et c'est précisément ce qu'elle allait faire. Crawford, Holden & Crane la payait grassement et, par conséquent, Whitney continuerait à faire de son mieux avec ce qu'on lui donnerait jusqu'à ce qu'elle puisse ouvrir son propre cabinet. Ce qui signifiait tout donner avec le témoin de l'accusé cet après-midi – du moins, si un certain docteur ne lui faisait pas trop d'effet.

Elle se demandait si Zach avait remarqué l'attirance qu'elle éprouvait pour son ami et s'il avait fait en sorte que Steven vienne à l'audience pour ruiner sa plaidoirie.

Peu probable. Elle s'était efforcée de paraître impassible aux regards qu'il lui jetait, mais elle avait ressenti une véritable décharge au moment où leurs yeux s'étaient rencontrés. Cela ne lui était jamais arrivé auparavant. Elle avait déjà lu ce genre de choses dans des magazines ou des romans à l'eau de rose, mais jusqu'à ce jour, elle n'y avait jamais cru. Et à en juger par les nombreux regards qu'il lui avait jetés durant le déjeuner, elle se doutait qu'il avait, lui aussi, ressenti ce coup de foudre.

Mais sa petite analyse se termina rapidement lorsque l'huissier déclara : « Veuillez-vous lever pour le Juge Johnson. »

CHAPITRE DEUX

Steven

Assister au contre-interrogatoire de Whitney sur le client de Zach lui avait donné l'impression de regarder un porno. Sa bite avait été raide et tendue durant tout l'après-midi tandis que l'avocate se donnait à fond, démontrant une confiance totale en ses capacités – Steven n'avait jamais été si excité avant même qu'on ne le touche.

Elle se démenait et semblait avoir un contrôle total sur la situation, et l'esprit du jeune docteur ne pouvait s'empêcher de réfléchir à ce qu'il ressentirait quand elle se soumettrait à lui, nue et sa peau contre la sienne.

Steve savait qu'il ne la dominerait pas si facilement, mais à en juger par la façon dont elle avait détourné le regard avant de ramener ses cheveux derrière l'oreille après leur petit jeu au restaurant, il avait certainement une chance.

Ils étaient maintenant tous réunis au bar situé en face du palais de justice. Les arguments de clôture avaient été présentés et les délibérations des jurés commenceraient le lendemain.

Les deux avocats avaient retiré leurs robes et Zach, maintenant sans cravate, leva son verre rempli d'un liquide ambré afin de porter un toast.

« À une adversaire digne de ce nom. Vous avez fait du très bon boulot en dépit de cette affaire pourrie. »

Tous trinquèrent et burent une gorgée avant que la jeune avocate, sur la défensive, dise : « Ce n'est pas une affaire pourrie. »

Steven secoua la tête alors qu'il buvait. « Arrêtez voir, elle est pourrie cette affaire.

- Vous soutenez votre ami, c'est tout.

- En temps normal, je serais d'accord avec vous. Mais après avoir assisté à l'audience cet après-midi... force est de constater que, même si mon ami n'était pas à la défense, votre client et ses accusations ne tiennent pas debout. »

Whitney posa bruyamment son verre sur la table et se tourna vers le docteur, une main sur la hanche. « On parie ? »

Elle en était à son deuxième verre et leurs plats n'étaient pas encore arrivés, Steven savait qu'elle était éméchée. Cela n'aurait pas été très galant de sa part de profiter de son état. Néanmoins, il répondit : « Absolument. Énoncez vos conditions. »

Qu'aurait pu-t-il dire d'autre ? Elle lui donnait tout sauf l'envie d'être galant avec elle.

« *Quand* mon client gagnera, vous devrez donner cent dollars à l'Animal Rescue Foundation de Boston et vous devrez faire en sorte que l'hôpital réserve une table pour le gala de la fondation à la fin du mois prochain. »

Steven sentit un sourire se dessiner sur son visage. Même légèrement saoule, l'avocate ne perdait pas le nord et défendait toujours ses intérêts.

« L'Animal Rescue Foundation ? L'ARF, vraiment ? C'est ça que vous voulez si vous gagnez ? »

La jeune femme haussa les épaules. « C'est une cause qui me tient à cœur. »

Steven rétorqua ceci : « J'accepte, mais quand votre client *perdra*, je donnerai mille dollars à l'ARF, réserverai personnellement une table pour le gala *et* je ferai en sorte que l'hôpital en fasse de même. Et enfin, *vous* devrez passer un weekend avec moi dans ma maison au Cap le weekend prochain. »

Whitney plissa les yeux. « Un weekend, juste vous et moi ? Vous n'avez pas froid aux yeux. On ne se connait même pas. »

Elle n'avait pas directement refusé sa proposition, et Steven réfléchit donc à une meilleure offre – une offre qu'elle accepterait plus facilement. Il ne voulait pas qu'elle lui file entre les doigts à cause d'un détail qu'il aurait pu aisément changer.

« D'accord, dinons ensemble demain soir, dans ce cas. Pour qu'on puisse faire plus ample connaissance. »

Whitney se pencha en arrière, un bras autour de la taille, et se mordit le bout du pouce – elle devait régulièrement faire des manucures, c'était évident – alors qu'elle regardait fixement le docteur, réfléchissant à son pari. Pour la première fois de la journée, elle n'avait pas l'air sûre d'elle. Steven voulait la prendre dans ses bras et la tenir fermement contre lui.

Enfin, elle se redressa et tendit la main. « Ça marche. »

Il sourit jusqu'aux oreilles et prit sa main soyeuse dans la sienne. Mais, au lieu de la serrer, il l'amena à ses lèvres et embrassa ses articulations tout en se perdant dans le bleu de ses yeux.

Et au moment où la peau de l'avocate rencontra la sienne, il sentit à nouveau une décharge le traverser. Elle avait dû la ressentir, elle aussi, car ses pupilles se dilatèrent et sa respiration devint saccadée avant qu'elle ne glisse hors de son siège. « Je... C'est... » Elle en perdait son latin – ce qui ne lui ressemblait pas du tout. « Veuillez m'excuser » dit-elle enfin tout en se dirigeant vers les toilettes.

Zach regarda son ami en souriant. « Elle t'aime bien. »

Steven pensait au contraire qu'elle était effrayée. « C'est ce que j'avais cru aussi. Mais je crois qu'elle a peut-être changé d'avis. »

Zach secoua la tête. « Elle a accepté le pari – et elle-même sait que son affaire c'est de la merde. »

Steven sauta de son siège. « Je reviens. » Il devait trouver Whitney avant qu'elle ne trouve une explication pour faire marche arrière.

****

Whitney

Elle regardait fixement son visage dans le miroir alors qu'elle se lavait les mains dans le lavabo des toilettes. La pauvre était rouge écarlate. *Qu'est-ce que je suis en train de faire ?*

Le Dr. Steven Ericson était beaucoup trop bien pour elle. En effet, elle avait recherché son nom sur Google après le déjeuner, sur le chemin du palais de justice. C'était un homme beau, riche, talentueux et il avait été élevé dans une famille accomplie et – d'après tout ce qu'elle avait pu lire – aimante. Un homme dont rêvent toutes les femmes, sauf elle. Elle préférait rester à son niveau et se concentrer sur sa carrière.

Ensuite, il était arrivé dans la salle d'audience et, à chaque fois qu'elle avait eu le malheur de regarder dans sa direction, elle l'avait trouvé là, les yeux rivés sur elle. Le docteur regardait attentivement le moindre de ses gestes – comme si elle était la femme la plus fascinante au monde.

C'était probablement la raison pour laquelle elle avait accepté son invitation à diner avec lui et Zach après l'audience. Et désormais, elle lisait dans son regard une attirance presque bestiale et cela lui faisait perdre tous ses moyens. À tel point qu'elle avait non seulement accepté de parier quant au résultat du procès de son client – chose peu éthique selon elle – mais c'est elle qui l'avait proposé.

Ce comportement n'était pas du tout le sien. Whitney ne faisait jamais ce genre de choses. Elle suivait les règles – elle était sérieuse. Et pourtant, il lui avait suffi de quelques papillons apportés par un beau docteur pour faire n'importe quoi.

La jeune avocate ne faisait jamais n'importe quoi – elle avait depuis longtemps retenu la leçon. Elle ne venait pas d'une famille riche et aimante sur laquelle elle pouvait se reposer en cas de problèmes. Whitney ne pouvait compter que sur elle-même – et sur ses projets de vie. Quelques verres et un docteur aux cheveux blonds ne suffiraient pas à tout gâcher - elle ne le permettrait pas.

Elle prit une grande inspiration, ferma les yeux et imagina une armure envelopper son corps – à la manière d'un soldat dans un film de science-fiction. Elle était invincible.

Je vais retourner là-bas, m'excuser pour mon manque de discernement, prendre mon plat à emporter et appeler un taxi. Et je ne reverrai plus jamais Steven Ericson.

Cette dernière pensée la rendit triste, même sous son armure.

Allez, Whit. Concentre-toi. T'as un projet... Tu t'en souviens ?

Après une autre inspiration et un hochement de tête rassurant à son reflet dans le miroir, elle ouvrit la porte des toilettes d'un coup sec et déterminé.

Avant de foncer tête baissée dans l'immense torse du Dr. Ericson.

CHAPITRE TROIS

Whitney

Elle sentit son armure se désagréger alors que les bras du docteur enveloppaient sa taille pour la maintenir debout.

Comment se sentirait-elle si elle pouvait simplement se pencher contre lui et le laisser la prendre dans ses bras ? Le laisser la protéger ?

Sois pas idiote. Ce genre de conneries n'arrive que dans les contes de fées.

« Vous allez bien ? » murmura sa voix grave, très proche de son oreille. Whitney pouvait sentir l'odeur de son savon et de son après-rasage. Une fragrance propre et boisée.

Les ennuis arrivent, murmura sa voix intérieure. Néanmoins, elle prit son temps avant de se défaire de son emprise. Cela ne lui ferait pas de mal de savourer la situation pendant quelques secondes...

« Oui, je vais bien, dit-elle d'une voix qui sonnait rauque – même à ses propres oreilles.

- Je n'en doute pas une seconde » la taquina-t-il en gloussant.

La colonne vertébrale de la jeune femme s'en trouva raidie et elle fit un pas en arrière.

« À propos de ce pari... » Elle fixait les boutons de sa chemise – elle n'osait pas jeter un œil à son magnifique visage. « C'était très inapproprié... et, franchement, contraire à l'éthique. Je ne sais pas ce qui m'a pris de suggérer tout ça ou encore d'accepter une telle chose. »

Steven souleva son menton d'une phalange, la forçant ainsi à le regarder dans les yeux.

« Ce n'était qu'un pari sans importance entre amis. Vous et Zach aviez déjà émis vos arguments de clôture – vous ne pouviez plus influer sur le résultat du procès quand nous avons fait le pari. Il n'y avait rien là-dedans qui soit contraire à l'éthique. »

L'avocate cligna des yeux. « Nous sommes amis ? »

Le docteur esquissa un sourire en coin et il passa le pouce sur sa lèvre inférieure alors qu'il ne quittait pas des yeux le rouge à lèvres fraichement réappliqué de Whitney. Il posa son autre main sur le mur à côté d'elle – la coinçant à moitié entre son corps et le ciment avant de se pencher et de dire très doucement : « Eh bien, pour être honnête, j'aimerais être plus qu'un ami.

- Je pense que c'est une mauvaise idée » murmura-t-elle en jetant un œil vers lui avant de détourner rapidement le regard et de fermer la bouche – de toute ses forces, elle voulait taire son envie qu'il l'embrasse.

À la façon dont son corps réagissait à sa présence, si proche d'elle – Whitney était persuadée que Steve saurait exactement comment s'y prendre avec elle et que le résultat serait parfait. Cela lui donnait encore plus envie de se soumettre au docteur.

Et c'était risqué. Avoir le contrôle signifiait être en sécurité et laisser quelqu'un d'autre contrôler les choses signifiait perdre du pouvoir. Et cela n'était pas près d'arriver.

Mais ce démon de docteur se rapprocha, sa bouche à quelques centimètres de la sienne quand il répondit : « Ou une très, très bonne idée » avant d'emprisonner ses lèvres dans les siennes.

Et la pauvre Whitney se délecta de ce baiser au lieu d'y mettre un terme. Mais ses lèvres étaient... si douces et parfaites contre les siennes.

Steven prit une grande inspiration quand elle agrippa sa chemise et brisa lentement leur étreinte – il garda néanmoins son front appuyé contre le sien tout en passant le dos de ses doigts sur sa clavicule.

« Tu ne peux plus refuser le pari maintenant, ma douce. On ne s'est pas simplement serré la main, on l'a scellé avec un baiser. »

Dans son cerveau, qui tournait une fois de plus au ralenti, tout ceci semblait parfaitement logique et elle se vit murmurer son accord.

Et pour ce qui était de se protéger ; Steven Ericson avait apparemment trouvé une faille dans son armure. Pour la première fois de sa vie – ou presque – Whitney Hayes, la femme qui se préparait toujours à toutes les éventualités, se dit qu'elle réfléchirait plus tard aux conséquences de ses actes.

****

Steven

Les joues de la jeune femme étaient rouges lorsqu'ils retournèrent à leur table, accueillis par Zach et son sourire en coin. « Je vois que Steve vous a trouvée saine et sauve.

- Qu'est-ce vous voulez dire ? » dit-elle en prenant son téléphone et en pianotant dessus rapidement avant de regarder l'avocat en le mettant de côté. « Je suis simplement allée aux toilettes. »

Le sourire de Zach n'avait pas disparu, il s'étendait maintenant d'une oreille à l'autre. « Ah. Intéressant. J'aurais juré que Steve n'avait pas de rouge à lèvres avant de partir – en même temps que vous d'ailleurs – et pourtant... » Il tapota sur le coin de sa bouche tout en regardant son ami, indiquant où se trouvait la tâche.

« Il en a et le vôtre semble avoir disparu. »

Steven s'essuya la bouche avec une serviette là où Zach le lui avait indiqué et découvrit une jolie nuance de prune sur le coton blanc. Il n'en avait rien à foutre – pour lui, c'était une médaille.

Whitney en fit de même – seulement de manière plus timide – mais elle répondit d'une voix brave : « Hmm, je me demande comment c'est arrivé. » Elle sortit un tube de rouge à lèvres de son sac à main et se remaquilla en utilisant son téléphone à la façon d'un miroir comme si elle n'en avait rien à faire.

Steven secoua légèrement la tête et se pencha pour lui chuchoter à l'oreille : « Tu vas devoir en remettre dans pas longtemps, tu sais. »

L'avocate leva les yeux au ciel mais un léger sourire s'échappa de ses lèvres tandis qu'elle rangeait son matériel à l'intérieur du sac, avant de le fermer avec autorité. *Ouais, elle aime bien cette idée.* Steve l'aimait bien lui aussi – beaucoup même.

Se redressant, Whitney changea de sujet. En pointant les deux hommes du doigt, elle demanda : « Comment vous êtes-vous rencontrés, tous les deux ? »

Zach répondit en premier. « Tout a commencé durant notre première année à Stanford. » Il agrippa l'épaule de Steve. « Cet enfoiré a eu la chance d'être mon colocataire et c'est ainsi qu'a démarré notre petite histoire d'amour virile. On a vécu ensemble pendant quatre ans.

- Huit s'il était resté en Californie pour ses études de droit, interrompit Steven, mais Monsieur avait décidé de revenir sur la côte Est. »

Zach regarda Steve d'un air faussement envieux. « Et pourtant nous voilà, réunis de nouveau à Boston.

- Et vivant chacun de notre côté, dieu merci.

- Hé ! Je t'ai invité chez moi et t'as pu constater que je suis bien plus ordonné que dans ma jeunesse.

- C'est vrai, concéda Steven. Mais je pense que c'est davantage dû à ta femme de ménage qu'à tes nouvelles habitudes. »

Zach sourit. « Je la paie bien, en effet. » Il se tourna ensuite vers Whitney. « Et vous ? Vous êtes allée où pour vos études de droit ? »

La jeune femme détourna le regard, comme si elle était gênée. « À Harvard. »

Les deux hommes sourirent de toutes leurs dents.

« Qu-Quoi ? Vous êtes allée à Harvard ? » demanda Zach alors qu'il se redressait sur son siège – l'admiration dans sa voix était palpable. Il avait lui-même tenté sa chance pour Harvard et s'était vu refuser l'entrée. « Qu'est-ce que vous foutez chez Crawford, Holden & Crane à gâcher votre talent dans des affaires comme celle-là ?

- Euh... »

Zach ne la laissa pas finir. « Je peux vous avoir une place chez McNamara, Wallace & Stone demain à la première heure. Rejoignez donc le côté obscur.

- Le côté obscur semble bien vous réussir, répondit-elle en riant.

- Je n'ai pas à me plaindre. Mais plus sérieusement, Whitney. Vous êtes bourrée de talent, ça crève les yeux ; mais certaines de vos affaires... » Il fit la grimace. « Elles entachent votre réputation. Peu importe votre salaire actuel, McNamara vous donnera le double – si ce n'est plus. Une diplômée de Harvard telle que vous ? Il en aura l'eau à la bouche.

- Merci, répondit-elle avec un sourire presque méprisant. Je garderai ça en tête. C'est toujours bon d'avoir des opportunités. »

Steve ne comprenait pas très bien la réaction de la jeune femme. L'affaire qu'elle avait traitée aujourd'hui n'avait pas l'air d'une importance capitale. Si ce n'était pas pour des affaires palpitantes, pourquoi ne serait-elle pas intéressée à l'idée de doubler, voire tripler, son salaire ?

Il doutait que ce soit à cause de Zach. Si elle ne l'appréciait pas, elle n'aurait pas accepté de venir boire un verre avec eux après l'audience.

L'avocate glissa ensuite hors de son siège, un sourire espiègle sur les lèvres. « Et si on jouait aux fléchettes ? Le perdant paie la prochaine tournée ? »

Steve comprit rapidement qu'elle était très douée pour changer de sujet.

« C'est parti, répondit-il en se levant.

- Allons-y, ajouta Zach. Il y a une sacrée belle femme à côté de la cible et j'avais une folle envie de lui parler. Merci, Whit, je crois que je vais bientôt pouvoir remplacer le docteur qui me sert d'ami.

- Contente de pouvoir rendre service, Zach. On pourrait peut-être se tutoyer maintenant ? »

****

Whitney

Oh mon dieu, ils sont marrants ces deux-là.

Ils étaient parfaitement complémentaires et ils n'avaient cessé de la faire rire durant toute la soirée alors qu'ils se taquinaient sans ménagement pendant leurs parties de fléchettes, de palets puis enfin de billard. Mais pour Whitney, tout cela restait bon enfant.

Steve ne se gênait pas et mettait la main autour de sa taille ou au creux de ses reins chaque fois qu'il en avait l'occasion avant de murmurer des choses plus ou moins salaces à son oreille – ou à haute voix s'il voulait la faire rougir.

« T'as vraiment un beau cul quand tu te penches de cette façon » lança-t-il alors qu'elle se préparait à frapper la boule blanche afin de faire rentrer la boule numéro huit et ainsi gagner la partie.

La jeune femme frappa la boule dans un geste respirant l'autorité avant de se retourner et de lui adresser un sourire triomphant. « Je sais. Et ton cul sera magnifique devant le bar, là où tu payeras la tournée de la gagnante.

- Waouh ! s'exclama Zach tout en se mordillant le poing en riant, tu veux qu'on appelle les *urgences* après ce qu'elle t'a mis ? »

Steven ignora son ami et fit la révérence, penchant son buste tout entier. « Que puis-je t'apporter, ô sacro-sainte déesse du billard ? »

Elle leva son verre. « Un autre, s'il te plaît. Par contre, c'est le dernier. Je dois bientôt rentrer. »

Le docteur regarda le verre à moitié plein de Zach. « Et toi ?

- Ça va aller. Je dois bientôt rentrer aussi. » Il fit un clin d'œil à Whitney. « Il ne faudrait pas que j'aie la gueule de bois pour le verdict de demain. »

Alors que Steven se dirigeait vers le bar, Zach se tourna vers la jeune femme, un sourire sincère sur les lèvres. « Je suis content que tu sois venue ce soir. Steven et toi semblez être faits l'un pour l'autre. Promets-moi que tu ne lui briseras pas le cœur.

- Ah, on ne l'est pas tant que ça… »

Zach leva la main. « Épargne-moi ça, *Déesse*. Ça se voit comme le nez au milieu de la figure.

- Arrête. On vient à peine de se rencontrer. »

Il secoua la tête en souriant, connaissant très bien la situation. « Ça n'a pas d'importance. Il t'aime bien, tu l'aimes bien… »

Whitney l'interrompit. « Comment tu sais ce qu'il ressent pour moi ?

- Je connais ce mec depuis vingt ans et je ne l'ai jamais – au grand jamais – vu regarder une femme de la manière dont il t'a regardée ce soir. »

Elle ne parvint pas à réprimer un sourire après cette révélation.

« Est-il aussi sincère qu'il le paraît ? » Elle ne pouvait tout de même pas prendre les dires de son meilleur ami pour argent comptant.

« Tu rencontreras jamais un homme comme lui, Whitney. C'est à lui que je veux ressembler quand je serai grand.

- Parce que tu vas grandir ? Et quand est-ce que ça va arriver, mon petit ? » dit Steven en riant alors qu'une de ses mains serrait l'épaule de son ami et que l'autre posait le verre de Whitney sur la table.

La jeune femme se demandait si Steve avait entendu toute la conversation mais, d'après sa réaction, il semblait n'avoir entendu que la dernière partie.

« Un jour peut-être, je grandirai. »

Le docteur secoua la tête. « Sauf si tu vois un objet brillant ou une jolie femme, bien sûr. »

Zach haussa les épaules, incorrigible. « Exactement.

- Au moins, t'es un bon avocat » déclara Whitney pour le soutenir. Après son sixième verre, ça lui avait paru comme étant une bonne phrase à dire.

L'avocat se tourna lentement vers elle, une expression incrédule sur le visage. « Tu penses que je suis un bon avocat ?

- Oh, tais-toi voir, Zach » répondit-elle en buvant, embarrassée de ce qu'elle avait dit. « Tu sais très bien que tu l'es.

- Eh bien, ouais. Mais c'est toujours bon à entendre – surtout de la part de la partie adverse. Pour information, je pense aussi que t'es une bonne avocate. J'aime bien être opposé à toi ; tu fais en sorte que mon argent ne soit pas trop facile à récupérer.

- L'argent de ton client » corrigea-t-elle.

Zach finit la bière qui se trouvait dans son verre et le posa sur la table. « En parlant de ça... je dois rentrer. » Il se tourna vers Steven. « Assure-toi qu'elle rentre sans problème.

- C'est prévu. »

Zach sourit à Whitney. « À demain. » Puis il dit à Steven : « Merci pour ce soir, je le marquerai sur ta note. »

Whitney se demandait de quoi il s'agissait et était sur le point de demander quand elle sentit une main ferme se poser sur sa taille et une voix grave dire : « On devrait probablement y aller aussi. »

****

Steven

Une partie du docteur voulait l'inciter à passer la nuit chez lui mais il savait qu'il y avait de grandes chances pour qu'il atterrisse ainsi dans la catégorie des *coups d'un soir qu'on regrette*. Et Steven ne serait ni un regret ni un coup d'un soir – il ferait tout pour éviter cela.

Dans un effort quasi surhumain, il laissa Whitney devant sa porte après l'avoir embrassée comme un fou pendant cinq minutes, avant de se retirer et de lui souhaiter une bonne nuit.

Ce à quoi la jeune femme murmura : « Est-ce que tu veux entrer ? » Steven se retint de grogner d'excitation.

« J'adorerais. Mais si je le faisais, je peux te promettre que tu ne dormirais pas de la nuit – et je sais que tu dois te lever tôt. On peut attendre et diner ensemble demain, ma douce, pour faire plus ample connaissance. Tu ne regretteras pas d'avoir attendu, crois-moi. »

Un léger ronronnement se dégagea des lèvres de Whitney et elle embrassa la mâchoire du docteur.

« Et si mon client gagne ? »

Steven enveloppa une mèche de ses cheveux autour d'un de ses doigts. Il n'avait plus rien à faire du pari, pour tout dire.

« Tu n'as pas besoin de perdre le pari pour diner avec moi, tu sais. Et puisque mes conditions sont meilleures que les tiennes, peut-être que tu pourrais abandonner dès maintenant.

- Jamais. »

Un sourire en coin se dessina sur le visage de Steven. Il n'était pas du tout surpris par la réponse de la petite tigresse.

Il libéra son doigt de l'emprise de ses cheveux et laissa une boucle parfaite sur son épaule avant de se pencher afin de murmurer : « Ma douce, je te promets qu'un jour tu t'abandonneras à moi – et que tu vas adorer. »

Whitney

C'était précisément ce qu'elle craignait.

CHAPITRE QUATRE

Whitney

Le léger mal de tête qui accompagna son réveil constitua un rappel quelque peu déplaisant de son activité extraprofessionnelle de la veille. Mais la jeune avocate ne put s'empêcher de sourire lorsqu'elle se toucha les lèvres alors que les événements d'hier soir lui revenait à l'esprit.

Steven Ericson était un Problème avec un grand P. Et elle l'avait invité chez elle hier soir. Son armure avait définitivement disparu.

Et pourtant, il avait refusé en expliquant qu'il voulait qu'elle soit en forme pour le lendemain. Whitney avait été déçue et la grimace sur son visage l'avait parfaitement montré. Mais ensuite, ses mains étaient descendues le long de ses hanches et il lui avait fait un clin d'œil avant de lui dire qu'elle ne regretterait pas d'attendre.

Qui était ce type, au juste ? Elle lui avait proposé un amusement sans lendemain et il avait *refusé*. Il était clair qu'ils n'étaient pas du tout sur la même longueur d'onde.

Comme par hasard, son téléphone sonna – elle avait reçu un message. Whitney jeta un œil au nom apparaissant sur l'écran. Amusée, elle ne se souvenait pas lui avoir donné son numéro. Et elle était certaine de ne pas l'avoir ajouté à ses contacts – et pourtant il était là, sous ses yeux. Elle ne put s'empêcher de rire aux éclats quand elle le lut.

Steve Ericson, le mec idéal : Bois beaucoup d'eau en plus de ton café du matin. Je passerai te prendre vers six heures.

Était-ce de l'arrogance ou de l'assurance quand il se surnommait le mec idéal, ou bien était-ce parce qu'il semblait évident qu'elle dinerait avec lui ? Elle dut néanmoins admettre que dans cette affaire, George son client avait très peu de chances de gagner. S'il trouvait réellement gain de cause, ça serait uniquement grâce à ses talents d'avocate.

Et elle *était* une bonne avocate – ce n'était pas comme si personne ne l'avait remarqué. Il y avait donc toujours une chance.

En ce qui concernait cette affaire de petit-ami... non. Aucune chance que cela n'arrive.

Le téléphone de la jeune femme sonna une fois de plus.

Steve Ericson, le mec idéal : Ah, aussi. On va sonner à ta porte ce matin, sois gentille et ouvre. PS : le livreur a déjà reçu un pourboire.

Qu'avait-il fait ? Whitney ne se considérait pas comme une amatrice de fleurs en temps normal – mais c'était peut-être parce que personne ne lui en avait envoyées auparavant.

Elle ne savait guère quoi répondre et elle devait aller aux toilettes, elle posa donc le téléphone sur la table de nuit.

Le bruit que faisait la queue de son chien – un croisement labrador/beagle – en frappant le parquet alors qu'il la regardait s'assoir sur le lit la fit sourire. Elle adorait ce chien. Elle serait à jamais reconnaissante envers l'Animal

Rescue Foundation de l'avoir secouru et gardé jusqu'à ce qu'elle l'adopte.

« Bonjour Ralph. Je vais te laisser sortir dans une minute » dit-elle en lui caressant la tête sur le chemin de la salle de bain. Elle savait qu'il attendrait qu'elle lui ouvre la porte menant au petit jardin grillagé de la jeune femme – c'était leur petite routine matinale. Ils allaient même faire un jogging ensemble quelques fois, mais pas aujourd'hui.

« Je me ferai pardonner ce weekend, mon petit. On ira se promener deux fois par jour, tous les jours. Je te le promets. Et tu vas peut-être rentrer avec Claire après ta balade aujourd'hui » lui dit-elle alors qu'elle ouvrait la porte à moustiquaire pour le laisser revenir.

La promeneuse, Claire, venait parfois en aide à Whitney quand elle devait travailler tard ou, à de rares occasions, quand elle avait un rendez-vous galant ou autres. Ce n'était pas donné, mais la jeune avocate s'en fichait. Elle aurait tout donné pour son chien.

Alors que la porte se refermait, il lui vint à l'esprit que Steven pourrait ne pas aimer les chiens et que, par conséquent, tout pourrait s'arranger. Steven – et les problèmes qu'il amenait avec lui – s'en irait pour de bon.

Cette pensée la fit s'arrêter net avant qu'elle n'apporte son bol de croquettes à Ralph. Était-ce là la vie qu'elle voulait mener ? Une vie plate sans imprévu, sans aucune étincelle ?

Non. Elle avait un projet en tête et elle s'y tiendrait, c'est tout.

Planifier les choses à l'avance lui donnait le contrôle de sa vie et la rendait indépendante. Elle aimait être prête face à l'imprévu.

Je n'étais pas très préoccupée par mes projets de vie la nuit dernière quand je l'ai invité à entrer. Elle secoua la tête face aux reproches de sa voix intérieure. Il n'y avait rien eu de mal à vouloir coucher avec Steven – Whitney était une jeune femme moderne, célibataire et avait le droit de se faire plaisir. Une nuit sans lendemain n'aurait aucune incidence sur ses projets à long-terme.

Les sourcils toujours froncés, elle posa le bol de croquettes par terre pour faire taire Ralph, impatient de manger.

Et un petit-ami... Il s'agissait là d'un lot de problèmes qu'elle devait éviter.

On sonna à la porte et elle l'ouvrit en souriant, s'attendant à voir un livreur apporter un magnifique arrangement floral à l'instar de celui que son assistante avait reçu par le passé. Mais au lieu de fleurs, l'homme sur le pas de la porte tenait un gros sac en papier kraft d'une main et un gobelet rempli de café dans l'autre.

« Whitney Hayes ?

- C'est moi. »

L'homme lui tendit le gobelet resplendissant avec un couvercle noir ainsi que le sac avant de sortir un bout de papier de sa poche et de le lire.

« Steve veut s'assurer que vous preniez le petit-déjeuner. C'est le repas le plus important de la journée. Il veut aussi vous rappeler de boire beaucoup d'eau. Aussi, il passera vous prendre à six heures et vous pourrez vous habiller de manière décontractée. »

Après ce petit discours, le livreur tourna les talons et courut jusqu'à sa voiturette blanche tandis que Whitney se tenait dans l'embrasure de la porte, abasourdie, et le regardait partir.

En jetant un œil à sa porte, elle se rappela la façon dont son dos avait été pressé contre celle-ci alors que Steven l'embrassait. Elle se rappela également qu'elle avait voulu plus que ça.

L'odeur de la nourriture émanant du sac la ramena à la réalité. Elle secoua la tête, souriante, tout en fermant la porte. À quel point doit-on être attentionné pour faire livrer le petit-déjeuner à quelqu'un ? C'était bien un truc digne du mec idéal – elle dut l'admettre.

Whitney lui envoya un message avant d'ouvrir le sac posé sur la table de sa kitchenette.

Whitney : Merci pour le petit-déjeuner. C'était très attentionné de ta part. En revanche, on doit attendre une petite décision des jurés avant que je m'inquiète du diner ou de ma tenue.

Steven répondit immédiatement.

Steve Ericson, le mec idéal : Tout le plaisir est pour moi ; j'aurais préféré prendre un petit-

déjeuner au lit avec toi, mais qui sait ce que demain nous réserve. Bois de l'eau.

Ça pourrait être une très mauvaise idée.

Elle se souvenait de sa voix la nuit dernière lorsqu'il lui avait répondu : « Ou une très, très bonne idée. »

Elle nourrissait toujours l'espoir qu'il déteste les chiens. Mais étant donné le fait qu'il avait accepté de donner mille dollars à l'ARF s'il *gagnait* leur pari, elle n'était pas très optimiste.

****

Steven

Il était tout juste revenu d'un jogging quand son téléphone sonna. Le nom de Zach s'afficha à l'écran, il répondit donc par : « Quoi de neuf ? »

Ce à quoi son ami répondit : « Les jurés ont pris leur décision. »

L'attente était désormais terminée. Steven était content d'avoir réservé une table dans la matinée. Une partie de lui espérait que Whitney avait gagné ; à la fois pour sa carrière mais aussi pour voir si elle choisirait tout de même de diner avec lui sans y être contrainte. Elle pouvait bien entendu refuser en cas de défaite, mais il préférerait que ce rendez-vous soit le fruit de sa propre décision.

« Alors, qui a gagné ?

- Je viens juste de sortir du tribunal. Le juge nous a donné gain de cause. »

Le docteur était content que son ami ne soit pas en mesure de voir la grimace qu'il faisait devant son écran tandis qu'il répondait : « C'est génial, mec. Félicitations.

-Donc, on dirait que t'as un rendez-vous ce soir. »

Steve ne put s'empêcher de sourire à l'idée de diner en tête à tête avec Whitney. Néanmoins, il savait que l'on ne vendait pas la peau de l'ours avant de l'avoir tué.

« On verra. Elle va peut-être refuser.

- Je pense pas. C'est pas du tout son style. Elle aurait pas accepté le pari si elle était pas prête à perdre, crois-moi.

- Ouais, mais elle avait bu. Elle m'a confié qu'elle voulait renoncer, mais je l'ai un peu forcée. »

Pourquoi avait-il fait cela ?

Ah oui, parce qu'il avait été raide dingue de la jeune femme et qu'il aurait décroché la lune pour passer du temps avec elle.

« Eh bien, envoie-moi un message si tu te retrouves seul.

- Si elle refuse, la seule chose que je vais faire c'est me bourrer la gueule. »

Zach rigola. « Sans déconner, parce que tu crois qu'autre chose m'intéresse si je me joins à toi, abruti ? Ton incroyable personnalité, peut-être ? Ta fine sélection de bourbon en revanche... et ça serait nul de laisser mon pote boire tout seul.

- Je te tiendrai au courant. Le prend pas mal mais j'espère qu'on ne se verra pas ce soir.

- T'inquiète. Je veux vraiment pas te voir non plus, mais je voulais être poli, tu comprends.

- Enfoiré, dit Steven en souriant. Félicitations pour ta victoire. Je t'appellerai lundi.

- Je te souhaite un bon weekend. Appelle-moi si besoin. »

Le docteur jeta un œil à sa montre. Il avait encore quelques rapports à écrire avant de prendre une douche mais il avait tout de même beaucoup de temps avant de passer prendre Whitney à six heures. Enfin, si elle ne se dérobait pas.

Steven décida de le découvrir sur le champ – après tout, il fallait vivre dans l'instant présent.

Steven : Je passe te prendre à six heures ? J'ai réservé une table au Michelangelo, mais je peux annuler si tu préfèrerais aller ailleurs.

La jeune avocate répondit quelques minutes plus tard.

Whitney : Les nouvelles vont vite à ce que je vois.

Il était en train de formuler une réponse qui comprenait une porte de sortie au cas où elle refuserait alors qu'il reçut un nouveau message de sa part.

Whitney : J'adore la cuisine italienne. Mais on se retrouvera directement là-bas, je ne vais pas avoir le temps de passer à la maison après le boulot.

Steven effaça le paragraphe qu'il avait écrit et rédigea un nouveau message, soulagé qu'elle veuille bien diner en sa compagnie.

Steven : Je vais voir si je peux repousser la réservation. Sinon j'annulerai et on ira ailleurs. Je ne voudrais pas te déranger.

Le jeune docteur était impatient de la voir mais il comprenait qu'elle puisse travailler tard. Ça lui arrivait tout le temps – sans oublier les fois où il devait abandonner un jour de congé pour aller à l'hôpital.

C'était en partie la raison pour laquelle il n'avait eu aucune relation sérieuse après l'université. Enfin, ceci et le fait qu'il n'avait jamais rencontré une fille qui lui fasse imaginer qu'il pourrait avoir le genre de relation que ses parents avaient eu ; et il avait décidé, il y a très longtemps, de ne pas se contenter de moins que ça – pas après ce que Marie lui avait fait.

« Tu le sauras » lui avait dit son père quand le jeune homme lui avait confié ses doutes quant à la recherche de la femme de sa vie.

« Comment ?

- Je ne sais pas comment l'expliquer mais, tu le sauras. Et ensuite tu déplaceras des montagnes pour être avec elle. »

Aucune femme ne lui avait donné même la minuscule impression qu'il avait trouvé *la bonne* jusqu'à maintenant - et cela mettait son esprit rationnel à rude épreuve. Il avait rencontré Whitney la veille. Mais son père était l'homme le plus intelligent et raisonnable que Steven ait connu, et d'après sa mère, Richard Ericson avait complètement perdu la raison après avoir rencontré sa future femme – et ce dès leur première rencontre.

Steven sentait un lien fort l'unir à Whitney, chose qu'il n'avait jamais ressentie auparavant, et il comprit alors ce que son père lui avait dit.

Whitney : Non, six heures c'est bien. C'est juste que je n'aurai pas une tenue 'décontractée'.

Steven : Dans ce cas, moi non plus. À plus tard, ma douce.

CHAPITRE CINQ

Whitney

Un sourire se dessina sur son visage après avoir lu son message. Il avait vraiment l'air d'un chic type. Beau, accompli et pas d'un connard riche et prétentieux.

« En gros, il a pas la moindre chance » déclara Gwen, sa meilleure amie, quand Whitney l'avait appelée pour lui parler du pari et de Steven sur le chemin menant au restaurant. Elle avait voulu l'appeler toute la journée mais elle n'avait pas pu se tenir à l'écart des oreilles indiscrètes de ses collègues.

« Comment ça ?

- Après Derek ?

- Je suis passée à autre chose. »

Whitney pouvait pratiquement voir les sourcils de Gwen se froncer lorsqu'elle lui répondit : « Hmm, c'est vrai ce mensonge ?

- Oui. Pourquoi tu dis ça ? »

Elle savait très bien pourquoi. Parce que c'était la vérité.

« Parce que tu veux sortir avec personne. Soit ils gagnent trop, soit pas assez. »

La jeune femme avait eu un petit-ami riche dans sa vie, et cela lui avait explosé en pleine face. Peu importe l'argent qu'elle gagnait où l'étendue de ses diplômes, face à des gens riches elle se sentait toujours comme cette pauvre fille qui ne pouvait manger qu'à la cantine et qui portait les même habits sales tous les jours.

Il était bien plus simple de rester célibataire – point à la ligne. Cela l'aidait à rester concentrée et à ne pas s'attirer les foudres de l'univers.

« Et pourtant me voilà – me rendant à un rendez-vous en compagnie d'un très beau docteur.

- Du coup, c'est quoi son problème à celui-là ?

- Qu'est-ce que tu racontes ? Donc, s'il veut sortir avec moi, c'est qu'il doit avoir un problème ? »

Gwen soupira, exaspérée. « Non. Ce que je veux dire c'est que, s'il est si riche et si beau... à son âge, il devrait déjà être marié ou avoir quelqu'un, non ? Il y a anguille sous roche. Est-ce que c'est un dragueur ? »

Whitney réfléchit à la question. Qu'il soit un dragueur ne la dérangerait pas – elle en serait même contente, à vrai dire. Les dragueurs étaient faciles à gérer quand on les identifiait. Et le meilleur dans tout cela était qu'ils s'en allaient tous seuls une fois découverts.

Elle pouvait lire dans les manœuvres de ces hommes-là comme dans un livre ouvert. Son cabinet juridique en était rempli. Mais Steven ne lui avait pas donné cette impression.

« Je pense pas. Enfin, il n'en a pas l'air. Mais c'est sans doute un peu tôt pour le dire. »

La jeune femme était peut-être rouillée.

« Eh bien, essaie de rester ouverte d'esprit et de t'amuser. Laisse-le te gâter pour l'amour de dieu, et apprécie la soirée.

- Arrête-voir, tu me connais plus que ça. » La jeune femme jeta un coup d'œil au panneau sur la porte. « Je suis arrivée.

- Amuse-toi bien. Tous les hommes riches ne sont pas des Derek Farnsworth, tu sais. »

Gwen avait sans doute raison, mais une petite voix à l'intérieur de Whitney ne voulait prendre aucun risque.

Elle ouvrit donc la porte du Michelangelo et se figea lorsqu'elle le vit. Vêtu d'un costume bleu marine et d'une chemise blanche ouverte au niveau du cou, il avait tout l'air d'un mannequin. Il était tellement élégant qu'elle en eut le souffle coupé. Et cet homme était là pour diner avec *elle* et personne d'autre.

À ce moment-là, Whitney se fichait pas mal des problèmes qu'il pouvait avoir ou de son argent — elle s'inquièterait de cela plus tard.

Steven la remarqua devant la porte et se leva pour la saluer, un sourire se formant lentement sur son visage. Son regard chaleureux et authentique lui donna l'impression d'être la seule femme dans la pièce.

Après avoir traversé l'entrée bondée du restaurant pour la trouver - plantée là, le regard fixé sur lui — il se pencha et lui fit la bise tandis qu'il effleurait sa hanche du bout des doigts. « Salut, tu es magnifique. »

Whitney n'avait peut-être pas eu le temps de se changer, mais elle s'était tout de même remaquillée et recoiffée avant de quitter son bureau. Elle apprécia qu'il ait remarqué.

« Merci » répondit-elle. Mais son apparence n'était rien en comparaison de la sienne. « Toi aussi. »

Steven sourit à cette tentative de compliment.

« Enfin... tu es... » elle le regarda de la tête aux pieds une fois de plus. « Waouh ! » s'exclama-t-elle avant de lâcher : « Ce costume te va vraiment bien. »

La jeune femme était confuse – chose à laquelle elle n'était pas du tout habituée. Néanmoins, elle ne se sentait pas embarrassée face à la bienveillance de Steven. Il la mena en direction de la réception en prenant sa main dans la sienne et murmura à son oreille : « Je ne pouvais pas te laisser être la seule à être *bien habillée*.

- Merci beaucoup. »

À en juger par les regards insistants plus ou moins discrets des autres femmes présentes à la réception, Whitney n'était pas la seule à le trouver élégant.

Steven ne semblait avoir d'yeux que pour elle. Elle ajouta en souriant : « Mais, tu n'étais pas obligé.

- Comme si j'allais arriver en pyjama alors que ma partenaire ressemble à un mannequin. » Un sourire se dessina sur son visage. « Les gens se demanderaient ce que tu ferais là et ils penseraient que tu veux juste coucher avec moi. »

L'image du docteur, nu et entre ses jambes, apparut dans son esprit et son cerveau se mit en pause. Elle essaya de réfléchir à une remarque bien tournée mais sa bouche resta là, grande ouverte, et elle ne pouvait penser qu'à leur étreinte torride. Heureusement pour elle, ils allaient être conduits à leur table.

La main de Steven se posa sur son dos alors qu'ils se dirigeaient vers la table et sa chaleur avait quelque chose de rassurant pour Whitney. Comme si le docteur la protégerait au cas où des ninjas sortiraient des cuisines pendant que son cerveau était embrumé par la chaleur de leur étreinte imaginaire.

Ils s'assirent et la serveuse leur demanda s'ils désiraient boire quelque chose. Steven pencha la tête et regarda Whitney. « Est-ce que tu veux une bouteille de vin, ou un cocktail ? Les deux peut-être ?

- J'aimerais bien un gin tonic, mais du vin accompagnerait sans doute mieux le diner, non ? »

Il se tourna vers la serveuse comme si cette dernière n'avait pas entendu la commande de Whitney. « Elle prendra un gin tonic... » Il s'interrompit et jeta un œil dans sa direction. « Du citron vert ?

- S'il te plaît.

- Avec une tranche de citron vert, et je prendrai un whisky Marker's Mark avec des glaçons. Merci. »

Il esquissa un sourire forcé à la serveuse qui était presque en admiration devant lui et se reconcentra sur Whitney. « Comment s'est passée ta journée ? »

Elle rit. « À part le fait que j'ai perdu ?

- Allez, tu t'y attendais, non ?

- Je ne veux pas parler de mon client, ce ne serait pas très professionnel. » Elle se pencha en avant et dit doucement : « Et je joue déjà avec le feu dans ce pari. »

Une autre personne – un homme cette fois – arriva avec leurs boissons et de l'eau avant de demander s'ils étaient prêts à commander.

« Nous n'avons pas encore regardé la carte. Donnez-nous quelques minutes, nous ne sommes pas pressés. Mais... » Il regarda Whitney. « Est-ce que tu veux une entrée ? »

Elle ouvrit la carte et consulta les entrées disponibles. « Je suis affamée, donc ce serait génial.

- Qu'est-ce qui te fait envie ?

- Et si on essayait l'antipasto ? »

Steven acquiesça rapidement. « Parfait. »

Lorsqu'ils furent seuls à nouveau, il prit son verre et la regarda par-dessus le bord. « Je crois qu'on a déjà parlé du fait que c'était un pari sans importance. Peu importe qui allait gagner, tu allais diner avec moi et j'allais faire une donation et réserver des tables pour le gala. »

Était-ce vrai ?

Probablement. Whitney savait que les chances de gagner ce procès étaient minces et elle avait pourtant accepté le pari. Parce que, même si elle ne l'avait pas admis, elle voulait sortir avec lui.

Elle lui fit un clin d'œil, pour le taquiner. « J'aurais même pu accepter le weekend avec toi au Cap si tu avais insisté. Enfin, surtout si Zach n'avait pas été là pour assister à la scène. »

Whitney ne savait pas si Zach était du genre à aimer les ragots – mais tous les avocats l'étaient, dans une certaine mesure. Malgré l'alcool, elle avait conservé suffisamment de jugeote pour comprendre que sortir avec un homme qu'elle venait tout juste de rencontrer entacherait sa réputation de femme froide et inflexible.

« Putain de Zach » murmura Steven en souriant. « Il gâche toujours tout. » Il se pencha en arrière et la regarda à l'autre bout de la table, l'air pensif. « Je crois qu'on va devoir faire un nouveau pari, maintenant qu'il n'est plus là. »

Elle lui retourna son regard et remua son gin tonic avec une petite paille bleue. « Ça a l'air intéressant. »

****

Steven

Intéressant. On pouvait le voir comme ça, en effet.

Lorsqu'elle était entrée dans le restaurant, vêtue de son costume et les cheveux virevoltant négligemment derrière les épaules – sans oublier son rouge à lèvres fraichement réappliqué qui ne demandait qu'à être effacé de sa bouche – sa queue s'était raidie, à l'affût. Whitney alliait douceur et fermeté à la perfection.

Il avait dû faire preuve d'une immense volonté afin de ne pas dévorer la bouche de la jeune femme à l'instant où il la salua, puis de l'emmener à l'hôtel le plus proche pour satisfaire ses désirs. Toute la nuit. Au diable le diner, il y avait toujours le room service.

Entre le moment où il s'était assis pour l'attendre et le moment où elle était entrée, il avait quelque peu retrouvé ses esprits.

Quand elle se mit à bredouiller à propos de la beauté de sa tenue, Steven savait qu'elle était nerveuse. C'était tellement mignon. Cette femme qui, dans la salle d'audience, dominait à chaque instant tous les hommes qui s'y trouvaient était nerveuse de diner avec *lui*.

Après un cocktail et un brin de causette, Whitney se détendit et commença à flirter un peu avec lui – ce qui lui donna à nouveau envie de l'embrasser.

En espérant distraire à la fois ses désirs et sa queue gonflée de la tentation d'embrasser fougueusement la jeune femme dans le box où il se trouvaient, Steven discuta de la politique à Boston. Rien de trop sérieux – il connaissait les limites d'un premier rendez-vous. Et dieu qu'elle s'était montrée brillante, tout comme elle l'avait été la veille dans la salle d'audience – quand il avait bandé comme un âne tout l'après-midi. Rien n'avait vraiment changé.

« J'ai entendu Zach t'appeler Steve pendant le déjeuner hier, et au bar également. Et c'est aussi comme ça que tu as écrit ton nom dans mon téléphone – on en parlera plus tard, d'ailleurs. Est-ce que tu préfères que je t'appelle Steve ou Steven ? »

Le docteur gloussa. « Ah, tu l'as vu ? » Il s'était demandé ce qu'elle aurait à dire à propos de ça. Il pensait qu'il aurait le temps de le découvrir plus tard. « Les deux, je suppose. Pour moi, Steve est un surnom que mes amis utilisent, donc ça me va. Mais j'ai l'habitude de me présenter comme Steven. »

Whitney comprit et acquiesça.

« Et tu as toujours voulu être docteur ?

- Non, jusqu'au milieu de ma première année à l'université, je voulais être biologiste marin et travailler au SeaWorld en tant qu'entraineur de dauphins.

- Au SeaWorld ?

- Ouais, il y en a un à San Diego, là où j'ai grandi. Ils avaient des programmes d'été auxquels je suis allé quand j'étais enfant – et que j'adoraient.

- Qu'est-ce qui t'a fait changer d'avis ? »

C'était une longue histoire – et pas du genre de celle que l'on raconte à un premier rendez-vous. Il était plus simple pour Steven de dire à Whitney ce qu'il disait à tout le monde.

« J'ai découvert le salaire que j'allais gagner. On a fait une sorte de simulation dans un de mes cours et j'ai très vite compris que je devais me réorienter ou revoir mes envies à la baisse – et *ça* n'allait jamais arriver. »

Cela la fit rire aux éclats. « Heureusement qu'ils l'ont fait avant que tu ne puisses plus faire marche arrière. »

Steven sentit son sourire quitter son visage alors qu'il repensait à cette époque.

« Ouais, j'ai eu de la chance. Et toi ? Tu as toujours voulu être avocate ? »

Whitney passa un doigt sur la condensation qui s'était formée sur le côté de son verre. « Non, je n'étais même pas sûre de pouvoir aller à l'université jusqu'à la dernière année du lycée – après que tous mes camarades avaient envoyé leurs candidatures. »

Le jeune docteur s'en trouva surpris. « Vraiment ? Tu as l'air d'être le genre de fille qui savait déjà dans quelle université elle voulait aller à huit ans et qui aurait envoyé sa candidature dès que possible. »

Le rire de l'avocate semblait empli de tristesse. « Si seulement je n'avais eu qu'à me préoccuper de ce genre de choses à l'époque. » Le silence s'installa pendant un moment puis elle le regarda en esquissant un sourire poli. « Heureusement, tout est rentré dans l'ordre et j'ai pu y aller. »

Steven savait qu'elle ne lui avait pas tout dit, mais elle avait en quelque sorte mit fin à cette conversation et il n'insista pas. Ils avaient tous les deux le droit à leurs jardins secrets – pour le moment. Ce genre de discussion serait réservé au rendez-vous numéro cinq. Et ils auraient un cinquième rendez-vous, et même un cinquantième – si ça ne tenait qu'à lui.

« Est-ce que tu as fait ton choix ? » dit-il en inspectant sa carte.

« Je pensais prendre un poulet au marsala, mais je voulais du vin rouge pour accompagner le diner et je sais qu'on est censé boire du vin blanc avec le poulet.

- Pas nécessairement. C'est vrai qu'on ne voudra pas d'un rouge puissant et corsé comme un Cabernet ou un Zinfandel avec un plat à base de sauce tomate ; mais on peut très bien avoir un rouge plus léger comme un Pinot Noir ou un Gamay avec le marsala. »

Whitney le fixait du regard comme s'il venait de lui pousser une deuxième tête.

« C'est... Waouh. Je suis impressionnée. Je suis désolée de te le demander mais, d'où tu tires tout ça ? »

Steven gloussa et but une autre gorgée de whisky. « Eh bien, ma mère m'a fait prendre des cours du soir alliant bonnes manières et courtoisie quand j'avais treize ans. Elle voulait s'assurer que son petit sauvage ait au moins les bases pour avancer dans la vie. Et quand j'ai grandi, je me suis rendu compte que j'avais, en réalité, utilisé beaucoup de choses que j'avais apprises durant ces cours ; j'ai donc suivi des cours similaires pour adultes durant l'été, juste avant de rentrer en médecine. »

Elle plissa les yeux en le regardant. « S'il te plaît, dis-moi que tu n'as jamais accompagné une fille à son bal des débutantes. »

Steven rit. « Je plaide le cinquième amendement, Madame. Mais si ça peut te rassurer, mes sœurs ont toutes refusé d'avoir des bals de ce genre.

- Je crois que je pourrais bien m'entendre avec elles.

- Je crois qu'elles s'entendraient bien avec toi aussi. » Il saisit sa main à l'autre bout de la table. « On peut tirer ça au clair le weekend prochain – enfin avec l'une des trois. Je te présenterai à ma sœur, Hope, quand elle arrivera en ville. Je l'héberge, temporairement. »

Whitney pencha la tête et le questionna du regard, l'incitant silencieusement à poursuivre.

« Elle vient d'être engagée au Boston General et va venir depuis San Diego. On a pensé que ce serait plus simple pour elle de rester chez moi le temps qu'elle s'habitue à ce nouvel environnement. C'est pas la place qui manque. En plus, elle peut aussi m'aider à faire quelques trucs là-bas.

- C'est gagnant-gagnant. »

Steve haussa les épaules. « Peut-être, enfin jusqu'à ce qu'elle ramène quelqu'un à la maison. Elle ne sera peut-être plus si enjouée d'habiter avec son grand-frère et voudra son propre appartement.

- Et si tu le faisais ? Ramener quelqu'un chez toi, je veux dire. Alors qu'elle est là. »

Il sentit un sourire presque diabolique se former sur son visage. « C'est une proposition, ma douce ? »

Whitney leva les yeux au ciel et fit mine de n'avoir rien entendu mais ses tétons raides et visibles à travers son chemisier blanc semblaient suggérer le contraire.

« C'est juste une hypothèse. Je suis simplement curieuse de savoir s'il y a deux poids deux mesures chez toi.

- Bien sûr ! » râla-t-il. « Premièrement, c'est ma *petite* sœur. Deuxièmement, c'est *mon* appartement. Si quelqu'un va se faire plaisir à l'intérieur, ce sera moi.

- Peut-être que vous devriez juste rester célibataire le temps qu'elle reste avec toi. »

Pas question. Pas après avoir rencontré la charmante Whitney. Steven comptait bien mettre un terme à ses six mois de chasteté involontaire. Pas ce soir, mais très bientôt.

« Ou peut-être aller chez quelqu'un qui n'a pas de colocataire. » Il la regarda dans les yeux, savant qu'elle vivait seule.

Enfin, c'est ce qu'il croyait.

« C'est pas mon cas. Me voilà sauvée, on dirait. »

Et merde.

« Tu as un colocataire ?

- Mmm hmm » fit-elle en feuilletant la carte. « Il s'appelle Ralph. Il est très protecteur.

- Est-ce que vous êtes... » Il hocha la tête, ne désirant pas terminer sa phrase, mais Whitney lui jeta un regard par-dessus la carte, confuse. Elle ne comprenait pas où il voulait en venir. « Tu sais... en couple ? »

L'expression de la jeune femme se détendit et elle tourna une page.

« Oh, non. Pas du tout. »

Quel soulagement. Mais, où pourrait-il être seul avec elle à Boston ? Il pouvait toujours l'emmener chez lui avant que Hope n'arrive, mais il ne voulait pas brusquer les choses.

Enfin, *si*. Bien sûr qu'il le voulait, mais il aimait bien cette femme – plus que bien, même. Et pourtant il avait le sentiment de devoir y aller doucement, au risque de l'effrayer.

Il devrait la convaincre d'aller au Cap avec lui le weekend prochain. Ils y seraient seuls pour deux nuits. Ils pourraient même ne pas sortir du lit du tout. Steven pouvait toujours engager quelqu'un pour réparer le quai.

Et si rien ne fonctionnait, l'hôtel Marriott serait toujours là pour les accueillir.

CHAPITRE SIX

Whitney

Après une dispute à propos de l'addition – qu'elle avait perdue et dont elle essayait de ne pas faire grand cas – ils marchèrent le long de la rue, main dans la main. Elle s'arrêtait pour regarder une vitrine, puis ils repartaient avant que Steven ne s'arrête à son tour. Il n'y avait aucun blanc dans leur conversation et ils parlaient de tout et de rien – des films qu'ils avaient vus, de Boston, des anecdotes de boulot – et riaient constamment.

Ce fut un magnifique premier rendez-vous. Il acheta même des glaces à un food-truck sur le chemin.

Whitney engouffra la dernière bouchée de sa glace à la vanille et regarda le docteur en souriant alors qu'elle sortait la cuillère rouge de sa bouche. Elle jeta ensuite les emballages dans la poubelle la plus proche avant qu'il ne lui passe un bras autour de la taille pour la rapprocher de lui.

« Tu es si belle » murmura-t-il tout en la regardant dans les yeux avant de coller ses lèvres contre les siennes.

Son baiser était aussi enivrant qu'il l'avait été la veille. Il avait le goût chocolat-menthe de la glace qu'il avait tout juste terminée et ses lèvres étaient tendres mais fermes. Il y mettait juste ce qu'il fallait de langue pour qu'elle sente une chaleur s'installer dans son bas-ventre et que sa chatte devienne moite.

« Est-ce que tu veux prendre un dernier verre chez moi ? » murmura-t-elle contre ses lèvres.

Elle espérait qu'il comprendrait qu'il s'agissait du code pour « Allons baiser ensemble. »

Steven se pencha en arrière et la regarda. « Ralph n'est pas là ?

- Il passe la nuit chez une amie. »

Le docteur la regarda pendant un instant et lui prit la main. « D'accord, allons boire un coup. »

Il y avait quelque chose dans la manière dont il avait dit *boire un coup* qui lui suggérait qu'il n'avait pas compris ses sous-entendus.

Whitney s'arrêta net et il se retourna, confus.

« Euh, tu sais que je t'invite pas chez moi juste pour boire, hein ? »

Steven pencha la tête. « Alors pourquoi tu m'as proposé un dernier verre ?

- Parce que proposer un dernier verre me laisse toujours être une femme bien sous tous rapports alors que ce que je veux vraiment est loin d'être aussi innocent. »

Il rigola. « Je vois. Et moi qui pensait que c'était ta façon de prendre les choses en douceur.

- Non. C'est même tout le contraire. Je ne crois même pas avoir de l'alcool à la maison à part une bouteille de vin à moitié vide dans le frigo. »

Steven sourit. « Eh bien, on peut s'arrêter quelque part et prendre une bouteille.

- Ça va aller, j'ai plein de lubrifiant. »

Ce à quoi Steven rit aux éclats avant de lui prendre la main. « Allez, viens. »

Ils avaient intérêts à prendre des préservatifs avec leur *bouteille*, ou la jeune femme serait très déçue.

****

Steven

Dans quel pétrin je me suis fourré ?

Au lieu de réfléchir à la manière dont il pourrait s'introduire sous les sous-vêtements d'une femme, il réfléchissait à la manière dont il pourrait empêcher ladite femme de s'introduire sous les siens.

Qu'est-ce qui ne tournait pas rond chez lui ?

Tout allait *bien* pour lui. Sa queue marchait à merveille – à en juger par le nombre de fois où il avait bandé juste en la regardant ce soir. Mais tout comme la veille, il ne voulait pas être un simple coup d'un soir. Et il avait l'impression que c'était précisément ce qu'elle voulait.

Désolé, ma douce. Je veux plus qu'une nuit avec toi.

Alors qu'il inspectait le rayon des friandises de la supérette dans laquelle ils étaient entrés, Whitney posa des préservatifs à côté des bouteilles de Kahlua et de vodka qui se trouvaient dans le panier que Steven portait puis elle lui lança un sourire espiègle.

Dieu qu'elle était adorable. Il ne put s'empêcher de lui retourner son sourire.

Peut-être pourraient-ils se contenter de grosses caresses ce soir. Même si Steven doutait sérieusement de sa capacité à se contrôler le cas échéant.

Il prit la boîte violette et la retourna pour l'examiner de plus près.

« Chérie, il va nous en falloir plus que trois quand je m'occuperai de toi. Va chercher le pack familial. »

Elle prit la boîte de ses mains et leva les yeux au ciel tout en tournant les talons. « Je ne crois pas que ça s'appelle comme ça.

- Eh bien ça devrait ! » lui lança-t-il.

Steven saisit un paquet d'amandes enrobées de chocolat – son péché mignon – sur le présentoir. Il y en avait toujours un dans le tiroir de son bureau et un autre dans sa cuisine. Whitney revint avec une boîte plus grosse et la posa dans le panier vert.

« Voilà ton pack familial. Je croyais que tu avais du travail, demain ?

- C'est vrai. Mais on pourra les prendre quand on ira au Cap le weekend prochain.

- Je n'ai pas dit que je venais. »

Le docteur haussa les épaules, sans se démonter. « Ce n'est qu'une question de temps. »

À l'autre bout du rayon friandises se trouvaient les jeux de sociétés et les puzzles. Whitney prit une boîte bleue et l'agita dans sa direction, un sourire sinistre sur les lèvres. « On parie ? »

Les seuls mots qu'il pouvait voir sur la boîte étaient *culture générale. Oh, ma petite... c'est parti.*

« Bien sûr que oui. Dis-moi tes conditions. »

****

Whitney

Grand fou. Elle ne s'était pas attendue à ce qu'il soit si enjoué.

« D'accord, donc si tu gagnes, je viens au Cap avec toi. »

Steven acquiesça. « Si je gagne... » Elle réfléchit un instant. Que voulait-elle ? « On couche ensemble ce soir et c'est tout. »

Mais était-ce là ce qu'elle désirait vraiment ? Certes, elle voulait coucher avec lui, mais ne plus jamais le revoir ? Une partie d'elle savait qu'il s'agissait de la meilleure option.

Elle eut sa réponse quand il dit doucement : « Non » et elle s'en trouva soulagée, même si elle se montra discrète.

« Comment ça, *non* ? Tu n'as pas confiance en ta culture générale, après tout ?

- Oh je vais gagner, ne t'inquiète pas. Mais je refuse de risquer de ne plus jamais te revoir, par principe. »

Les doigts de pied de la jeune femme se recourbèrent à ses mots et elle essaya de cacher son sourire.

Steven se pencha près d'elle et murmura : « Qu'est-ce que tu dis de ça : tu gagnes, et je te bouffe la chatte jusqu'à ce que tu jouisses sur ma langue ? »

Whitney en eut le souffle coupé. « Ah... »

Le sourire du docteur respirait l'audace quand il demanda : « Alors, ça marche ? »

La jeune femme déglutit péniblement et hocha la tête – un peu trop excitée pour parler.

Steven baissa la tête et emprisonna ses lèvres dans les siennes. La scène était quelque peu inappropriée pour le rayon A5 de la petite supérette, mais Whitney n'en avait rien à faire, c'était si bon.

Après avoir brisé leur étreinte, il posa son front sur le sien, tout comme il l'avait fait au bar la veille et lui dit plus ou moins la même chose.

« Tu ne peux plus faire marche arrière, ma douce. Le pari a été scellé par un baiser. »

Comme si elle voulait faire marche arrière.

CHAPITRE SEPT

Steven

Il n'aurait pas dû se montrer aussi prétentieux. Sa petite avocate se défendait bien et lui avait donné du fil à retordre avant qu'il ne parvienne enfin à gagner la partie.

En cas de défaite, il aurait de toute façon pu compenser son égo meurtri en épongeant sa dette – chose qui ne l'aurait pas dérangé le moins du monde. Il regarda là où Whitney était assise, les jambes croisées sur le tapis de son salon, vêtue du pantalon de yoga et du débardeur qu'elle avait enfilés après qu'ils étaient arrivés chez elle. *Non, ça ne le dérangerait pas du tout.*

En effet, même s'il gagnait... non, quand il gagnerait – il était un adepte de la pensée positive – il lui boufferait tout de même la chatte ce soir jusqu'à ce qu'elle crie son nom.

« T'en veux un autre ? dit-elle en pointant son verre vide du doigt alors qu'elle se levait.

- Me rendre saoul ne t'aidera pas à gagner. Plus je bois, plus c'est facile.

- Non, lança-t-elle par-dessus son épaule. Mais ça pourrait m'aider à profiter de toi. »

Son regard se posa sur son cul alors qu'elle sortait nonchalamment de la pièce. Même s'il était techniquement en train de gagner, il était temps de payer l'addition.

Après l'avoir suivie dans la cuisine, Steven enveloppa les bras autour de sa taille et blottit la tête contre l'arrière de son cou.

« Pas besoin d'alcool pour ça, ma douce. »

Whitney se laissa aller dans ses bras et il passa lentement les mains sous son haut. Elles se baladèrent le long de son ventre puis Steven décida de tirer fermement sur son soutien-gorge de sport afin de libérer ses nichons. Il massa sa peau douce avant de faire rouler les tétons de la jeune femme entre ses doigts.

« Mon dieu, ça fait du bien » gémit-elle en plaquant sa tête contre le torse du docteur.

Il enleva son haut ainsi que son soutien-gorge et la fit pivoter afin qu'elle soit face à lui. Ne perdant pas une seconde de plus, il saisit un sein et le plongea dans sa bouche affamée.

Whitney lâcha un petit cri de surprise alors que les lèvres de Steven rencontrèrent son téton, complètement dur ; il le suça tendrement tandis que sa langue tournoyait autour. Il le mordit doucement avant de s'occuper de l'autre sein.

Steven sentit les mains de Whitney dans ses cheveux alors qu'elle s'extasiait : « Oh, Steve...

- C'est bien, bébé. Dis mon nom. »

Saisissant son cul à deux mains, il la souleva sur le plan de travail avant de pousser ses épaules pour qu'elle se tienne sur les coudes, complètement à sa merci. Steven glissa le bout des doigts sous la ceinture de son pantalon et tira dessus afin de l'enlever. Whitney leva le cul en l'air pour l'aider.

Il lâcha un grognement quand il découvrit qu'elle ne portait pas de culotte – et qu'elle était totalement épilée.

Il entrouvrit ses lèvres et contempla sa chatte rose et scintillante sous les lumières de la cuisine.

« Putain, ta chatte est si belle » grogna-t-il avant de faire courir sa langue de bas en haut sur son entrejambe.

Whitney se trouva désarçonnée au premier contact de sa langue sur sa peau et elle poussa les hanches contre la bouche de Steven tout en gémissant : « Oh oui !

- Et t'as aussi très bon goût. »

Il plongea un doigt à l'intérieur d'elle, puis un autre – faisant des va-et-vient réguliers alors que sa langue explorait les plis autour de sa chatte chaude et humide.

Les mains enfouies dans ses cheveux, elle essaya de diriger sa bouche sur son clitoris et c'est alors qu'il leva la tête en souriant.

« Je sais où se trouve ton bouton magique, ma douce. Et je vais m'en occuper jusqu'à ce que ton corps tremble, crois-moi. Mais d'abord, détends-toi et laisse-moi m'amuser un peu. »

Elle soupira bruyamment tout en écartant les jambes et en s'allongeant de tout son long sur le plan de travail.

« Voilà, bébé. Mets-toi à l'aise. On va rester là pendant un moment. »

****

Whitney

Alors que ses jambes tremblaient pour la deuxième fois autour de sa tête, elle pensa, *Oh mon dieu. Qu'est-ce qu'il m'a fait ?*

La jeune femme n'était jamais parvenue à jouir plus d'une fois en une nuit, et Steven venait de lui offrir deux orgasmes sans aucune difficulté – comme s'il avait lu le manuel d'instructions de son corps et qu'il savait lui faire des choses qu'elle-même croyait impossibles.

« Waouh, t'as dû être très attentif pendant tes cours d'anatomie » lança-t-elle, la main sur l'estomac, en essayant de reprendre son souffle. « Parce que tu sais vraiment comment t'y prendre avec le corps d'une femme.

- Je suis juste une abeille et tu es la fleur parfaite à butiner. »

Whitney se releva à moitié sur le plan de travail et le regarda, bouche bée. « Oh mon dieu. C'est le truc le plus ringard que j'ai jamais entendu. »

Un sourire se dessina sur le visage de Steven et il lui tendit la main pour l'aider à se relever. « Ouais, c'était plutôt ringard » Une fois qu'elle fut assise, il lui fit un bisou. « Mais c'est la vérité alors je m'en fiche. »

Whitney sauta du plan de travail et caressa les contours de sa queue raide et épaisse par-dessus son pantalon.

« Est-ce que je peux te rendre la pareille ? ronronna-t-elle.

65

- Merde, ma douce ; j'ai envie de dire oui, mais je dois rentrer et aller me coucher. L'hôpital a besoin de moi très tôt demain.

- Ah. » La jeune femme essaya de dissimuler sa déception en enfilant son pantalon et en remettant son débardeur – son soutien-gorge était toujours par terre. Steven avait les yeux rivés sur ses tétons qu'on pouvait deviner sous le tissu et les caressa par-dessus le vêtement.

« On remet ça à plus tard ? Du genre le weekend prochain chez moi au Cap ? »

Whitney se trouva soulagée qu'il veuille continuer ce qu'ils avaient commencé. « Tu es en train de gagner, techniquement. »

Le docteur sourit et lui pinça un téton. « Je vais prendre ça pour un oui.

- Pas si vite. Je veux qu'on termine notre jeu. Il n'y a pas beaucoup d'écart entre nous. »

Ce n'était pas comme si elle en avait quelque chose à faire, Whitney avait déjà décidé qu'elle passerait le weekend avec lui – surtout si cela signifiait qu'il poursuivrait le jeu de langue auquel il s'était livré. Néanmoins, elle ne voulait pas avoir l'air d'une fille facile.

« Très bien. Est-ce que tu es dispo dimanche soir ? »

La jeune femme secoua la tête. « Non. J'ai une réunion pour les enchères du gala de l'ARF.

- N'y va pas et dîne avec moi.

- Étant donné que je suis la présidente et que c'est moi qui ai choisi la date, je pense pas que les autres apprécieraient. »

Whitney voulait proposer le lendemain soir mais puisqu'il avait directement proposé dimanche, elle se doutait qu'il avait déjà quelque chose de prévu – peut-être même un rendez-vous galant ?

Steven semblait lire dans ses pensées lorsqu'il dit : « J'aurais bien voulu te revoir demain mais de un, je ne veux pas être présomptueux et supposer que tu n'as rien de prévu un samedi soir et de deux, je suis de service demain soir et on a beaucoup de boulot le weekend ; je ne veux pas te donner rendez-vous pour annuler juste après.

- Mais tu as supposé que je n'avais rien de prévu un vendredi soir, lui rappela-t-elle.

- Non je l'espérais juste. Et n'étant pas de service, je n'avais rien à perdre. »

Elle lui sourit. « C'est bien la preuve que ça ne coûte rien de tenter sa chance. »

Il l'agrippa par les hanches et la tira vers lui. « Oh que oui, je suis content de l'avoir fait. J'ai passé une magnifique soirée en ta compagnie. »

Oh là, Nicholas Sparks. Ne va pas trop vite en besogne. C'était une chose de le ressentir mais c'en était une autre de le dire tout haut.

Se tenant sur la pointe des pieds, elle murmura : « Moi aussi » avant de lui faire rapidement un bisou et de reculer avant que la situation ne devienne trop chargée en sensibleries. Whitney avait du mal à gérer ses émotions.

Steven comprit ses gestes et se dirigea vers la porte. « Je t'enverrai un message ce weekend et peut-être qu'on trouvera le temps de diner cette semaine avant de finir notre petit jeu.

- Ça me va, j'attendrai ton message. Merci pour le diner et, t'as raison, c'était une belle soirée. »

Je suis juste polie, c'est ce que font les gens civilisés après tout.

Hélas, quand il l'embrassa devant la porte, elle se rendit compte qu'elle ne voulait pas qu'il parte. Et lui demander de rester lui aurait envoyé les mauvais signaux.

Mais, elle le voulait plus que tout.

CHAPITRE HUIT

Whitney

Leurs emplois du temps les empêchèrent de se voir cette semaine-là. Steven devait travailler tard lundi et elle devait préparer une audience mardi soir. C'était peut-être une bonne chose.

Ils s'échangèrent néanmoins des sextos durant la journée, et ce dès samedi. Il l'appela aussi tous les soirs avant qu'elle ne se couche pour lui souhaiter bonne nuit. Whitney refusait de l'admettre ouvertement, mais elle aimait beaucoup savoir qu'il pensait à elle.

Mardi soir, elle décrocha le téléphone et sourit en entendant sa voix grave lui dire, comme d'habitude : « Hé, ma douce.

- Salut, comment c'était au boulot aujourd'hui ?

- La routine, tu sais – sauver des vies et des membres, plaisanta-t-il. Et toi ? Prête pour l'audience de demain ?

- Je crois, oui. C'est une affaire solide. » *Une fois n'est pas coutume,* pensa la jeune avocate.

« Est-ce que tu veux déjeuner avec moi pendant ta pause ? »

Elle s'en trouva surprise. Les gens évitaient habituellement le centre-ville s'ils le pouvaient.

« Tu passes au centre-ville ?

- Ouais, pour déjeuner avec toi. J'ai envie de te voir, et si c'est la seule façon, eh bien ainsi soit-il. »

Whitney sentit des fourmis lui envahir les doigts de pieds. « D'accord. J'aurai sans doute une heure pour manger, mais je ne sais pas quand.

- Je comprends. J'ai pris le déjeuner assez de fois avec Zach pour comprendre comment ça marchait. Je serai au Rousso à onze heures trente et on mangera quand tu arriveras.

- C'est parfait. À demain.

- Fais de beaux rêves. »

La jeune femme s'endormit le sourire aux lèvres. Il lui fallut plus de temps que d'habitude pour s'habiller et se coiffer le lendemain matin.

« Pas de promenade ce matin, Ralph, mais je te promets qu'on va faire une super longue balade quand je rentrerai ce soir » dit-elle tout en caressant la tête de l'animal.

Le salaire quotidien qu'elle versait à sa promeneuse lui permettait de ne pas trop se sentir coupable quand elle ne pouvait pas sortir son chien. Savoir qu'il pourrait se dépenser dans l'après-midi valait bien tout l'or du monde.

L'audience semblait durer une éternité et Whitney devait régulièrement focaliser son attention sur l'affaire et non sur son déjeuner avec Steven. Qu'est-ce qui lui arrivait ? Ne devrait-elle pas s'en inquiéter ?

Elle décida de faire ce qu'elle faisait beaucoup quand il s'agissait de Steven Ericson : s'en préoccuper plus tard.

Le juge leur donna finalement la permission de se restaurer et leur accorda une heure et demie avant la reprise de l'audience. Après s'être entretenue avec son client et avoir refusé de déjeuner avec lui, elle se dirigea rapidement vers les toilettes pour inspecter ses cheveux et son maquillage puis marcha à toute vitesse jusqu'au Rousso.

Steven était aussi beau que jamais dans son jean délavé et sa chemise bleu ciel alors qu'il l'attendait à la même table où il s'était trouvé le jour de leur première rencontre. Mais aujourd'hui, le docteur portait des mocassins – il avait vraiment l'air d'un génie de l'informatique plutôt que d'un homme qui sauvait des vies au quotidiens.

Il se leva et lui fit la bise tout en caressant tendrement son dos.

« Salut, tu es très belle.

- Tu es très beau aussi. Je savais pas si tu allais porter un jean ou un costume. »

Il lui fit un clin d'œil tout en s'asseyant. « Je suis assez polyvalent. J'ai pensé que c'était une bonne tenue pour un déjeuner.

- J'apprécie la vue de là où je me tiens. »

La serveuse arriva et Whitney commanda une boisson avant que Steven ne demande : « Alors, comment s'est passée l'audience ?

- Très bien. Le plan s'est déroulé sans accroc et aucun imprévu – je touche du bois. » Elle tapa ses phalanges contre le bord en bois de la table. « Et toi ? On dirait que tu es très occupé.

- Il nous manque un docteur aux urgences, donc ça risque de rester comme ça jusqu'à ce qu'on en trouve un nouveau. Mais vu que je prends un weekend de trois jours, j'ai beaucoup travaillé cette semaine. Ma sœur arrive demain après-midi et je vais l'aider à ranger ses affaires qui arriveront vendredi. Ensuite je passe te prendre après le boulot et on se rend tranquillement au Cap, et j'éteins mon téléphone jusqu'à dimanche après-midi.

- J'ai jamais dit que je venais. Tu n'as pas officiellement gagné.

- N'oublie pas la règle des trois jours – tu as trois jours pour retenter ta chance, au-delà tu dois accepter ta défaite. Celui qui a le plus de points gagne. C'est dans le manuel, tu peux vérifier. »

Son petit manège la fit rire alors que la serveuse lui apportait son thé glacé et prenait leur commande.

« Je viens à une condition : mon colocataire peut venir avec moi. »

Les sourcils du docteur se levèrent. « Ralph ? Ton coloc ? Celui qui est protecteur avec toi ? Comment est-ce qu'il va le prendre quand tu dormiras dans ma chambre ? Enfin, si tu *veux* dormir dans ma chambre. »

Après ce qu'il lui avait fait sur le plan de travail de la cuisine ? Bien sûr qu'elle était partante. Whitney ne pouvait qu'imaginer ce dont il était capable dans un lit. « Je crois qu'il sera d'accord du moment qu'il a un lit confortable. »

Steven haussa les épaules et bredouilla : « Enfin... euh... d'accord. Si tu veux qu'il vienne, il est le bienvenu. Qu'est-ce qu'il aime faire ?

- Honnêtement ? Il aura probablement envie de courir sur la plage, manger et dormir. Il est protecteur mais on peut facilement gagner sa confiance quand on sait quels appâts utiliser.

- Si c'est le seul moyen pour que tu viennes, amène-le. »

La jeune femme ne comprenait pas très bien son propre comportement. Pourquoi tester Steven de la sorte ? Peut-être espérait-elle secrètement que ce 'colocataire' lui fasse faire marche arrière. Mais le fait qu'il ait accepté d'accueillir un 'homme' chez lui dans l'unique but de pouvoir passer un weekend en sa compagnie ne le rendait que d'autant plus séduisant.

Mince. Il détestait peut-être les chiens.

« Je pourrai partir dès que le verdict sera prononcé, donc pas avant vendredi après-midi.

- Et Ralph ? Il travaille ? Est-ce qu'on va devoir l'attendre ?

- Il ne travaille pas. Je crois qu'il est déjà très riche, même s'il n'est pas dépensier.

- Et où vous vous êtes rencontrés ?

- À un évènement culturel et on s'est tout de suite entendu. Il cherchait un endroit où se loger et j'étais heureuse de pouvoir l'aider. Et avant que tu me le demandes, on ne m'a dit que du bien de lui.

- Mais vous vivez une relation purement platonique ?

- Je l'aime, mais aucun de nous n'a de *sentiments* l'un pour l'autre, si tu vois ce que je veux dire. »

Un sourire mesquin se dessina sur le visage du docteur. « J'ai beaucoup de *sentiments* pour toi.

- Eh bien, tu as de la chance. Je suis libre ce weekend pour qu'on puisse explorer tous ces *sentiments* plus en profondeur.

- Et ça ne sera pas bizarre que Ralph soit avec nous ? »

Whitney devinait que Steven n'appréciait pas beaucoup l'idée que son 'colocataire' vienne et qu'il essayait de la dissuader de l'amener avec elle. La jeune femme ne savait pas si elle allait continuer ce petit jeu encore longtemps – mais elle allait le faire quelque peu durer.

« Ça va aller.

- Si tu le dis, je ne m'en inquiéterai pas, alors. On va bien s'amuser. »

Ils passèrent le reste du déjeuner à discuter du déroulement de leurs semaines respectives et de ce qu'ils pourraient faire une fois au Cap – mis à part aller à la plage et apprécier le confort du lit de Steven.

« Qu'est-ce que je devrais prendre ?

- Dans l'ensemble, le weekend sera simple et décontracté, mais on peut aller diner et s'habiller de manière élégante. N'oublie pas ton maillot de bain. » Il s'interrompit et la regarda, un sourire diabolique sur le visage. « En fait, c'est pas grave si tu l'oublies. C'est bien de se baigner nu de temps en temps.

– Je ne suis pas vraiment exhibitionniste. Me balader nue sur la plage ne m'attire pas plus que ça. Et après avoir vu *Les Dents de la mer* quand j'étais petite, je n'irai jamais nager dans l'océan la nuit. Merci mais non merci, j'aimerais repartir entière à la fin du weekend. »

Steven rit. « Et dans le jacuzzi que j'ai sur le patio ? »

La jeune femme lui décocha un sourire charmeur.

« Peut-être.

– Je peux m'arranger avec un *peut-être.* »

La jeune femme jeta un œil à sa montre et elle fut surprise de découvrir qu'il était déjà temps pour elle de retourner au palais de justice.

« Tu dois y aller ? » demanda Steven après avoir remarqué qu'elle cherchait la serveuse du regard.

« Oui. Est-ce que tu as vu notre serveuse ? Je dois demander l'addition. »

Le jeune docteur eut presque l'air offensé. « Je t'invite. »

En glissant hors de sa chaise, Whitney se pencha et l'embrassa sur la joue. « Merci. Je t'inviterai la prochaine fois.

– Mon cul, oui ! » se moqua-t-il.

La jeune femme le regarda, confuse, et dit d'un ton monotone : « Si, je t'inviterai. »

Il prit sa main dans la sienne et la tira vers lui. « Je suis désolé, ma douce. Je sais que tu es une femme moderne et indépendante et je le respecte. Mais il y a juste des choses pour lesquelles je suis un peu plus traditionnel ; comme t'ouvrir la porte, conduire, payer l'addition. » Il se pencha et murmura au creux de son oreille : « Être celui qui te déshabille... »

Un petit gémissement s'échappa des lèvres de Whitney alors qu'elle imaginait la scène, puis Steven recula en souriant. « Juste pour te donner une idée » dit-il avant de lui embrasser la joue.

En temps normal, la jeune femme protesterait et s'imposerait pour payer. Lorsqu'un homme lui payait quelque chose, il pensait toujours qu'elle lui serait redevable – ou qu'il lui était supérieur. Whitney n'arrivait pas à comprendre si elle ne croyait tout simplement pas que Steven était ce genre d'homme ou si elle aimait l'idée qu'il se faisait de la galanterie, mais elle n'émit aucune objection. « Voilà une liste intéressante, Dr. Ericson.

- Comme je l'ai dit, Madame, ce n'est qu'un avant-goût. Je t'en dirai plus ce weekend. »

Elle devait partir et dut donc, à contrecœur, retirer sa main de la sienne avant de passer son sac par-dessus son épaule.

« Est-ce que j'ai mon mot à dire sur cette liste ?

- Je peux faire preuve de souplesse – sur certaines choses.

- Je peux aussi faire preuve de souplesse » répondit-elle en lui faisant un clin d'œil et en espérant qu'il comprenne ses sous-entendus.

Steven la regarda comme s'il voulait faire d'elle son dessert. Whitney pensait donc qu'il avait compris ses allusions.

« Tu ferais mieux de partir sur le champ, ma douce, ou tu vas t'attirer les foudres de la cour quand ils constateront ton absence.

- Je n'ai pas peur. Je sais que tu vas bientôt devoir retourner au travail.

- Merde, toujours cette connerie *d'avoir* un travail. »

La jeune femme leva les yeux au ciel. « Ouais, j'ai horreur de pouvoir payer mes factures. »

Steven gloussa. « Il y a des avantages, c'est sûr. Je t'enverrai un message ce soir. On pourrait peut-être déjeuner ensemble demain ?

- Tu sais où me trouver.

- Bonne chance à l'audience, bébé. »

Whitney se rendit tout sourire au palais de justice – et ça ne lui ressemblait pas du tout. Elle était d'ordinaire concentrée sur son affaire et imperturbable. Au lieu de cela, elle s'imaginait gambader dans le sable avec le beau docteur et son chien.

« Il faut que tu te reprennes, Whit » se réprimanda-t-elle alors que le palais de justice pointait le bout de son nez. Cette affaire était, pour une fois, très facile à gagner – et si elle merdait, elle devrait rendre des comptes à ses associés. Elle n'avait vraiment pas envie de se mettre dans une telle situation. Steven se révélait être une énorme distraction et la jeune femme préférait se concentrer sur sa carrière et travailler d'arrache-pied.

Peut-être qu'un jour elle pourrait ouvrir son propre cabinet et ainsi faire une pause, sentir les roses de la vie. Peut-être même avoir un vrai petit-ami – c'est-à-dire quelqu'un qui jouait dans la même cour qu'elle, et ça rayait Steven Ericson de la liste.

Heureusement, elle s'en préoccuperait plus tard. Enfin, probablement pas car elle devrait par la suite s'occuper de son cabinet et réaliser sa propre publicité pour attirer plus de clients. En ce moment, on lui confiait des affaires – aussi pourries soient-elles – sans qu'elle ait à faire le moindre effort. Elle avait déjà essayé de faire sa propre promotion et le client qu'elle avait subtilement ferré à un déjeuner de l'ARF avait été redirigé vers l'un de ses associés.

Pouah. Une chose de plus à ajouter à la liste des préoccupations qu'elle aurait après avoir ouvert son cabinet. Cette liste s'agrandissait à chaque fois qu'elle y réfléchissait. Heureusement pour elle, elle ne serait pas prête à faire cavalier seul avant longtemps.

Peut-être qu'elle pourrait avoir un associé.

Mais cela signifiait perdre le contrôle des choses et faire confiance à quelqu'un – chose pour laquelle elle n'était vraiment pas douée.

Ce qui lui rappela qu'elle devait faire redescendre la pression avec le beau docteur. Enfin, dès lundi, après leur weekend torride.

****

Steven

Son travail lui prenait vraiment la tête et il avait hâte de passer un long weekend hors de l'hôpital. Sans oublier voir sa sœur, Hope.

Il finit par ne pas pouvoir rentrer à la maison avant mardi, très tôt dans la matinée, et il réussit à rester éveillé juste assez longtemps pour envoyer un message à Whitney lui expliquant qu'il ne pourrait pas déjeuner avec elle.

La jeune femme lui répondit immédiatement, dieu soit loué, et il put rapidement s'endormir.

Whitney : Pas de problème, t'inquiète pas. Repose-toi. On parlera plus tard.

Steven : Merci pour ta compréhension. Je t'enverrai un message à mon réveil. Bonne chance pour l'audience d'aujourd'hui.

Whitney : Fais de beaux rêves.

Steven : S'ils sont à propos de toi, ma douce, ils le seront. Bonne nuit.

Ce à quoi il tira ses rideaux occultants, coupa la sonnerie de son téléphone et régla son réveil pour trois heures de l'après-midi. L'avion de Hope arriverait à quatre heures et même si sa femme de ménage était passée mardi, Steven voulait avoir le temps mettre le lave-vaisselle et le robot aspirateur en route avant l'arrivée de sa petite sœur.

Il lui avait proposé de venir la chercher après avoir vu son emploi du temps, mais elle avait insisté pour prendre un Uber.

« T'as mieux à faire que de te retrouver coincé dans les embouteillages pour venir me chercher alors que je suis parfaitement capable de me débrouiller seule » lui avait expliqué sa sœur, pragmatique.

« Tu ne pourras pas dire que je n'ai pas proposé.

- En plus, tu vas devoir garder toute ta bonne volonté pour m'aider à vider le camion de déménagement vendredi.

- Ils seront à l'heure ?

- D'après le site, ils arriveront à 8 heures du matin.

- Je serai debout et prêt à t'aider. Enfin si on boit pas trop de vin pendant qu'on discute. Tu vas avoir un sacré décalage horaire.

- En fait, j'ai essayé d'ajuster mon cycle de sommeil aux heures de la côte est.

- C'est très pragmatique et très intelligent de ta part.

- Eh bien, je ne veux pas être complètement exténuée pour mon premier jour lundi. Même si je ne sais pas si j'ai vraiment bien fait. C'est très dur de sortir du lit quand il fait encore nuit dehors, surtout quand on sait à quel point j'aime dormir. »

Steven gloussa. S'il y avait bien une chose dont il n'avait aucun mal à se rappeler, c'était la tête de ses sœurs, Hope et Grace, quand elles étaient réveillées trop tôt. Les deux jeunes femmes pouvaient tuer si elles n'avaient pas assez dormi.

« Eh bien, j'ai des rideaux occultants dans la chambre d'ami ; le soleil se lèvre un peu plus tôt ici en été qu'en Californie.

- C'est génial. Heureusement, j'ai rendez-vous avec le Dr. Parker à dix heures lundi matin, seulement. On a déjà discuté de mes heures et du télétravail pendant l'entretien.

- Ah, c'est bon d'être la reine et qu'on s'adapte à tes envies.

- Ça ne me fera pas de mal, c'est sûr. Mon compte en banque apprécie, mais la souplesse est toute aussi importante, si ce n'est plus. Je veux pouvoir retourner à San Diego régulièrement et voir tout le monde. Les enfants d'Ava grandissent si vite et Gracie ne va pas tarder à se marier et à avoir des enfants, elle aussi. Je veux pas rater ça.

- Tu ne vas pas tout rater.

- Mais toi si, remarqua-t-elle.

- Mon travail est très différent du tien, gamine. Je ne peux pas vraiment travailler depuis chez moi quelques jours par semaine. Ils ont un peu besoin que je sois aux urgences pour soigner les gens.

- C'est vrai. Mais je vais pas pouvoir travailler à distance tant que tout n'est pas réglé. Après, Parker ne m'attend pas avant dix heures et je n'aurai pas de rendez-vous avant ça non plus.

- Comme je l'ai dit, c'est bon d'être la reine de l'hôpital. Mais souviens-toi, tu n'es qu'une princesse dans ma maison.

- Tu ne peux pas le voir mais je suis en train de lever les yeux au ciel tellement fort.

- Je sais. Je peux l'entendre à travers le téléphone. »

Hope gloussa. « À demain, grand-frère.

- À demain, sœurette. »

Le lendemain était désormais arrivé et Steve avait travaillé pendant seize heures d'affilée dans le même temps. Il était temps de dormir et, avec un peu de chance, de rêver des choses peu orthodoxes qu'il voulait faire à une certaine avocate aux cheveux châtains.

Hélas, les rêves ne pourraient jamais égaler la réalité, il le savait. Il était impatient de passer le weekend en sa compagnie, même si son colocataire venait avec elle.

CHAPITRE NEUF

Steven

Il se réveilla peu avant que son réveil ne sonne comme il en avait l'habitude – surtout quand il essayait de dormir en milieu de journée. Les rideaux occultants et l'air conditionné se révélaient très utiles mais il ne pouvait dormir que six heures. Il en serait bien content car il était également de service cette nuit. Avec un peu de chance, il s'agirait d'une nuit tranquille et il pourrait se reposer au crépuscule.

Le docteur avait dit à Hope que leur discussion serait accompagnée d'une bouteille de vin. Mais pour sa part, il resterait sobre et, avec un peu d'espoir, serait assez éveillé pour écouter tout ce qu'elle avait à lui dire. Sa famille lui manquait terriblement. Ainsi, quand Hope s'était décidée à intégrer le Boston General, il avait sauté de joie – même si c'était tout le contraire pour Frannie Ericson.

« Une raison de plus pour que tu viennes me voir, Maman. »

Elle s'était moquée de lui, mais Ava avait par la suite révélé à son frère qu'elle avait elle-même fait remarquer à leur mère que Hope était sollicitée dans le monde entier et qu'elle avait eu la décence de choisir un hôpital situé aux États-Unis. Cela avait pour le moins calmé les remarques acerbes de Frannie.

Aussi excité qu'il fût à l'idée de revoir enfin sa sœur, il l'était encore plus quant au weekend qu'il allait passer avec Whitney. L'avocate au tempérament de feu l'avait captivé.

On sonna à sa porte et il se précipita pour ouvrir ; il aurait presque pu arriver avant Lola – un croisement terrier/caniche – mais sa chienne ne lui laissait jamais la moindre chance. L'animal sautillait gaiement et aboyait, excité à l'idée de rencontrer une nouvelle personne.

« Lola ! » s'exclama Hope alors que la chienne s'élança à sa rencontre à la seconde où Steve ouvrit la porte. La jeune femme s'agenouilla pour lui caresser les oreilles et accepter ses papouilles. Elle se leva ensuite, tout sourire, en tendant les bras à la manière dont elle l'avait fait pour saluer Lola.

« Grand-frère !

- Salut, sœurette. Comment s'est passé ton vol ? » Steven la tira contre lui pour un long câlin et ne la lâcha pas avant qu'elle ne se retire d'elle-même. Il saisit ensuite la plus grosse valise de la jeune femme et cette dernière attendit qu'il l'emmène à l'intérieur avant d'en tirer deux autres, assorties à la première.

« C'était bien. Parker m'a encore payé un vol en première classe. Une fille comme moi pourrait s'y habituer. »

Steven gloussa. Le chef du personnel avait *vraiment* voulu avoir Hope dans son équipe et il avait donc décidé de lui rendre la vie très facile en payant ses vols à travers le pays et une entreprise de transport afin d'amener ses affaires jusqu'à Boston.

Ils apportèrent les valises dans la chambre d'ami.

« Ça vaut vraiment le coup quand tu voyages à travers tout le pays.

- Ne me *dit pas* que tu te paies des vols en première classe quand tu viens nous voir.

- Je plaide coupable. Dans quoi je pourrais dépenser mon argent, de toute façon ?

- Je ne sais pas moi ; des cadeaux d'anniversaires pour tes sœurs, une maison à San Diego, des fonds de retraite, n'importe quoi d'autre.

- Je vous offre pas de chouettes cadeaux ? » Le ton qu'il avait employé suggérait qu'il était offensé par la suggestion.

« Eh bien, si...

- Et *tu* viens juste de dire que tu pourrais t'habituer à voyager en première classe.

- Ouais, quand c'est quelqu'un d'autre qui paie. Si c'était moi qui sortais l'argent, ce serait une autre histoire.

- On verra ça la prochaine fois que tu devras prendre l'avion, ma grande. Tu risques de changer d'avis. Et est-ce que tu fais la morale à Ava quand elle voyage en première classe ? Non, parce que tu sais très bien que Travis ne voyage pas autrement.

- Arrête, même *moi* je suis pas idiote à ce point là. »

Leur sœur, Ava, avait épousé l'un des associés du meilleur cabinet juridique de San Diego. Travis Sterling n'avait pas pour habitude de compter son argent – encore moins lorsqu'il s'agissait de faire plaisir à sa femme.

Ils déposèrent enfin les valises dans la chambre après que Lola les avait dûment senties.

« Ah, Lola, Grand-mère Frannie ne t'a pas oubliée. Elle t'a envoyé des friandises » dit Hope tout en posant son bagage à main sur le lit et en ouvrant la fermeture éclair. Le museau de Lola se remit instantanément au travail lorsque Hope sortit un sac remplit de biscuits pour chien faits maison. La jeune femme regarda Steven. « Elle peut en avoir un ?

- Je passerais un peu pour un connard si je disais *non* maintenant, tu crois pas ? On ne demande pas si elle peut en avoir tout en agitant le sac devant elle.

- On croirait entendre Ava. Elle dit la même chose pour ses enfants et les bonbons.

- Et j'ai pourtant le sentiment que tu te fiches de ce qu'elle dit aussi. »

Après avoir ouvert le sac, elle en sortit un biscuit et le tendit à Lola, qui avait attendu patiemment. L'animal le prit doucement et s'enfuit rapidement pour le manger en toute tranquillité. Hope regarda son frère en souriant. « Et non, j'aime bien être la tante préférée de tout le monde. »

Steven secoua la tête et lui retourna son sourire en levant légèrement les yeux au ciel.

« T'as faim ? demanda-t-il en se tournant vers la cuisine.

- Je pourrais manger un bœuf entier.

- Je vais préparer à manger alors.

- Je crois que tu m'as aussi promis du vin.

- Je suis de service ce soir donc tu seras la seule à boire. Il y a une bouteille de ton rouge préféré qui t'attend sur la table.

- C'est pas pour rien que t'es mon frère préféré. »

Steven aurait pu lui expliquer qu'étant son seul frère, il était forcément son préféré, mais il savait que cela n'aurait servi à rien. Elle ouvrit la bouteille à l'aide d'un tire-bouchon et se versa un verre tandis que Steven se mettait au travail et sortait des ingrédients du réfrigérateur.

Le téléphone du docteur vibra et il s'arrêta pour regarder de qui il s'agissait.

Il sentit un sourire se former sur son visage quand il vit que c'était un message de Whitney – chose que sa sœur n'eut pas besoin de voir deux fois.

« Oh oh. »

Steven leva les yeux de son écran avant de répondre : « Oh oh ?

- Qui c'est qui te fait sourire comme ça avec un simple message ?

- Ça me regarde.

- Allez, Steve. Crache le morceau. On vit ensemble maintenant, je vais le découvrir tôt ou tard. Ton choix va décider de combien d'histoires embarrassantes je vais lui raconter quand on se rencontrera. »

Le docteur soupira, comme s'il voulait garder son secret, mais il était heureux de pouvoir parler de Whitney à quelqu'un, surtout à sa sœur.

« Elle est avocate et on va passer le weekend au Cap. Et non, tu n'es pas invitée. Mais j'espère que tu pourras garder Lola. »

Mais d'un autre côté, Hope pourrait s'occuper du fameux Ralph si elle venait...

« Je ne veux pas y aller de toute façon, le camion de déménagement arrive demain, tu te souviens ? Mais j'ai vraiment envie de la rencontrer – bientôt. Et je garderais un œil sur Lola, bien sûr.

- Merci, c'est très sympa de ta part.

- Mais je crois pas avoir besoin de déballer quoi que ce soit ce weekend à part mes habits puisque, » elle fit un geste en indiquant les alentours, « on dirait que tu as tout ce dont j'ai besoin, si ce n'est plus.

- Maman est venue chez moi pendant une semaine quand j'ai acheté l'appartement donc, bien sûr, j'ai tout ce dont je pourrais jamais avoir besoin et même des trucs dont je ne pensais pas avoir besoin du tout.

- M'en parle pas – elle a fait la même chose avec nous toutes. Enfin bref, retournons à nos moutons. » Dans un ton mélodieux, Hope demanda : « Comment elle s'appelle ?

- Whitney.

- Où est-ce que vous vous êtes rencontrés ? reprit-elle, toujours en chantant.

- Elle était la partie adverse dans un procès contre mon ami Zach.

- Zach, ton coloc à l'université ? » un sourire se dessina lentement sur ses lèvres. « Il était beau gosse. Il est toujours célibataire ?

- Oui, mais ça n'a pas d'importance parce qu'en ce qui te concerne, il n'est pas disponible.

- Ah, t'es pas marrant » dit-elle avant de continuer, impassible. « Alors, elle était dans la partie adverse… mais où est-ce que tu rentres là-dedans ?

- J'ai déjeuné avec Zach alors que le procès se déroulait et il se trouve qu'elle avait choisi le même restaurant. Il nous a présentés et, comme dirait Maman, je suis tombé sous son charme.

- Waouh, mon frère qui tombe amoureux au premier regard. J'y aurais jamais cru. Donc, elle doit être très belle…

- Elle est magnifique.

- Et intelligente.

- Oh que oui.

- Une combinaison dangereuse. »

Steven rit. « Ouais, tu peux le dire. De toutes les femmes, tu devrais le savoir mieux que quiconque.

- Merci du compliment. Tu veux un petit conseil de la part d'une femme brillante et, pas vraiment belle mais peut-être mignonne ?

- Bien sûr, je suis tout ouïe. »

Hope indiqua le téléphone qu'il tenait toujours dans la main. « Tu ne devrais pas attendre trop longtemps pour lui répondre.

- Ah, pas faux. »

Il débloqua son téléphone.

Whitney : Alors, tu as pu te reposer ?

Steven : Oui, merci. Encore désolé de pas avoir pu déjeuner avec toi, mais je promets que je vais me rattraper ce weekend. Tu penses toujours pouvoir partir demain après-midi ?

Whitney : Les jurés ont délibéré pendant quelques heures et ils ont décidé de continuer au lieu de rentrer chez eux à cinq heures. Donc je suis toujours au tribunal en attendant le verdict, ce soir j'espère.

Steven : Si seulement j'étais pas de service ce soir, on pourrait partir dès que tu as fini.

Avant qu'il ne puisse envoyer le message, il entendit : « Tu pourrais pas. Tu dois m'aider à vider le camion de déménagement demain, tu te rappelles ? »

Il leva les yeux et trouva Hope en train de regarder ses messages par-dessus son épaule et se retourna rapidement pour qu'elle ne puisse plus rien voir.

« Ça te dérangerait que je parte ?

- Je dis juste que tu as promis de m'aider.

- Eh bien, je suis de service donc je ne pourrais pas partir de toute façon. »

Il supprima tout de même ce message et en rédigea un autre.

Steven : Donc, on part dès que j'ai fini d'aider ma sœur avec son déménagement ?

Whitney : Je croise les doigts pour qu'on ait un verdict ce soir. Je serai prête quand tu le seras. Quelle heure te conviendrait ?

Steven : Ça dépend si le camion arrive à l'heure, mais avec un peu d'espoir, pas plus tard que midi.

Whitney : Ralph et moi seront prêts.

Ah oui, Ralph. Génial.

Steven : À demain, ma douce. Envoie-moi un message quand le verdict sera prononcé.

Whitney : J'y manquerai pas. Passe une bonne soirée avec ta sœur.

Il jeta son téléphone sur le plan de travail et prépara à diner. Hope l'informa de ce qu'il avait manqué à San Diego depuis la Fête des Mères et il essaya de l'informer au mieux de l'environnement au sein de l'hôpital.

« Evan Lacroix est un sacré enculé au service des urgences, donc évite le si tu peux. Sa sœur est en gynécologie obstétrique, mais elle a davantage les pieds sur terre.

- Pourquoi tu dis que c'est un enculé ?

- Il voulait le poste de directeur des urgences, et je l'ai eu. Il n'essaie même pas de cacher son mécontentement. Sa mère n'a pas dû lui apprendre à être bon perdant.

- Notre mère non plus » remarqua la jeune femme.

Steven lui sourit. « Alors heureusement qu'on ne perd pas souvent.

- Oh mon dieu, je m'étais jamais rendu compte de ton arrogance.

- Jamais ? Vraiment ? »

Elle trainait sa fourchette dans son assiette et fronça les sourcils. « D'accord, c'est pas vrai. Je sais très bien à quel point t'es arrogant. Pour être honnête, j'ai toujours admiré ça chez toi.

- Vraiment ? Pourquoi ? On m'a toujours dit que c'était un défaut.

- J'adore juste la façon dont t'es toujours sûr de toi. Moi, je passe mon temps à douter de tous les choix que je fais dans ma vie.

- Je ne te crois pas. Je t'ai vu travailler. Tu sais exactement ce que tu fais et tu ne doutes pas une seconde de tes capacités.

- Je pense que j'essaie de te copier quand je travaille. Les gens veulent que les chefs de projet aient confiance en eux. Prends pas la grosse tête, grand-frère, mais t'es un peu mon héros. »

Steven en eut le souffle coupé.

« C'est la plus belle chose qu'on m'ait jamais dite.

- Comme je l'ai dit, prends pas la grosse tête. »

Il prit une bouchée en souriant. « Trop tard. »

Hope mit sa serviette de table en boule et la jeta sur son frère. « Je savais que j'aurais pas dû te le dire. »

Ils passèrent le diner à rire et à plaisanter, comme ils en avaient l'habitude chez leurs parents et ils étaient en train de nettoyer quand le téléphone de Steven vibra une nouvelle fois.

Il s'empressa de saisir l'appareil et Hope le taquina : « Tu l'aimes vraiment, cette fille.

- Ça pourrait être l'hôpital.

- Oui, bien sûr. »

Il ne s'agissait pas de l'hôpital.

Whitney : On a gagné le procès. Je rentre chez moi. Dis-moi à quelle heure tu veux partir demain dès que tu le sais.

Steven entendit la voix de Hope derrière lui. « Tu devrais l'inviter ici pour fêter ça. »

Il tourna les talons et la regarda droit dans les yeux. « Écoute, il va sérieusement falloir qu'on établisse des limites. Arrête de regarder mes messages par-dessus mon épaule. »

Sa sœur haussa les épaules, sans se démonter. « Je dis juste que l'inviter est la meilleure option.

- Je suis de service. »

La jeune femme haussa à nouveau les épaules. « Je l'inviterais quand même. »

Le docteur fusilla Hope du regard et se dirigea vers le salon, à l'abri de ses regards indiscrets, pour répondre.

Steven : Félicitations ! Ça te dit de venir pour fêter ça ? Je suis de service donc je vais pas trinquer avec toi, mais je peux donner à tes pieds un bon massage.

Whitney : Même si je tuerais pour un massage, c'est impossible. Je dois rentrer voir Ralph.

C'était sans doute une bonne chose qu'elle ne rencontre pas Hope si tôt – la sœur de Steven se révèlerait bien assez envahissante en temps voulu. Mais le docteur était tout de même déçu et assez intrigué quant à l'idée de rencontrer ce fameux Ralph. Pourquoi devait-elle rentrer pour le voir ?

Steven : D'accord, peut-être ce weekend dans ce cas. Encore une fois, je te félicite. Je t'appellerai demain quand j'aurai une meilleure idée de notre heure de départ.

La réponse de Whitney le fit rire aux éclats. L'avocate avait bien caché son jeu.

Whitney : J'espère que tu as quelque chose de plus grand que ta Porsche, car je crois que Ralph ne rentrera pas à l'arrière.

Le message était accompagné d'une photo d'un labrador noir avec des oreilles bien plus longues que la normale. Il était adorable.

On dirait que Lola ne passerait pas le weekend avec Hope, après tout.

CHAPITRE DIX

Whitney

Elle regardait fixement la photo décrivant un chien blanc et gris, qui avait l'air tout droit sorti d'un film Disney, suivie du message de Steven.

Eh bien, je vois que Madame est joueuse. Lola et Ralph vont bien s'amuser ensemble. On se verra demain.

Non seulement il aimait les chiens, mais il en avait un lui-même.

Les plans de Whitney tombaient à l'eau.

Non, pas du tout. Je ne suis pas obligée d'avoir des sentiments pour lui. La jeune femme pourrait faire en sorte que leur relation reste légère.

Steven lui envoya un nouveau message vers midi, le même jour, en lui disant qu'il pourrait passer la prendre dans une heure, si cela lui convenait.

Whitney : On sera prêt.

On sonna à sa porte quasiment une heure après, ce qui fit aboyer Ralph et l'animal s'élança ensuite en direction de la porte.

« Ralph, assis » dit-elle en attendant qu'il obéisse pour ensuite ouvrir la porte. Et c'est alors qu'elle se retrouva, bouche bée, devant Steven – déjà prêt pour la plage ou une sortie en bateau avec son short cargo brun clair, son T-shirt blanc et sa chemise bleu sarcelle complètement ouverte. Les chaussures de voile qu'il portait complétaient son style à la perfection.

« Salut » dit-il en souriant tandis qu'il regardait Ralph qui remuait la queue contre le bagage à main de Whitney. Le sac contenant les affaires de la petite boule de poils se trouvait juste à côté.

« Tu dois être Ralph. » Steven tendit la main pour que le chien puisse la sentir avant de s'agenouiller et prendre gentiment sa tête entre les mains.

Ensuite, le docteur se releva et une lueur illumina ses yeux quand ils rencontrèrent ceux de Whitney.

« T'es prête ?

- Presque, » dit-elle en posant la main sur le manche télescopique de sa valise afin qu'il ne puisse pas la prendre. « Il faut qu'on établisse quelques règles pour ce weekend. »

Steven pencha la tête. « Des règles ?

- Nos attentes, si tu préfères.

- Ah » répondit-il en acquiesçant. Un léger sourire s'échappa de ses lèvres alors qu'il se penchait contre le montant de la porte. « Eh bien, ce à quoi je m'attends, *moi*, c'est qu'on aille dans ma maison, face à l'océan, qu'on prenne un bon bain de soleil, qu'on apprécie le sable chaud et qu'on partage un bon repas ainsi que des discussions intéressantes. Je m'attends aussi à ce qu'on se détende et qu'on profite l'un de l'autre, et tu choisiras si tu veux dormir dans ma chambre ou non. »

Steven essaya ensuite de saisir sa valise, mais la jeune femme ne le laissa pas faire tandis qu'elle réfléchissait à son petit discours. Elle aimait sa réponse mais elle ne s'était pas attendue à ce qu'il soit aussi conciliant. Le docteur lui donna une légère tape sur le nez et dit tout en souriant : « Est-ce que c'est bon ou est-ce qu'on devrait aussi parler d'un mot de sûreté pour nos jeux plus *sérieux* ? »

Elle répondit mollement : « Ha ha. » Mais elle refusait toujours de bouger.

« Juste pour ton information, ma belle, je te promets que tu n'auras pas besoin de ça, je vais prendre bien soin de toi. »

Whitney essaya de contenir les frissons qu'elle ressentait dans le bas du dos et d'ignorer son badinage lascif tandis qu'elle répondait : « Je crois juste qu'il faut qu'on mette les choses au point dès le départ, pour éviter toute confusion et regrets par la suite. »

Il la regarda, l'air patient. « Mettre les choses au point ? Je t'aime bien, toi aussi. Il y a une connexion évidente entre nous deux, mais si tu as changé d'avis... eh bien, ça ne va pas me plaire mais c'est ton choix et je le respecte.

– Non, c'est tout le contraire en réalité. »

Il sourit. « C'est quoi le problème, alors ?

– Je veux juste que tu saches que je ne recherche pas une relation sérieuse en ce moment. »

Steven regarda la jeune avocate droit dans les yeux – impossible pour elle de déchiffrer l'expression sur son visage – avant de finalement hocher la tête. « Compris. »

Son estomac se noua légèrement face à la déception que Whitney ressentait – le docteur ne s'était pas montré très combatif. Mais c'est pourtant ce qu'elle voulait, n'est-ce pas ?

La jeune femme ferma la porte à clé, le poignet prisonnier de la laisse de Ralph et Steven grogna au creux de son oreille : « Je peux toujours m'amuser avec ton corps, hein ? Même si on n'est pas ensemble. »

Elle se tourna vers lui en souriant, satisfaite. « C'est bien ce que j'espère. »

Ils s'approchèrent du SUV du docteur et Whitney remarqua sa chienne à l'arrière. « On devrait faire les présentations avant de les laisser tous les deux à l'arrière pour le trajet. »

Bien entendu, les deux chiens s'entendirent à merveille.

Ils les attachèrent ensuite à l'intérieur avant que Steven n'ouvre sa portière et murmure : « On va bien s'amuser, bébé. Essaie juste de lâcher prise et d'apprécier cette petite escapade. Laisse-moi m'occuper de tout. Je suis là, et tout va bien se passer. »

Whitney leva les yeux au ciel et entra dans la voiture. Il se contenta de sourire en fermant la porte et fit le tour jusqu'au siège conducteur.

Des images d'elle - nue et se laissant aller au plaisir que lui procurerait Steven, son corps sur le sien – envahirent l'esprit de la jeune femme et elle serra les cuisses. Pourrait-elle lâcher prise et le laisser prendre les choses en main ?

Un coup d'œil rapide en direction de son profil puissant alors qu'il entrait dans la voiture lui indiqua qu'elle n'aurait aucun mal à se laisser faire – même si ce n'était pas, selon elle, la meilleure décision à prendre. Néanmoins, elle dit : « Je ne suis pas très douée pour lâcher prise » alors que Steven fermait la portière.

Ce dernier répondit d'un air confiant : « On va travailler là-dessus. » Puis il démarra le moteur.

Qu'est-ce que ça veut dire, ça ?

Il avait presque l'air d'un prince tandis qu'il conduisait aisément le Land Rover à travers la circulation bondée de ce vendredi après-midi. Une pensée lui vint à l'esprit alors qu'elle fixait ses avant-bras sexy du regard tandis qu'il tournait le volant – elle ne s'était jamais permise de simplement s'asseoir et apprécier un trajet en voiture. Mais être sa passagère se révélait très confortable.

Ça n'a pas intérêt à être une putain de métaphore sur ma vie.

Le bruit sourd qui provint de l'arrière de la voiture alors qu'elle se trouvait propulsée en avant lui fit comprendre qu'il s'agissait exactement de cela.

****

Steven

« Tu n'as rien ? » demanda-t-il avant de jeter un œil à l'arrière pour voir la Volkswagen Jetta qui avait foncé dans son pare-chocs arrière.

Whitney examina les chiens qui étaient toujours attachés et en sécurité avant de murmurer : « Je crois. »

Steven se gara sur le côté en soupirant pour constater l'étendue des dégâts. Saletés de vacanciers. Le docteur avait pensé qu'en partant plus tôt, il éviterait la plupart des gens se rendant au Cap pour le weekend mais apparemment, il n'était pas le seul à voyager en dehors des heures de pointe.

Comme il s'en doutait, le pare-chocs du robuste Land Rover n'avait pas une égratignure – mais on ne pouvait pas en dire autant de la pauvre Volkswagen.

« Heureusement qu'on n'a pas pris la Porsche » plaisanta Whitney alors qu'ils retournaient à l'intérieur du SUV. « La note du garage aurait été méchamment salée. »

Steven sourit à son expression, typique de Boston. « Je vois que Madame a Boston dans les veines.

- Ça fait combien de temps que tu vis ici ?

- Six ans.

- Et tu es allé à combien de matchs des Red Sox, des Patriots ou des Celtics ?

- Je suis allé à quelques matchs des Celtics, un seul des Patriots. Mais j'ai déjà tous les tiquets de la saison pour voir les Sox.

- Et tu n'utilises pas *méchamment* pour tout et n'importe quoi ?

- J'aurais l'impression d'être un imposteur. »

Whitney lui caressa la main. « Oh, Steve, tu vis ici depuis assez longtemps – tu as le droit. »

Le docteur prit la paume de sa main et l'amena à ses lèvres pour embrasser son poignet. « Je vais garder ça en tête. »

Un léger gémissement s'échappa des lèvres de la jeune femme et fit bouger sa queue. Hélas Steven dut lâcher sa main alors qu'elle se retirait pour changer de sujet.

« Alors, une grande maison au Cap, hein ?

- J'ai passé ma jeunesse à surfer à San Diego. L'océan me manquait.

- Mais tu as aussi un appartement à Boston ? »
Steven hocha la tête.

« T'as aidé ta sœur à emménager ?

- Eh bien, on a mis ses cartons à l'intérieur. Elle m'a dit qu'elle ne voulait pas tout déballer, seulement ses habits pour pouvoir aller au travail ; mais j'y croirai quand je reviendrai dimanche. Elle va s'ennuyer et le faire pour s'occuper.

- Est-ce qu'elle a des amis qu'elle pourrait aller voir ?

- Pas encore.

- J'ai oublié, pourquoi est-ce qu'elle est venue à Boston, déjà ?

- Elle va travailler au Boston General dès lundi. C'est une ingénieure très brillante qui a déposé des brevets révolutionnaires pour des prothèses. Tous les grands hôpitaux du monde étaient intéressés par ses compétences.

- Mais son grand-frère ne travaillait que dans l'un d'entre eux.

- Un truc comme ça, ouais.

- J'imagine que tes supérieurs t'ont à la bonne maintenant.

- Ouais, je ne vais pas te mentir... intégrer Hope à l'hôpital m'a valu beaucoup d'avantages. Mais je suis déjà un as en temps normal donc, je vais simplement les garder au cas où. » Il lui fit un clin d'œil. « Mais je vais quand même m'en servir pour faire en sorte que l'hôpital réserve une table pour le gala de l'Animal Rescue Foundation.

- Et je t'en remercie. Mais comment ça se fait que ta sœur vive avec toi ? Elle ne veut pas avoir son propre appartement ? Vos parents vous ont donné beaucoup d'argent, non ? »

Steven ne put s'empêcher de rire.

« Mes parents sont riches mais ils se sont assurés que leurs enfants connaissent la valeur de l'argent. Ils nous ont donné une chance incroyable en payant intégralement nos frais d'inscription à l'université, mais c'est tout. Nous savons tous qu'il faut travailler dur et nous apprécions d'être arrivés là où nous sommes aujourd'hui par nous-mêmes. »

Whitney lui adressa un léger sourire. « Un homme qui a réussi à la sueur de son front, qui aime les chiens *et* qui embrasse bien ? Je crois que je suis en danger. »

Il lui sourit, l'air arrogant. « Ta culotte est réellement en danger, mais pour le reste, tu seras en sécurité avec moi, c'est promis. »

Et il était sincère – à la fois concernant sa culotte qui avait de grande chance de finir déchirée puisque, pour être honnête, il n'avait pas pour habitude d'être doux et gentil quand il déshabillait une femme ; mais aussi concernant le fait qu'il ne lui ferait aucun mal. Steven avait le sentiment que sous cette carapace dure et inflexible se trouvait une femme vulnérable qu'il voulait protéger.

Et conquérir, s'il devait être franc. Il désirait plus que tout qu'elle lui soit soumise.

Chapitre Onze

Whitney

Elle sentit l'odeur de l'océan à la seconde où ils passèrent le portail menant à une maison typique du Cap. En toile de fond se trouvait l'océan Atlantique.

« Attends, tu plaisantes là ? »

Steven la regarda alors qu'il mettait le frein à main. « Quoi ?

- J'ai choisi la mauvaise carrière, c'est certain. »

Whitney gagnait plutôt bien sa vie et pouvait se permettre une demeure modeste à Boston ainsi que des vêtements de marque qu'elles achetaient toujours pendant les soldes et une BMW neuve – sans oublier un fond de retraite. Mais ce que lui proposait Steven était beaucoup trop bien pour elle, tout comme lui d'ailleurs.

« Je t'ai vue à l'œuvre, tu es née pour être avocate. Et pour ce qui est de cette maison, j'ai fait une très bonne affaire. Les propriétaires précédents étaient au beau milieu d'un divorce très compliqué.

- Bonne affaire ou pas, je ne pourrais jamais m'offrir quelque chose comme ça. À moins que... » Elle ne termina pas sa phrase.

« Je m'en sors plutôt bien. Je suis un homme célibataire sans trop de dépenses. » Steven sortit et fit le tour du SUV pour ouvrir sa portière. « À moins que quoi ? Tu penses à l'offre de Zach ?

- Non. Je dois rester dans mon cabinet. »

Elle était redevable envers les associés qui l'avaient aidée à intégrer Harvard, alors qu'elle était en stage au cabinet, et qui lui avaient écrit une fantastique lettre de recommandation pour appuyer sa candidature. Ils lui avaient même payé ses frais d'inscription quand elle avait été admise.

« Est-ce que tu veux avoir un associé ? »

Whitney saisit sa main et glissa hors de la voiture. « Franchement, non. Je veux avoir mon propre cabinet sans devoir me couper en quatre pour trouver un associé.

- Zach se tue à la tâche pour en avoir un, sans oublier tous les culs qu'il doit lécher. »

La jeune femme fronça les sourcils, l'air sceptique. « À chaque fois que je le vois, il revient de vacances dans un lieu exotique. J'ai vraiment du mal à croire qu'il se tue à la tâche. »

Ses mots suscitèrent un rire assez grave de la part du docteur alors qu'ils faisaient sortir les chiens. Whitney aimait bien ce son.

« Il s'amuse autant qu'il travaille.

- Ah, mais je ne suis pas jalouse. Pour être honnête, je l'envie. »

Les deux chiens reniflaient la pelouse quand il demanda : « Pourquoi ? Tu pourrais faire la même chose. Tu es talentueuse et tu es aussi célibataire.

- Je suis trop pragmatique pour partir en voyage sur un coup de tête – même pour un weekend. Je veux tout prévoir à l'avance.

- Me dis pas que t'as un emploi du temps détaillé pour chaque jour de tes vacances ? »

Ralph galopa en direction de la jeune femme et elle s'agenouilla tout en répondant, sur la défensive, « Il n'y aucun mal à avoir un emploi du temps. »

Steven souriait alors que ses yeux étaient posés sur les siens. « Mais ça t'empêche d'être spontanée et de profiter de du moment présent. Et si j'avais envie de passer l'après-midi à te faire grimper aux rideaux, mais que ce n'est pas au programme ? »

Elle sentit la chaleur venir dans son bas-ventre en repensant à ce qu'il lui avait fait vendredi soir après le diner. Un après-midi entier comme ça ? Elle ne pouvait même pas l'imaginer.

Et le sourire méchamment confiant du docteur ne lui laissait aucun doute – il tiendrait parole.

Se relevant complètement, le torse bombé, elle répondit : « Donc tu me dis que t'as pas prévu quelque chose pour ce weekend ? » alors que Ralph repartait à la recherche de sa nouvelle amie.

Le sourire de Steven s'élargit et il fit un pas en avant pour mettre un bras autour de sa taille et murmurer au creux de son oreille. « Oh mais bien sûr que si.

- La première règle d'un emploi du temps est de pouvoir faire preuve de souplesse. »

Il fit courir sa main sur le derrière de la jeune femme et le serra subtilement.

« La souplesse ne sera pas du luxe pour ce que j'ai en tête. »

Heureusement pour elle, Whitney essayait toujours de faire une séance de yoga quatre fois par semaine.

Elle sentit ses tétons se raidirent au même moment où Lola et Ralph foncèrent sur eux et Steven fut contraint de reculer en soupirant. C'était une bonne chose puisque la jeune femme n'avait qu'une envie : se frotter contre sa queue dure et épaisse dans l'allée – chose qui n'aurait probablement pas été du goût du voisinage.

Le docteur lui prit la main. « Viens, allons à l'intérieur. »

Whitney fit un pas en avant, puis hésita en regardant le SUV. « On devrait pas prendre nos affaires ?

- J'irai les chercher après t'avoir fait visiter.

- Je suis capable de porter ma valise toute seule, tu sais. »

Steven s'arrêta net, se retourna pour lui faire face et dit d'un ton ferme : « On va mettre quelque chose au point. Je n'ai aucun doute quant à tes capacités. Je me conduis en gentleman parce que c'est comme ça qu'on m'a éduqué et parce qu'il se trouve qu'à mes yeux, tu le *mérites*. Ça n'a rien à voir avec ce que je pense que tu peux faire ou pas. »

La jeune femme déglutit péniblement, l'esprit incapable de former une phrase cohérente.

« Et me regarde pas comme ça à moins que tu veuilles que je t'embrasse » ajouta-t-il d'une voix grave.

C'était peut-être bien la chose la plus excitante qu'on lui ait jamais dite.

****

Steven

Il avait été ennuyé par l'interruption des deux chiens mais réalisa par la suite qu'il valait mieux qu'il calme le jeu pour cette nuit. Bien sûr, il voulait prendre son pied avec elle, mais il désirait aussi apprendre à la connaître et tout savoir de la jeune femme. La baiser dans l'allée avant même d'entrer dans la maison n'aurait pas vraiment donné le bon ton pour le reste du weekend.

Whitney pouvait prendre ses conneries de *relation légère* et se les coller là où il pensait. Mais le docteur n'était pas idiot et il acceptait de rentrer dans son jeu – pour l'instant.

La jeune femme le regardait dans les yeux, les pupilles dilatées et la bouche entrouverte – et les tétons pointant à travers sa robe d'été couleur menthe.

« Et me regarde pas comme ça à moins que tu veuilles que je t'embrasse. »

La langue de Whitney se libéra de ses lèvres comme si elle imaginait la scène et Steven perdit le contrôle. Il posa la main sur son cou et la tira contre lui avant d'écraser ses lèvres contre les siennes.

Les deux amants n'arriveraient jamais à attendre d'entrer à l'intérieur. Et le docteur avait du mal à s'en inquiéter.

CHAPITRE DOUZE

Whitney

Les museaux insistants et les gémissements des deux chiens ramenèrent les deux amants à la réalité.

« Je voulais faire ça dès l'instant où tu m'as ouvert la porte, confessa-t-il alors qu'il posait son front contre le sien.

- Pourquoi t'as attendu si longtemps alors ?

- Tu étais déjà en train de créer des mots de sûreté avant même qu'on sorte de chez toi. Je pensais que ce n'était pas le bon moment. »

Whitney se retira de son étreinte. « Je n'ai *pas* créé un mot de sûreté. »

Le sourire presque diabolique du docteur refit surface lorsqu'il lui prit la main et la guida en direction du porche. « C'est très bien, poupée, car je t'ai dit que tu n'en aurais pas besoin ici. Je vais bien m'occuper de toi.

- T'es vraiment insupportable. »

Le docteur embrassa sa main, sans louper une seule marche. « Je sais, mais ma mère a toujours dit qu'on trouvait ça mignon. »

Et *c'était* mignon, bordel.

Whitney n'allait pas tomber dans le panneau. Jamais elle ne laisserait quelqu'un s'occuper d'elle. Ses propres parents en avaient été incapables et la jeune femme avait depuis longtemps appris à ne compter que sur elle-même. Et ce beau docteur qui courait les jupons n'allait pas changer la situation.

Mais elle pourrait peut-être se laisser tenter et, juste pour cette fois, s'abandonner à Steven. Cela ne durerait cependant qu'un weekend.

****

Steven

« Ta maison est splendide. Je crois que ça vaudrait même le coup de faire la route depuis Boston pour vivre ici tous les jours. »

Whitney faisait tournoyer le Cabernet dans son verre alors qu'elle s'asseyait à l'îlot de cuisine et regardait Steven sortir des casseroles et des poêles des placards – il cherchait sa poêle favorite.

« Si j'avais un plus gros bateau, je réfléchirais à faire le trajet quelques jours par semaine. Au moins pendant l'été.

- Ce serait cool. Tu impressionnerais n'importe quelle demoiselle en l'emmenant ici en bateau. »

Steve posa bruyamment la poêle qu'il avait cherchée sur le plan de travail en granit et ne s'embêta même pas à ranger les autres avant de faire le tour de l'îlot. Il fit pivoter le tabouret sur lequel Whitney était assise pour que cette dernière soit en face de lui et logea sa cuisse entre les siennes avant de soulever son menton à l'aide d'une de ses phalanges.

« Malgré tout ce que tu peux penser, j'en ai rien à faire des autres femmes. Il n'y a que toi que je veuille impressionner. Et pour ton information, je n'ai jamais fait venir une femme ici avant toi. »

L'avocate rit. Une fois n'est pas coutume, elle *rit* sincèrement.

« Ouais, d'accord. Bien sûr, bien sûr. »

Steven ne savait guère quoi répondre. Personne avant elle n'avait refusé de prendre le docteur au sérieux – du moins en face de lui.

« Tu me traites de menteur ?

- Je te traite de dragueur, un dragueur qui sait exactement quoi dire pour faire perdre ses moyens à une femme. Malheureusement, perdre mes moyens ou perdre *quoi que ce soit* d'autre n'est pas dans mes habitudes. Pour ton information, tu peux m'épargner ton baratin. Ce weekend ne me dérange pas tel qu'il est.

Steven se sentit froncer les sourcils. « C'est-à-dire ?

- Des conversations intéressantes, des bonnes parties de jambes en l'air, peut-être quelques scènes romantiques préconçues en se promenant sur la plage, main dans la main avec nos chiens. Une escapade sympa sans attaches. » Whitney plissa ensuite les yeux et remua son index dans sa direction - comme il l'avait vue le faire dans la salle d'audience – et dit doucement : « Donc, épargne-moi ton baratin. »

Steven saisit son doigt et caressa la paume de sa main, le visage à quelques centimètres du sien.

« Ce n'est pas du baratin, Madame. Je n'ai jamais amené une femme ici. » Il embrassa son poignet, puis l'intérieur de son coude – en remontant lentement jusqu'à son épaule. « Je n'ai baisé personne dans cette maison, » dit-il avant d'ajouter sous son oreille : « Et bien que j'apprécie tes idées pour notre weekend et que j'aie envie de baptiser chaque pièce de cet endroit avec tes cris et tes gémissements... » Steven laissa glisser ses mains le long de son corps pour finalement les poser sur ses hanches alors qu'il murmurait : « J'aime aussi cette idée d'attaches avec toi. Beaucoup. »

La jeune femme grogna et bougea la tête pour qu'il puisse avoir plus facilement accès à son cou.

« Si c'est ta façon de dire que tu veux m'attacher, je *pourrais* être partante. Sinon – sans façon, Dr. Ericson. »

En temps normal, les femmes lui disaient toujours qu'elles n'étaient pas dérangées par des relations sans lendemain après ses avertissements alors qu'elles essayaient toujours de le faire changer d'avis par la suite. Et maintenant qu'il expliquait à une femme qu'il voulait plus qu'un simple coup d'un soir avec elle, cette dernière le repoussait ?

Y avait-il un nouveau livre sur la séduction qui lui aurait échappé ? Mais ce rejet ne faisait que renforcer le désir que Steven éprouvait à son égard.

Hélas, quand il regarda Whitney dans les yeux il comprit – elle ne plaisantait pas.

« Voyons juste ce qui se passera ce weekend sans se prendre au sérieux. »

Elle secoua la tête. « Je crois qu'il vaut mieux qu'on soit clair dans nos attentes avant de se lancer.

- Et quelles sont tes attentes ?

- Je te l'ai déjà dit. Des discussions, du sexe, une petite escapade et... »

Steven posa un doigt sur ses lèvres avant que Whitney n'ajoute la partie concernant les attaches. « Je peux satisfaire toutes ces attentes – et bien plus encore. Tout ce que je te demande c'est de rester ouverte d'esprit quant à ce qui pourrait se passer lundi. »

Elle avait les yeux posés sur la bouche du docteur et ce dernier remarqua qu'elle déglutit péniblement avant de murmurer : « Je pense que c'est une mauvaise idée. »

Steve ramena ses cheveux derrière son oreille. « Ou une très, très bonne idée.

- Je ne vois pas comment.

- Fais-moi un peu confiance, Whitney. Je te promets que ça vaudra le coup. »

Elle se força à sourire. « Steven, ma situation actuelle ne me permet pas de te donner quoi que ce soit après dimanche. S'il te plaît, essaie de comprendre. »

Le docteur n'aimait pas plus cette idée qu'il ne la comprenait, mais l'avocate était ici avec lui pour le reste du weekend et il se concentrerait là-dessus. Il lui ferait passer de si bons moment – dans la chambre et en dehors – qu'elle ferait tout pour le revoir.

Steven lui caressa les épaules, refusant d'abandonner si vite et de la rayer de sa vie une fois de retour à Boston. Whitney laissa échapper un léger gémissement et sa queue se dressa instantanément.

« On va diner et ensuite on ira dans le jacuzzi pour que je te fasse un massage. J'ai peur que ce petit accident te laisse des courbatures.

- Mmm, ça m'a l'air divin comme programme. »

En effet, c'était l'idée. Enfin, ça et lui faire crier son nom alors qu'elle enchainerait les orgasmes sur sa langue.

Mais il fallait commencer par le commencement – c'est-à-dire l'impressionner avec ses talents culinaires. Ses talents en matière de cunnilingus devraient quant à eux attendre que Whitney soit nourrie et détendue.

****

Whitney

Bordel, cet homme savait y faire avec une poêle et des ingrédients.

« Un homme tel que toi ne devrait pas être capable de cuisiner comme ça » remarqua-t-elle alors qu'elle dégustait une autre bouchée. « Comment une femme aurait la moindre chance face à toi ? »

Steven rit mais ne la contredit pas. « Qu'est-ce que tu veux dire ? Que t'as pas la moindre chance face à moi, ou que tu sais pas cuisiner ? »

Whitney ignora volontairement la première partie de la question. « Je sais cuisiner, mais ça n'a pas d'intérêt pour moi. Cuisiner pour une seule personne demande beaucoup trop de temps. C'est plus simple de prendre un plat à emporter ou de se faire livrer.

- Je suis d'accord. Même si j'aime bien cuisiner et que je trouve ça relaxant, je ne le fais pas beaucoup quand je suis tout seul. » Il lui adressa un regard éloquent. « Mais je suis heureux de pouvoir cuisiner pour quelqu'un.

- Eh bien, je suis contente de pouvoir en profiter.

- Ah mais tu vas profiter tout le weekend. Et de bien des façons, bébé. »

Ils se regardèrent fixement pendant un long moment, puis Whitney détourna le regard et s'attarda sur le reste de la cuisine.

« Puisque tu as préparé le repas, je vais nettoyer. »

Steven accepta sa proposition mais l'aida tout de même – en ne manquant aucune occasion de poser la main sur ses fesses ou d'embrasser son cou quand ils se croisaient.

Lorsque le lave-vaisselle se mit en route, il jeta une serviette sur le plan de travail. « Direction le jacuzzi ?

- Oui ! »

Le docteur attrapa la bouteille de vin qu'ils avaient bue ainsi que leurs verres et se dirigea vers la porte-fenêtre à deux pans qui menait à son patio.

« Tu vas pas mettre ton maillot ? »

Le sourire malicieux qui était désormais sa signature se dessina sur son visage. « Non.

- Eh bien, moi je vais me changer. »

Steven ouvrit la porte en lui faisant un clin d'œil. « Je t'attendrai là-bas. »

Seigneur dieu, l'esprit de la pauvre Whitney était déjà assailli par des images du docteur, nu sous les bulles tourbillonnantes du jacuzzi, alors qu'elle ouvrait sa valise.

Ça ne durera qu'un weekend. Mais elle était bien décidée à en apprécier chaque instant.

CHAPITRE TREIZE

Steven

Sa bite était déjà prête à l'action alors qu'il s'installait dans l'eau chaude et pleine de bulles mais lorsque Whitney arriva dans le patio, vêtue de son bikini noir, il aurait pu s'en servir comme d'un marteau.

« Oh putain » murmura-t-il alors qu'il se relevait en lui tendant la main pour qu'elle ne glisse pas – il s'efforça tout de même de garder la taille immergée. « Tu es éblouissante. »

La façon qu'elle eut de ramener ses cheveux derrière l'oreille alors qu'elle se laissait glisser dans l'eau semblait indiquer qu'elle n'était pas aussi confiante quant à son corps de rêve.

Steven la plaça devant lui – hors de portée de sa bite, bien entendu – afin de lui masser le cou et les épaules. « Je veux pas que tu aies des courbatures demain matin » murmura-t-il au creux de son oreille en se penchant sur elle. « Enfin, tu en auras sûrement ailleurs. Je ne peux rien te promettre. »

Le gémissement qui s'échappa des lèvres de la jeune femme alors que ses pouces faisaient pression sur la base de son cou mit sa queue en éveil. Il avait hâte de l'entendre gémir dans son lit, ressentant un plaisir d'une toute autre nature.

Steve pouvait sentir les tensions quitter le corps de Whitney à mesure qu'il la massait et, après une quarantaine de minutes elle se retourna et lui adressa un sourire détendu. « Merci, c'était génial.

- On remettra ça demain. »

Steven lui passa son verre avant de remplir le sien et de porter un toast.

« À un weekend plein de possibilités. »

La jeune femme le regarda d'un air sceptique – n'ayant pas tout à fait oublié ses avances plus ou moins subtiles – mais trinqua tout de même avec lui avant d'ajouter : « Et aux attentes comblées. »

Steven fit une pause, prêt à trinquer à nouveau après l'avoir corrigée. « Aux attentes *dépassées*. Et à bien plus encore. »

Leurs verres s'entrechoquèrent et il but une gorgée, mais Whitney, elle, pencha la tête et lui demanda : « Pourquoi tu t'accroches autant ? C'est un pari que tu as avec Zach, c'est ça ? Pour autant que tu saches, je vais peut-être te taper sur le système jusqu'à dimanche. Je pourrais aussi être un très mauvais coup.

- Bien évidemment que je n'ai pas fait de pari avec Zach – j'ai trente-huit ans, pas seize. » Steven mit la main autour de sa taille et la tira vers lui. « Et pour ce qui est du reste de ton charabia, j'en doute vraiment, poupée. T'es une drogue et je suis déjà accro. »

Whitney enveloppa immédiatement les jambes autour de sa taille et remua sa chatte, moulée par son maillot de bain, de haut en bas contre sa queue dure comme de la pierre.

« Il n'y a qu'une façon de le savoir » ronronna-t-elle avant de l'embrasser fougueusement.

Oh oui, putain.

Steven se retint et laissa sa partenaire contrôler leur baiser – du moins, au début. Il lui passa ensuite la main dans les cheveux et reprit l'ascendant, sans même s'en rendre compte. Sa queue raide et épaisse était logée entre ses jambes à la perfection et il l'embrassa plus ardemment encore.

C'est au moment où Whitney laissa échapper un long soupir alors qu'elle se laissait aller contre son corps que le docteur eut connaissance de l'inversion du rapport de force.

Steven se doutait qu'elle avait l'habitude de tout contrôler. *Mais pas avec moi, ma petite.* La chaleur provenant de sa chatte suffisait amplement à lui communiquer qu'elle voulait bien s'abandonner à lui.

Il se trouva donc fort dépourvu lorsqu'il senti ses cheveux tirés d'un coup sec afin que ses yeux rencontrent les siens alors qu'elle grognait : « Baise-moi ! » tout en s'épuisant contre sa queue.

C'était un ordre, elle ne le suppliait pas.

Mais contrairement à Evan Lacroix au sein de l'hôpital, Steven serait heureux de batailler avec la tigresse pour être aux commandes.

****

Whitney

Le docteur se leva et sortit du jacuzzi tandis que ses jambes étaient toujours enroulées autour de sa taille et ses lèvres toujours prisonnières des siennes.

« Fais attention à pas glisser » gloussa-t-elle contre sa bouche alors qu'il se dirigeait vers la porte-fenêtre à deux pans.

« Ne t'inquiète pas, bébé. Tout va bien, je suis là.

- C'est ce que tu dis tout le temps.

- Peut-être que si je le répète assez, tu vas commencer à me croire. »

Les chiens avaient été mis à l'intérieur d'un grand panier dans un coin de la cuisine mais ils s'étaient levés pour voir ce que leurs propriétaires faisaient.

Whitney sentit un museau froid lui toucher les fesses et à en juger par la façon dont Steven venait de sursauter, il avait reçu le même traitement.

« Ralph va pas me mordre le cul, hein ?

- Je pense pas. »

Là encore, son chien ne l'avait jamais vue agrippée de la sorte à un homme nu.

« On ferait mieux d'aller dans la chambre, suggéra Steven.

- Bonne idée » gloussa-t-elle une fois de plus.

Pourquoi gloussait-elle autant ce soir ? Il n'était pas du tout dans ses habitudes de jouer la dinde. Whitney était une femme qui savait ce qu'elle voulait et qui faisait tout pour atteindre ses objectifs, avec classe.

Mais, dans les bras de Steven, elle voulait être une femme rieuse et dont on prend soin – et qu'on domine quelque peu également.

Et l'homme auquel elle acceptait de s'abandonner la portait et se pavanait, nu comme un vers, en direction de l'étage.

Steven referma la porte de la chambre dans un grand fracas à l'aide de son talon. La pièce était sombre et Whitney peinait à voir quoi que ce soit lorsqu'elle fut posée au sol. Le tapis était doux et somptueux sous ses pieds – du très haut de gamme.

Ce fut là la dernière pensée un tant soit peu cohérente que la jeune femme eut avant de se voir poussée contre le mur, les bras maintenus au-dessus de la tête, alors que la bouche du docteur se jetait sur la sienne.

Son baiser n'était pas tendre mais possessif et passionné. Sa langue, quant à elle, explorait la bouche de Whitney avec autorité – comme si elle lui appartenait. Le cerveau de l'avocate lui intimait de le repousser et de ne jamais perdre le contrôle. Mais la bouche de Steven se posa ensuite contre son cou alors qu'il frottait sa bite sur son entrejambe – ses bras étaient toujours prisonniers de son emprise bestiale et elle ne voulait désormais plus que se soumettre à lui.

Steven tira les ficelles de son haut et ce dernier tomba très vite au sol. Whitney courba alors le dos pour pousser sa poitrine contre sa bouche affamée et le docteur lui téta le sein gauche, puis le droit avant de gémir : « T'es tellement belle, putain » tout en écrasant ses nichons l'un contre l'autre. Il s'affaira ensuite de sucer et mordiller ses tétons raides et gonflés par l'excitation.

Whitney sentait un torrent se déverser de sa chatte et se frottait éhontément contre sa queue rigide, nichée entre ses jambes. Le bas de son bikini procurait une barrière suffisante pour exciter les deux amants.

« J'ai des capotes dans ma valise » murmura-t-il lorsqu'il libéra enfin les bras de la jeune femme.

Cette dernière lui adressa un sourire en coin. « J'ai aussi amené le pack familial. On peut les utiliser... si tu veux. Je prends la pilule et je me fais tester régulièrement. »

Steven était en train de la diriger vers son énorme lit et s'arrêta net. « Tu me fais confiance pour que j'y aille sans rien ? »

Whitney sentit une grimace se former sur son visage. *Parfait pour gâcher l'ambiance, Roméo.*

« Je devrais pas ? Je pensais juste que t'étais intelligent et que tu protégeais ou que tu te faisais tester régulièrement, étant donné ton travail.

- Ah, mon petit général enfile toujours son manteau avant de partir en mission.

- Oh mon dieu. Est-ce que tu viens t'appeler ta bite ton *petit général* ?

- Ouais. » Le docteur ne semblait pas être embarrassé le moins du monde. « Et tout était en ordre la dernière fois que je me suis fait tester, il y a six mois. » Il ajouta rapidement : « Enfin, je n'ai jamais rien eu – mais tout était en ordre la dernière fois.

- Mais c'était il y a six mois ? » *Allons-y pour les capotes.*

Steven sourit et glissa la main dans son entrejambe afin de tirer légèrement son maillot de bain et ainsi pouvoir passer les doigts sur les plis ruisselants de sa chatte. « La dernière fois que je me suis envoyé en l'air remonte à sept mois.

- Tu me bat de presque un mois.

- Donc, ça te va si j'y vais sans rien ?

- Tu sais, tout ce bla-bla à propos des relations sexuelles, des MST, des tests et des capotes va juste nous pousser à en mettre une.

- Je suis d'accord. »

Steven souleva la jeune femme par la taille et la jeta sur le lit puis se dirigea lentement vers elle tel un fauve, à quatre pattes sur le matelas. Après avoir enlevé son maillot d'un coup sec, il lui écarta les jambes et nicha ses larges épaules au milieu.

« Où est-ce qu'on en était ? » demanda-t-il alors que son souffle chaud taquinait le centre humide et bien visible de Whitney.

« Tu voulais mettre une capote. »

Le docteur fit glisser sa langue de bas en haut sur son entrejambe. « Ah, ouais. Eh bien, on va pouvoir s'en passer pendant un moment. Mets-toi à l'aise, ma belle ; tu n'iras nulle part tant que tu n'auras pas hurlé mon nom plusieurs fois. Je m'en fiche si ça nous prend toute la nuit. »

Il lui avait déjà dit cela par le passé puis la pauvre avait eu des étoiles plein les yeux.

Les ennuis commencent...

****

Steven

Il sentit les jambes de Whitney se contracter alors que sa langue tournoyait autour de son clitoris. Ses doigts quant à eux continuaient d'aller et venir en elle et la jeune femme, à bout de souffle, cria : « Oh mon dieu, Steven !

- Voilà, bébé. Dis mon nom quand tu jouis. »

Lors de son premier orgasme, le docteur avait plongé sa langue à l'intérieur d'elle tandis que ses doigts lustraient son clitoris. Il avait simplement fait l'inverse durant la deuxième manche.

La voir devenir folle à son toucher était la chose la plus sexy que Steven avait jamais vue et il n'avait qu'une seule envie : enfouir sa queue au plus profond de ses entrailles. Mais il avait une mission – il avait dit à Whitney qu'elle aurait droit à plus d'un orgasme sur sa langue avant qu'il en ait fini avec elle et il n'avait qu'une parole.

« Putain, t'as bon goût » gémit-il.

Le corps tremblant, Whitney hurla son nom et l'égo du docteur fut satisfait. *Mission accomplie.* Il ne la lâcha pas avant qu'elle ne serre fermement sa tête entre ses jambes et qu'elle s'écrie : « Arrête ! »

Un sourire satisfait sur les lèvres, il se glissa à côté d'elle et embrassa son épaule tandis que la jeune femme haletait en essayant de reprendre son souffle.

« T'es vraiment doué à ce petit jeu.

- Je ne cherche qu'à faire plaisir. »

Whitney roula sur le côté pour lui faire face, souriant telle une sirène, et elle se pencha pour poser les lèvres sur son torse en murmurant : « Quelle coïncidence, moi aussi. » Elle descendit ensuite jusqu'à son ventre.

Les lèvres de la jeune femme ne furent pas pressées d'arriver à destination tandis que la queue de Steven enchainait les soubresauts, gonflée par l'anticipation et le désir – et le docteur craignait qu'elle explose à l'instant où ses lèvres se poserait sur lui.

Ses abdos se tendirent lorsqu'il sentit sa langue tournoyer autour de son gland avant de glisser de haut en bas sur son manche. Quand Whitney l'engouffra tout au fond de sa gorge, Steven commença à revoir mentalement les statistiques des Padres – une équipe de baseball basée à San Diego. Il avait tout de même une fierté et jouir comme un adolescent une minute à peine après le début du match n'était *pas* dans ses plans.

La bouche de la jeune femme s'agitait de haut en bas sur sa queue alors qu'une de ses mains en caressait la base et que l'autre lui tenait fermement les couilles.

« Putain ! » grogna-t-il de toute ses forces.

Whitney se mit à gémir – et les vibrations qui frappèrent alors sa bite signaient la fin de la partie.

« Bébé, je vais jouir. »

Il n'était pas très correct d'exploser dans la bouche d'une femme sans la prévenir.

Elle continuait de le sucer et de caresser son entrejambe, et en conséquence, Steven pensa qu'elle ne l'avait pas entendu. Il lui tira donc légèrement les cheveux en disant : « Whitney... »

Cette dernière le regarda droit dans les yeux et sourit tandis qu'elle le faisait plonger plus profondément à l'intérieur de sa gorge.

« T'es tellement bonne, putain. »

La tête de la jeune femme se balançait toujours sur lui de haut en bas, comme pour dire : « Je sais. »

Steve sentit une tension naître dans ses couilles et il grogna bruyamment jusqu'à ce qu'il lâche un long « Oh putain, oui ! » alors qu'il déversait sa semence dans la bouche de Whitney.

Elle était fantastique et refusa de s'arrêter avant d'avoir recueilli jusqu'à la dernière goutte de son orgasme et que sa queue ne devienne trop sensible.

La jeune femme sauta ensuite du lit puis revint une minute plus tard avec une serviette et le nettoya. Elle n'était apparemment pas du genre à avaler – à la grande surprise de Steven.

« C'était... waouh » fredonna-t-il tout en la regardant s'occuper de sa bite. Il appréciait la vue.

« Je te l'ai dit, moi aussi je ne cherche qu'à faire plaisir. »

Il lui prit la serviette des mains et la jeta en direction du panier à linge qu'il avait dans son placard puis la tira jusqu'à ce qu'elle soit blottie contre lui.

« Repose-toi, bébé. Tu vas en avoir besoin. »

CHAPITRE QUATORZE

Whitney

Le réveil programmé sur sa montre Fitbit se déclencha et elle grogna bruyamment tout en se retournant. Steven l'avait réveillée au beau milieu de la nuit pour des galipettes nocturnes – sans préservatifs, et le docteur s'était révélé aussi doué avec sa queue qu'avec sa langue. Cela avait bien entendu compensé son réveil quelque peu brutal, mais les chiens devaient désormais sortir.

« Je m'en occupe » dit-il en lui embrassant la tempe. Rendors-toi.

- Merci » murmura-t-elle avant de retourner dans les bras de Morphée.

Une odeur de café la réveilla une deuxième fois et un coup d'œil rapide jeté à sa montre lui indiqua qu'elle avait dormi pendant une heure et demie. Elle se recoiffa légèrement et se brossa les dents avant de se glisser sous la chemise que Steven avait portée la veille et de descendre à la cuisine.

« Bonjour » dit-elle en souriant timidement quand elle vit le docteur, assis dans le coin réservé au petit-déjeuner, regardant son téléphone.

Il leva les yeux, tout sourire. « Bonjour, ma belle. J'ai fait du café. Tu as faim ?

- Je vais juste me préparer un truc vite fait » répondit-elle tout en ouvrant le placard le plus proche de la machine à café et en sortant une tasse.

La chaise de Steven fit un bruit strident tandis qu'il se levait. « N'importe quoi. Le petit-déjeuner est le repas le plus important de la journée. » Son bras effleura la taille de Whitney alors qu'il s'approchait d'elle tandis qu'elle remplissait sa tasse pour lui murmurer au creux de l'oreille : « Surtout après toutes les calories qu'on a brûlées hier soir. »

La jeune femme ne put s'empêcher de sourire alors qu'elle s'asseyait sur le tabouret à côté de l'îlot de cuisine et qu'elle ajoutait du sucre à son café. « Je peux t'aider ?

- Non.

- Allez, laisse-moi faire quelque chose. »

Steven battait des œufs dans un bol. « Il n'y a pas grand-chose que tu puisses faire. Tu pourrais faire griller des tranches de pains, j'imagine.

- Compte sur moi. »

Ils dansaient l'un autour de l'autre dans la cuisine, riant et discutant tandis que les chiens étaient étendus côte à côte dans leur panier duveteux, regardant intensément leurs propriétaires.

« Je crois que Ralph est amoureux » plaisanta-t-elle.

Steven jeta un œil par-dessus son épaule en direction des chiens alors qu'il retournait une omelette et sourit. « Lola aussi, apparemment. »

Il posa ensuite une assiette contenant le petit-déjeuner très chaud devant Whitney. « Ça te dis qu'on aille les promener sur la plage et qu'on vive une petite scène romantique préconçue, comme tu en parlais hier ? »

Elle avait le sentiment qu'être romantique avec le beau docteur – même pour de faux – se révèlerait dangereux.

La jeune femme s'entendit néanmoins dire : « J'aime bien cette idée. »

****

Steven

Il n'était pas certain quant à qui s'amusait le plus ce jour-là – les chiens ou lui. Whitney et Steven marchaient le long de la plage, main dans la main, tandis que Ralph et Lola gambadaient sur le ressac. Ils étaient ensuite tous allés sur le quai MacMillan pour déjeuner en terrasse – là où les chiens étaient acceptés.

Leur conversation n'avait souffert d'aucun blanc. Whitney avait quelques années de moins que lui et elle avait également deux demi-frères, du côté de son père, et une demi-sœur du côté de sa mère.

« J'ai trois petites sœurs. Deux d'entre-elles sont docteures et Hope, celle qui vient d'emménager avec moi, est ingénieure.

- Waouh, tes parents doivent être fiers. Trois docteurs et une ingénieure.

- En quelque sorte, oui. Ava, avec qui j'ai fait les quatre-cents coups dans mon enfance, a un doctorat en chimie et elle travaillait dans un laboratoire de recherche – même si elle rencontre aujourd'hui un franc succès dans le monde de l'immobilier. Et Grace, la cadette de la fratrie vient tout juste d'obtenir son diplôme en psychiatrie et va commencer à travailler en automne.

- Waouh... c'est plutôt impressionnant. Je crois qu'un de mes frères est en prison et l'autre était paysagiste la dernière fois qu'on s'est vu. Ma sœur vient tout juste d'entrer au lycée. »

Steven acquiesça, l'air compréhensif. « J'avais onze ans quand Grace est née. Ma mère a eu beaucoup de mal à tomber enceinte après Ava.

- Amber est un peu le deuxième essai de ma mère. Mes parents étaient des drogués quand j'étais petite, mais quand j'étais en terminale, ma mère a rencontré un homme, s'est sevrée et est tombée enceinte durant ma deuxième année à Harvard. »

Attends, quoi ?

« Mais qui s'est occupé de toi ? Tu avais des grands-parents pour t'éduquer ? »

Elle lui sourit poliment.

« En quelque sorte. Ils n'étaient même pas au courant de mon existence avant que les services sociaux les contactent quand j'avais treize ans. Les parents de ma mère ont accepté de s'occuper de moi pour que je n'aille pas en famille d'accueil et les parents de mon père me laissaient les voir pendant l'été. Mais là encore, je ne les ai pas rencontrés avant l'adolescence. » Elle rit légèrement. « Et les adolescents sont ne pas réputés pour leurs incroyables personnalités. Je crois que *colérique* serait un bel euphémisme pour me décrire à l'époque.

- Qui pourrait t'en vouloir ? » Steven ne pouvait qu'imaginer ce que Whitney avait traversé durant son enfance mais ne voulait pas remuer le couteau dans la plaie. Il avait le sentiment qu'elle ne racontait pas ce genre de chose à n'importe qui – et il se sentait honoré qu'elle lui fasse confiance. Le fait qu'elle réussisse désormais si bien dans la vie en disait beaucoup sur sa ténacité et sa résilience.

« Et maintenant ? T'es toujours proche d'eux ?

- Je vais les voir pendant les vacances. »

Steven ne pouvait pas voir sa propre famille aussi souvent qu'il le souhaitait – seulement deux ou trois fois dans l'année pouvait-il se permettre de voler à travers le pays pour les retrouver. Mais il téléphonait à un membre de sa famille, peu importe lequel, plusieurs fois par semaine. Ils le soutenaient, quand bien même vivaient-ils à des milliers de kilomètres de Boston. Qui donc soutenait Whitney ?

« Arrête ça » dit-elle d'un ton sec.

Le docteur fronça les sourcils. « Arrêter quoi ?

- De te sentir désolé pour moi. Non, mon enfance n'a pas été facile comme la tienne l'a été, mais j'ai survécu et ça a forgé mon caractère. Le caractère en acier trempé d'une avocate qui n'a besoin de personne pour vivre. Donc, épargne-moi ta pitié.

- Je n'ai pas pitié de toi. Si je ressens quelque chose, c'est surtout de l'admiration. Mais tu sais Whit, il n'y a aucun mal à avoir des gens qui te soutiennent et qui prennent soin de toi. Avoir des gens qui t'aiment ne fais pas de toi quelqu'un de faible.

- Je suis d'accord. Mais dépendre d'eux nous rend faibles. »

Steven ne savait pas encore comment, mais il allait lui prouver qu'elle pourrait compter sur lui et qu'elle ne s'en trouverait pas plus faible – au contraire, elle serait plus forte que jamais.

CHAPITRE QUINZE

Whitney

« Je me souviens pas de la dernière fois où j'étais aussi détendue » murmura-t-elle, la tête posée sur la chaise longue se trouvant sur son patio et un verre de vin à la main tout en regardant le soleil terminer sa course dans l'océan. Il venait tout juste de lui faire un autre massage dont lui seul avait le secret. Le docteur avait de véritables doigts de fée.

Steven était étendu sur la deuxième chaise longue – assortie à la première – tandis que les chiens étaient couchés ensemble sur les pavés de brique. Ils avaient passé une merveilleuse journée – la meilleure que Whitney avait passée depuis longtemps. Et ils n'avaient rien fait de spécial mis à part se balader sur la plage, faire le tour des boutiques, déjeuner, discuter et rire – rire énormément, à vrai dire. Le Dr. Ericson était plein d'esprit et son charme n'égalait que son humour ; Whitney commença à avoir mal aux joues dès le milieu de l'après-midi après le véritable spectacle qu'il lui avait offert.

« L'océan a souvent cet effet relaxant.

- Je pense que c'est surtout dû au massage, taquina-t-elle, mais la vue est pas mal non plus.

- Je suis content que tu aies apprécié. Je suis pas avare en massages, dis-moi juste quand tu en as envie.

- Je vais garder ça en tête. » Le silence s'installa pendant quelques minutes alors qu'ils écoutaient le doux bruit des vagues qui s'échouaient sur la plage.

« Même en passant mon enfance à surfer sur l'océan Pacifique presque tous les jours, je ne m'en suis jamais lassé. La vie de citadin me rendait dingue et, pour être honnête, je ne sais pas ce que j'aurais fait si je n'avais pas pu me trouver un endroit proche de l'eau. J'aurais sans doute déménagé.

- Tu serais retourné à San Diego ?

- Je pense. C'était douloureux de quitter ma famille pour mon internat et j'avais prévu de retourner en Californie dès le début. Mais mes stages m'ont permis d'avoir accès au Boston General et je me suis senti comme appelé par la côte est plutôt que par le Pacifique. Trouver cette maison semblait le confirmer – au grand dam de ma mère, elle était furieuse. Et je n'ai rien arrangé en amenant Hope ici, même si je suis retourné à San Diego en cachette pour le weekend de la Fête des Mères et elle m'a plus ou moins pardonné.

- Je suis sûre qu'elle ne t'en a pas voulu longtemps – je parie qu'elle t'adore. »

Steven lui adressa son sourire, digne d'une publicité dentaire. « Bien sûr qu'elle m'adore. Tu m'as déjà rencontré ?

- Ouais, exactement. »

Il se glissa hors de sa chaise longue et arriva sur la sienne en enveloppant les mains autour de sa taille et en caressant son cou à l'aide de son nez.

« Êtes-vous en train de succomber à mes charmes, Madame ?

- Évidemment – je suis ici avec toi, non ? Et t'étais pas non plus censé aimer les chiens. »

Les mots de Whitney le firent rire aux éclats. « Qui n'aiment pas les chiens ?

- Des tas de gens.

- Eh bien, heureusement pour moi, il se trouve que j'adore les chiens. Est-ce que tu vas m'accompagner pour le gala de l'ARF ? Je vais réserver une table, tu sais. »

L'impudence de Steven la fit sourire.

« J'aurais bien aimé, mais j'ai réservé ma propre table. »

L'expression sur son visage se troubla instantanément.

« Sérieusement ? C'était censé être le moment idéal pour que je puisse te courtiser.

- Attends, tu viens de dire *courtiser* ? T'as quatre-vingt-dix ans ou quoi ?

- Il se trouve que je pense que c'est un excellent mot — surtout vis-à-vis de ta profession et il décrit parfaitement ce que je compte faire avec toi. » Steven massa ensuite les seins de l'avocate par-dessus son T-shirt. « Entre autres. »

Pour ce qui était du sexe, elle pouvait s'en sortir. Mais cette idée de relation ? La *courtiser*... comme il disait, c'était une *mauvaise* idée.

Whitney laissa ses doigts suivre les contours de la bosse qui se dessinait sur son short. « J'ai bien aimé ce que tu as fait jusqu'ici.

- Je commençais à avoir des doutes... » répondit-il d'un air taquin.

Il avait le même goût que le vin rouge hors de prix qu'ils avaient bu alors que sa langue se déchainait dans sa bouche à la recherche de la sienne jusqu'à ce qu'elles s'entremêlent gaiement.

Un léger grognement s'échappa de la gorge de Steven lorsqu'il se tourna pour envelopper le corps de Whitney entre lui et la chaise longue. En temps normal, la jeune femme se serait sentie comme claustrophobe et aurait très vite changé de position. Au lieu de cela, elle se sentait en sécurité et protégée par l'homme puissant au-dessus d'elle.

Pourquoi devait-il être aussi *agréable* en plus d'être un canon ? Elle avait passé la journée à chercher ne serait-ce qu'une seule excuse pour le rejeter et lui n'avait cessé de devenir plus séduisant. Steven avait l'habitude d'être aux commandes, elle n'avait aucun doute là-dessus, mais il la faisait se sentir comme une princesse – pas simplement en se comportant en parfait gentleman, mais aussi dans la manière dont il l'adorait. Whitney s'était sentie spéciale.

Et dieu qu'il était sexy. Son allure de surfer lui avait valu plus d'un regard de la part du sexe opposé lorsqu'ils marchaient sur le quai ce jour-là. Elle ne pouvait même pas en vouloir à ces femmes. Steven était grand, blond, bronzé et il avait un beau corps – ni trop musclé ni trop sec.

Et pourtant, il n'avait eu d'yeux que pour elle et Whitney ne s'en était sentie que d'autant plus spéciale.

Et il était également un docteur talentueux qui adorait les chiens.

Mince.

Sans oublier ensuite sa langue divine et sa queue appétissante. La pauvre n'avait aucune chance.

Mais alors que ses doigts lui effleuraient la cuisse sous sa robe, elle se demanda si c'était une si mauvaise chose, en fin de compte.

****

Steven

Whitney l'avait rendu fou durant toute la journée dans cette petite robe d'été couleur bleu aquatique qui laissait entrevoir sa cuisse quand elle réajustait sa queue de cheval. Le docteur appréciait ce petit spectacle et elle l'avait pris sur le fait dans l'une des boutiques avant de rire légèrement et de murmurer : « T'es bizarre. »

« Chérie, ce serait bizarre si je ne regardais *pas* » avait-il répondu.

Cela lui avait valu un sourire timide de la part de la jeune femme. Il aimait son côté vulnérable et hésitant – Steven avait le sentiment qu'elle ne montrait pas cet aspect d'elle à n'importe qui.

Et maintenant, elle était en-dessous de lui sur une des chaises longues du patio, se courbant pour que leurs corps se touchent et gémissant tandis que ses doigts remontaient lentement jusqu'à la terre promise.

Chose que les chiens n'approuvèrent pas du tout puisqu'ils s'étaient tous les deux levés de leur tapis et aboyaient en leur direction.

« Ralph ! Tout va bien ! » dit Whitney pour rassurer son chien tandis que Steven faisait de même avec Lola.

« Je crois qu'ils ne comprennent pas ce qui se passe. » ajouta-t-elle en riant.

Le docteur roula sur le côté et râla « Ma propre chienne qui m'empêche de conclure, on aura tout vu » tandis que les chiens gardaient leurs museaux entre eux, comme pour les séparer.

Whitney caressa la bosse sur son short et lui embrassa la joue. « C'est juste un léger... contretemps. »

Steven se leva et lui tendit la main. « Donnons-leur des friandises pour les occuper pendant que je t'emmène dans la chambre pour te faire des choses obscènes. »

La jeune femme prit sa main. « Obscènes ? Que voulez-vous dire par là, *docteur* ?

- Sales.

- J'aime les hommes qui n'ont pas peur des cochonneries... »

Elle le dit sur un ton de défi. Et Steven n'avait pas besoin de se faire prier.

« Je te donnerais bien une fessée sur le champ mais, je suis sûr que Ralph me mordrait la main ; donc je vais attendre qu'on soit seuls tous les deux. »

Whitney gloussa et répondit : « C'est sûrement une bonne idée. Je ne crois pas que l'hôpital apprécierait que tu soignes des gens avec une main toute déformée.

- Ralph n'aimerait pas voir ce que je vais faire à sa maîtresse. » Steven se pencha pour murmurer au creux de son oreille : « Mais je pense que toi, tu vas adorer. »

Les tétons de la jeune femme étaient déjà durs quand elle se tourna face à lui. « Mmm, je parie que oui.

- Attends-moi dans la chambre, vilaine fille. Je vais m'occuper des chiens et je reviens dans une minute. »

Whitney était nue sur le lit, les jambes bien écartées lorsque Steven entra dans la chambre. « Putain ! » grogna-t-il alors qu'il déboutonnait sa chemise en se rapprochant lentement d'elle. « T'as l'air prête à être dévorée, bébé. » Son short et son caleçon formèrent une petite pile en tombant et il rampa sur le lit afin de s'installer entre ses jambes.

Le docteur contemplait sa chatte brillante sous le clair de lune.

« Quelle bonne fille, déjà toute trempée pour moi. »

Le corps de Whitney se tendit après avoir entendu ses mots, mais elle ne répondit pas, quand bien même elle en mourrait d'envie – selon Steven.

Il caressa l'intérieur de ses cuisses et murmura : « Détends-toi, Whitney. Laisse-moi m'occuper de toi, bébé. »

Il y avait un sens caché dans sa phrase et il était certain que la jeune femme avait lu entre les lignes. Néanmoins, cette dernière obéit et son corps se relâcha avant qu'il ne passe la langue le long de sa fente.

« Putain, t'es aussi bonne dehors que dedans. »

Whitney se courba en avant lorsque la langue de Steven trouva son clitoris et qu'il plongea un doigt en elle.

« Quelle belle petite chatte » fredonna-t-il contre son entrejambe et elle laissa échapper un long gémissement. Sa petite avocate appréciait vraiment les mots cochons.

En accélérant le rythme avec ses doigts, il caressa son clitoris de l'autre main. « T'es une vilaine fille, Whitney. Allongée là, les jambes écartées en attendant que je te baise. »

La respiration de la jeune femme s'accéléra et ses muscles se raidirent – Steven savait qu'elle n'allait pas tarder à jouir.

« Jouis pour moi, vilaine fille. Je veux sentir ton goût sur ma langue, bébé. » Ses gémissements se transformèrent en cris et elle répétait : « Oh mon dieu » alors que son corps semblait être monté sur ressort. Lorsqu'elle s'effondra et qu'elle hurla enfin le nom de Steven en laissant l'orgasme parcourir son corps, le docteur se sentait prêt à conquérir le monde.

Il ne lui donna aucune seconde de répit et plongea sa queue à l'intérieur de sa chatte tremblante afin de la baiser sauvagement, s'abandonnant au machisme qui coulait dans ses veines. Il ne s'arrêta qu'après avoir relâché sa semence au plus profond d'elle dans des rugissements sourds tandis que Whitney lui griffait furieusement le dos.

Steven s'effondra ensuite sur ses avant-bras, la tête sur l'oreiller à côté de celui de l'avocate. Il était toujours niché en elle tandis qu'il enveloppait son corps sous le sien, tout comme il l'avait fait sur la chaise longue avant d'être importuné par les chiens.

Elle fit glisser le bout de ses doigts le long de sa colonne vertébrale avant de murmurer : « Je veux absolument qu'on refasse *ça*. »

Elle aurait tout donné pour avoir droit à ça tous les jours.

CHAPITRE SEIZE

Whitney

Un sentiment de panique l'envahit durant le dimanche après-midi alors que le weekend touchait à sa fin. Se revoir de manière occasionnelle ne serait pas si mal. Au moins en tant que plan cul.

Et un diner de temps en temps.

Peut-être même quelques déjeuners ici et là.

Et aussi quelques heures de détente à l'occasion.

Ralph et Lola coopéraient afin de transporter une grosse branche sur le sable tandis que les deux amants se baladaient pour la dernière fois sur la plage avant de retourner à Boston.

« Regarde comme ils s'entendent bien » dit-il en riant alors qu'il s'asseyait sur le sable chaud aux côtés de Whitney. « Ce serait dommage de les séparer.

- Il vaut mieux le faire maintenant avant qu'ils soient trop attachés l'un à l'autre. »

Steven jeta une pierre dans l'océan et dit doucement : « Et si c'était déjà trop tard ? »

Que racontait-il ? Était-il déjà attaché à elle après quelques rendez-vous et un weekend en sa compagnie ? Cela semblait très peu probable. Whitney s'entendit tout de même dire : « On pourrait peut-être se voir pour qu'ils puissent jouer ensemble. »

Le docteur se rapprocha d'elle, enthousiaste. « S'il te plaît, dis-moi qu'on pourra se voir pour jouer, nous aussi. Et au cas où ce serait pas assez évident – *jouer* est le nom de code pour baiser.”

Ses mots la firent rire aux éclats. « On pourrait sans doute jouer ensemble à l'occasion.

- Qu'est-ce que tu dirais de diner et de jouer un peu demain soir ? Il y a ce petit restaurant pas très loin de chez toi qui accepte les chiens sur leur terrasse.

- Le Franco ?

- Ah, tu connais ? J'aime bien emmener Lola là-bas quand il fait beau. Je t'inviterais bien chez moi mais je pense que Hope sera présente.

- J'adore aller au Franco. On s'est peut-être déjà croisés sans même le savoir. »

Steven lui prit la main et embrassa ses jointures. « Poupée, si j'avais croisé ton chemin *n'importe où*, je m'en serais souvenu. Alors, on dine ensemble demain ? Sept heures trente, ça t'irait ? »

Avant même qu'elle ne puisse réfléchir, la jeune femme se vit hocher la tête. Elle fronça ensuite les sourcils, comme si elle venait de sortir d'une transe.

« Attends. Ça... » Elle fit un geste entre eux avec son index. « On ne devait se voir que pour un weekend. »

Steven haussa les épaules. « Tu as changé d'avis. T'as le droit, tu sais. Tu es une adulte qui décide qui elle fréquente et quand elle le fait. »

Le docteur avait raison. Elle *était* une adulte, responsable de sa propre vie. Revoir Steven ne signifiait pas que ses projets avaient changés. Elle pouvait toujours faire ce qu'elle voulait. Et ce qu'elle voulait à cet instant, c'était diner avec lui le lendemain – et elle comptait bien le faire.

CHAPITRE DIX-SEPT

Steven

Il grogna fortement lorsqu'il entendit la sonnerie de son téléphone – il s'agissait de l'hôpital. Whitney et lui avaient préparé leurs valises mais il avait espéré qu'ils pourraient se livrer à un dernier petit plaisir et venait d'assoir la jeune femme sur ses genoux.

Il répondit. « Ici le Dr. Ericson. »

Ses sourcils durent se froncer tandis qu'il écoutait la voix à l'autre bout du fil car Whitney lui lança un regard inquiet et se leva.

« Je suis au Cap mais je vais partir et arriver dès que possible. » Il raccrocha et répondit à la question implicite que son regard lui posait. « Il y a eu un accident de train, on connait pas encore le nombre de victimes. »

La jeune femme émit un léger cri de surprise et posa la main sur ses lèvres. « Oh, non.

- Je suis désolé qu'on doive partir si vite.

- Seigneur dieu, ne t'excuse pas. Je comprends parfaitement. Je suis prête si tu l'es. »

Les deux amants étaient sur la route à peine cinq minutes plus tard. Même les chiens semblaient comprendre la gravité de la situation ; ils n'avaient jamais été aussi calmes durant tout le weekend. Ou peut-être étaient-ils simplement épuisés après des heures interminables à jouer ensemble.

L'hôpital rappela Steven pour le tenir informé de la situation et il fit de son mieux pour donner des directives tout en conduisant. Si le docteur se dépêchait, il pourrait arriver juste après les premières victimes, avant qu'il ne soit trop tard.

« Je dois déposer mon amie et ramener ma chienne à la maison, mais je serai sur place dès que possible » expliqua-t-il au Dr. Preston à travers les haut-parleurs du Land Rover. « Mais ma sœur pourrait aussi me retrouver à l'hôpital pour venir la chercher directement. »

Whitney, assise sur le siège passager, lui dit doucement : « Lola peut rester avec moi.

- Attendez une seconde, Parker. » Steven jeta un œil dans sa direction et demanda gentiment : « Tu es sûre ?

- Bien entendu.

- Parker, j'arrive dans une quarantaine de minutes. »

Le Dr. Preston le remercia et mit fin à l'appel.

« Je peux aussi appeler Hope, tu sais... » proposa-t-il.

Whitney secoua la tête. « Lola est adorable et, honnêtement, même si elle ne l'était pas... Je crois que le plus important est que tu te rendes à l'hôpital le plus vite possible. Mais heureusement, c'est un ange et Ralph sera ravi. »

Les yeux du docteur quittèrent la route pour trouver les siens alors qu'il lui disait : « Merci, ça me touche beaucoup.

- Je suis heureuse de pouvoir aider. Tu dois aller à l'hôpital et aider tous ces pauvres gens ; c'est le moins que je puisse faire. »

C'était sans doute dû au fait que ses paroles enflammaient son ego mais, à cet instant, l'affection que

Steven éprouvait à son égard était sans précédent. Cela en disait long car il avait été épris d'elle depuis leur première rencontre et son amour grandissait chaque jour un peu plus.

« Je ne sais pas trop quand je pourrai venir la chercher... » avertit-il. « Certainement pas avant demain soir. »

Whitney prit gentiment sa main, posée sur le levier de vitesse. « Détends-toi. Tout va bien se passer. Je parlerai d'elle à ma promeneuse pour qu'elle ne soit pas surprise demain. Je suis sûre que Claire voudra bien promener un chien en plus, juste pour cette fois.

- Je peux aussi donner ton adresse à mon promeneur... Billy est payé au mois et je crois qu'il ne vit pas loin de chez toi – pas plus loin que moi en tout cas – donc il sera content. Il pourrait peut-être s'entendre avec ta promeneuse et passer pour prendre Lola.

- Claire vient le lundi à une heure et quart, elle est réglée comme une horloge. C'est juste après ses cours, donc elle vient avant de rentrer chez elle. Je ne pense pas qu'elle rechigne à promener Lola aussi...

- Tu me rends déjà un énorme service. Je ne veux pas me mettre ta promeneuse à dos en lui faisant faire plus qu'elle n'en fait déjà. D'ailleurs, Billy peut faire preuve de souplesse, vu ce qu'il me coûte. Enfin, il a intérêt. »

Steven dicta un message à l'intention de son promeneur grâce à la reconnaissance vocale de son téléphone en lui indiquant l'adresse de Whitney et l'horaire auquel il était attendu.

La réponse de Billy ne se fit pas attendre et ne comprenait qu'un simple émoticône décrivant un pouce en l'air – rien d'autre, ce qui était courant pour le jeune homme dans la vingtaine.

Le docteur se gara dans l'allée de Whitney et l'aida rapidement à décharger ses affaires et à détacher les chiens puis l'embrassa devant sa porte.

- Je te dois beaucoup.

- Vraiment pas, mais si ça te tient à cœur...

- Exact, et j'ai hâte de payer ma dette. »

Il l'embrassa à nouveau et répéta « Merci » avant de dévaler les marches de son porche pour retourner au volant de son Land Rover encore en marche.

Il arriva dans l'artère principale de son quartier quand son téléphone reçut un message de la part de Whitney : **Moi aussi, j'ai hâte.**

****

Whitney

Claire n'avait pas l'air emballée à l'idée qu'un autre promeneur s'invite chez Whitney – même si le type n'était là que pour promener Lola.

Whitney savait néanmoins qu'elle pouvait compter sur la jeune femme pour aider Billy à prendre ses marques chez elle.

Ralph n'était pas le seul à être heureux d'avoir Lola chez lui pour la soirée. Avoir la chienne de Steven à la maison était réconfortant pour Whitney – comme si un petit bout de Steven était resté avec elle.

Et cela garantissait aussi le fait qu'ils se reverraient. Enfin, elle n'avait pas réellement besoin d'une telle garantie. Le docteur lui avait fait clairement comprendre qu'il voulait la revoir – en dépit des nombreuses remarques de la jeune femme à ce propos.

Whitney était heureuse d'avoir changé d'avis. Ils avaient passé de très bons moments – dans la chambre et en dehors. Tant que leur relation restait légère et détendue, il n'y avait aucun mal à ce que les deux amants passent du temps ensemble.

Enfin, une femme a des besoins à satisfaire, non ?

CHAPITRE DIX-HUIT

Steven

Il avait travaillé sans relâche pendant près de vingt heures avant d'avoir la chance d'envoyer un message à Whitney.

Steven : Désolé de pas avoir pu te parler plus tôt. C'est ma toute première pause. Merci encore de garder Lola.

Elle répondit immédiatement.

Whitney : Mon pauvre, tu dois être épuisé. Lola sera toujours la bienvenue. Elle est vraiment gentille et Ralph l'adore.

Steven : C'est bon à entendre. Billy m'a dit qu'il ne voyait aucun problème à la promener avec Claire.

Whitney : LOL C'est pas vraiment ce que Claire m'a confié.

Steven : Oh, waouh. Il va falloir que tu me racontes tout ça quand je passerai te prendre pour diner.

Whitney : On va reporter ça. J'imagine pas à quel point t'es fatigué.

Steven : Je suis toujours en forme quand il s'agit de te voir. Et si je prenais des plats à emporter pour qu'on mange chez toi ?

Whitney : Je passerai prendre quelque chose à un restaurant chinois près de la maison. Rentre chez toi et repose-toi autant que nécessaire. Et ne

t'inquiète pas pour Lola. Elle est heureuse avec moi. Je te promets de prendre bien soin d'elle.

Steven : J'aimerais mieux dormir dans ton lit.

Le docteur avait simplement voulu la taquiner mais il ne s'était pas du tout attendu à ce qu'elle réponde de la sorte.

Whitney : Je vais devoir rester au bureau pendant un moment, mais je peux t'ouvrir la porte depuis mon téléphone. Fais comme chez toi. J'essaierai de pas te réveiller.

Steven : Je veux que tu me réveilles, sinon je vais me lever à 2h du matin, complètement affamé.

De plus, le docteur voulait la tenir dans ses bras. Peut-être même la baiser.

Whitney : D'accord. Je te réveillerai à mon retour. Après être passée au resto, il sera environ sept heures trente. Dis-moi ce qui te ferait plaisir.

Steven : Merci, bébé. Prends-moi une portion de poulet du général Tao et du riz blanc.

Cela signifiait que s'il quittait l'hôpital très bientôt, il aurait le temps de faire sortir les chiens et de dormir pendant quelques heures avant qu'elle n'arrive.

Il se doucha rapidement dans le vestiaire réservé aux docteurs et mit la tenue de rechange qu'il gardait dans son casier. Arrivé devant sa porte, il sonna et fit un signe à la caméra avant d'entendre le verrou s'actionner – comme si quelqu'un était à l'intérieur.

La technologie, ça fait vraiment peur, pensa-t-il en entrant. Les chiens étaient heureux de le voir – même Ralph semblait se souvenir de lui. Ou bien se joignait-il simplement à Lola. Dans tous les cas, il remua la queue de manière enthousiaste et l'écouta quand Steven le rappela à l'intérieur après les avoir laissé prendre l'air dans le petit jardin de Whitney.

La maison de la jeune femme était chaleureuse, chargée de lumière et possédait de nombreux détails plus raffinés les uns que les autres. Le docteur eut soudainement envie d'installer des moulures couronnées chez lui alors qu'il s'installait sur le canapé tout en regardant le plafond.

Il sentit ensuite une main lui toucher le ventre et entendit la voix douce de Whitney qui disait : « Bébé, qu'est-ce que tu fais sur le canapé ? »

Il fallut quelques instants à Steven pour se rappeler où il était et l'odeur de nourriture qui envahissait la pièce le fit réaliser qu'il avait faim. Mais tout cela n'était rien face au fait qu'elle l'avait appelé *bébé*.

Ou était-ce son imagination qui lui jouait des tours ?

****

Whitney

Steven avait l'air vaseux quand il ouvrit les yeux, mais il sourit tout de même en la voyant.

« Salut, ma belle. T'es rentrée » murmura-t-il alors qu'il se relevait et la tira sur ses genoux.

La jeune femme lui caressa l'arrière du crâne du bout des doigts. « Pourquoi t'es resté sur le canapé, andouille ? Mon lit est bien plus confortable et tu m'as dit toi-même que tu voulais dormir dedans, tu te rappelles ?

- Je pensais que dormir *avec toi* était sous-entendu. »

Elle secoua la tête en souriant. « Je t'ai dit que je rentrerais tard. Promets-moi que tu ne dormiras pas sur le canapé la prochaine fois. »

Il lui pinça doucement la taille. « J'aime l'idée d'une prochaine fois. »

Whitney partageait son sentiment, quand bien même refusait-elle de l'admettre.

« J'ai amené le diner » dit-elle après s'être levée et sortit des boîtes de son gros sac en papier kraft avant de les poser sur la table basse.

« Ça sent très bon. J'ai une faim de loup.

- Tu peux manger pendant ton service ?

- En général, ça finit par se calmer et j'ai le temps de manger un morceau à la cafétaria, mais pas cette nuit. Heureusement, les infirmières ont pris soin de moi et ont accepté de partager quelques-unes de leurs barres énergétiques. »

Whitney était prête à parier que plus d'une infirmière rêvait de prendre soin de lui *autrement*. À sa grande surprise, cette pensée la rendit jalouse.

« Je suis contente que tu aies survécu mais tu devrais penser à faire tes propres réserves.

- J'en ai une mais j'ai la mauvaise habitude de taper dedans inutilement et j'oublie toujours de refaire mes stocks. »

La jeune femme rit tout en déposant du riz blanc dans la boîte orange contenant le poulet.

- Tu dois ajouter ça à ta liste de courses hebdomadaires.

- Qui a le temps de faire les courses chaque semaine ?

- T'as déjà entendu parler des livraisons ? Tu fais une commande standard qui viendra chaque semaine et tu peux ajouter des trucs quand tu en as besoin. Comme ça, t'auras toujours au moins le nécessaire.

- Puisque Hope est là, je vais y penser. Mon emploi du temps est juste dément et j'ai peur que les courses n'attendent devant ma porte pendant des heures. Mais ma sœur aura sans doute des horaires plus classiques.

- Tu fais quoi de Lola quand tu ne peux pas rentrer chez toi comme aujourd'hui ?

- Eh bien, Billy vient tous les jours et mon voisin m'aide beaucoup.

- Ah, Billy, dit-elle un sourire en coin sur le visage. Lui et Claire ne se sont pas très bien entendus.

- C'est surprenant. C'est un vrai tombeur d'habitude. Je pense qu'il arrive à se faire pardonner beaucoup de choses grâce à son physique et son charisme. Évidemment, ça ne fonctionne pas avec moi mais, heureusement pour lui, Lola l'adore et je ne suis pas très à cheval sur ses horaires. Du moment qu'il vient tous les jours – ce qu'il fait – je m'en fiche.

- Claire est vraiment ponctuelle et il avait une demi-heure de retard. On va juste dire que les mots ont fusés.

- Ah, mince. Je suis désolé.

- Franchement, j'ai trouvé ça très comique quand Claire m'a raconté l'histoire. Il lui a vraiment tapé sur le système. »

Steven posa sa boîte vide sur la table basse et enveloppa les bras autour de sa taille tout en se blottissant contre son cou. « Ils sont peut-être attirés l'un par l'autre.

- J'ai eu la même impression. *La dame fait trop de protestations, ce me semble.* »

Whitney sentit son rire vibrer à travers le torse du docteur. « Est-ce que tu lui as expliqué qu'il valait mieux qu'elle accepte ses propres sentiments ?

- Non, j'ai rien dit. D'ailleurs si j'avais dit quelque chose, ça aurait été de ne pas abandonner ses convictions.

- Mais, bébé, murmura-t-il alors qu'il glissait au sol entre ses jambes et repoussait sa jupe jusqu'aux cuisses, c'est tellement bon d'abandonner. »

Whitney ferma les yeux en gémissant. Elle ne pouvait pas le contredire.

CHAPITRE DIX-NEUF

Steven

Il se réveilla au beau milieu de la nuit et sentit le derrière de Whitney confortablement blotti contre sa queue dure et décida qu'il pourrait s'y habituer.

La jeune femme avait été si adorable en prenant soin de Lola et en le laissant se reposer chez elle. Même si sa maison n'était pas vraiment plus loin de l'hôpital que la sienne, le docteur était heureux qu'elle lui ait dit de dormir dans son lit après sa sieste sur le canapé. Il avait pu voir sa chienne – et Whitney.

Lorsqu'elle lui proposa de rester pour la nuit, Steven n'hésita pas un seul instant. Ils s'étaient ensuite endormis aux environs de neuf heures trente – un bon repas et quelques orgasmes après une longue journée de travail leur avaient facilité la tâche.

Le docteur lui caressa doucement les cheveux tout en pensant aux moments qu'ils avaient passés ensemble jusqu'ici. Il en voulait bien plus.

Son emploi du temps chaotique avait rendu toute relation durable quasiment impossible. Aucune femme n'avait jamais réussi à comprendre les sacrifices que Steven devait réaliser pour sa carrière. Et ce dernier n'avait jamais rencontré quelqu'un qui lui donne envie de prendre le temps de construire une relation. Tout avait changé après sa rencontre avec Whitney et il lui semblait que si une seule femme serait à même de comprendre ses ambitions, c'était bien elle.

Hélas, elle ne lui donnait pas envie de travailler du tout. En sa compagnie, il avait soudainement envie de se retirer du monde et de vivre au bord de l'océan – heureux et profitant de la vie avec Lola, Whitney et Ralph.

Fort heureusement pour sa carrière, la dévotion qu'il avait envers ses patients ne laisserait jamais cela se produire. Pas pour longtemps, en tout cas. En effet, il pouvait toujours prendre quelques jours de repos pour emmener la belle et les chiens au Cap – ou même organiser des escapades sous les tropiques, tout comme Zach le faisait.

Du moment que je peux la dissuader de tout planifier une fois là-bas, pensa-t-il en souriant alors qu'il la tirait vers lui. Leur emploi du temps devrait être souple pour toutes les vilaines choses que Steven voulait lui faire.

Ou peut-être devaient-ils les inclure dans leur agenda.

Des pensées d'eux faisant l'amour sur des plages tropicales le bercèrent dans un sommeil paisible. Avant de s'endormir à nouveau, il pensa tout de même à demander à Zach le nom de son agent de voyage.

****

Whitney

Un bruit inhabituel la tira d'un sommeil de plomb.

« Rendors-toi, bébé » murmura la voix rauque de Steven – lui aussi venait de se réveiller.

Il faisait encore nuit dehors mais la chaleur désormais absente du docteur empêchait Whitney d'obéir. Cette dernière l'entendait s'habiller.

« Est-ce que tout va bien ?

– L'hôpital vient de m'appeler. »

La jeune femme regarda l'horloge posée sur sa table de nuit. Il était trois heures trente-six du matin.

« Je suis contente qu'on se soit couchés tôt.

– Moi aussi. » Il s'assit à côté d'elle sur le lit et lui ramena les cheveux derrière l'oreille. « Je m'en veux de te demander ça mais, est-ce que Lola peut rester ici le temps que je puisse revenir la chercher ? Je peux appeler Billy pour la promener – et je m'assurerai qu'il soit à l'heure. »

Whitney se retourna pour ne pas lui souffler dessus.

« Claire arrive à midi le mardi, d'habitude. Mais maintenant que je sais que je peux lui faire confiance, Billy peut venir quand il veut. Dis-lui juste de m'envoyer un message pour que je lui ouvre la porte à distance.

– Merci. Et maintenant je te suis encore plus redevable. »

Le docteur la fit sourire, alors même qu'elle était à moitié endormie. « Comme je l'ai dit, tu me dois rien, mais si ça te tient à cœur, ça me va.

– Peut-être qu'on pourrait bientôt partir pour un long weekend aux Caraïbes.

– Steven, ça fait à peine une semaine qu'on se connait...

- Et ?

- Et donc, c'est un peu tôt pour partir en voyage, tu crois pas ? »

Il lui embrassa les cheveux. « On en parlera ce soir pendant le diner. Tu travailles tard aujourd'hui ?

- Non, je devrais être à la maison à six heures. » La pauvre était trop fatiguée pour reconnaitre qu'elle devrait contester cette nouvelle invitation.

« Je viendrai à cette heure-là, alors. » Il lui fit cette fois un bisou sur la joue. « N'oublie pas ton petit-déjeuner.

- Mmm hmm » marmonna-t-elle les yeux fermés.

Plus tard, on sonna à sa porte dix minutes avant qu'elle ne se rende à son bureau. Il s'agissait du même livreur que la semaine dernière, tenant encore une fois un sac en papier kraft et un gobelet de café.

« Steven dit que c'est le repas le plus important de la journée » dit le jeune homme en lui donnant son petit-déjeuner avant de courir jusqu'à sa voiturette.

Whitney sourit en fermant la porte et regarda Lola qui n'avait pas perdu une miette de la transaction – accompagnée de Ralph, bien sûr.

« Ton papa est un homme bien » dit-elle à la chienne qui remua la queue, comme pour approuver cette remarque.

Oh non, la situation commençait à lui échapper.

CHAPITRE VINGT

Steven

Whitney : L'histoire se répète on dirait. Merci pour le petit-déjeuner.

Steven : J'aurais préféré le faire moi-même et te le servir au lit, mais c'était une alternative acceptable.

Whitney : Eh bien, c'était très attentionné de ta part, mais pas vraiment nécessaire. D'habitude je prends juste une barre de granola en sortant.

Steven : Merci de me prouver que c'était absolument nécessaire.

Elle lui envoya un émoticône levant les yeux au ciel et le docteur lui en envoya un qui décrivait un bisou. Leur petit échange suffit à lui donner le sourire jusqu'au déjeuner, quand il osa lui envoyer un nouveau message.

Steven : Est-ce que Billy est arrivé à l'heure ?

Whitney : Je sais pas. Il ne m'a pas contactée donc peut-être ? Soit ça, soit il n'est pas encore arrivé.

Steven : Mon service se finit vers trois heures, je vais pouvoir préparer à diner ce soir.

Whitney : Chez moi ou chez toi ?

Steven : N'importe.

Il réfléchit pendant un instant et décida qu'il était temps de prendre le taureau par les cornes et de la présenter à Hope.

Steven : En fait, dinons chez moi. Je te présenterai à ma sœur.

Puis il indiquerait à cette dernière qu'elle devrait momentanément s'éclipser.

Whitney : D'accord, envoie-moi ton adresse et j'amènerai Lola après le boulot.

Steven : Ralph est le bienvenu aussi.

Whitney : Je pense que les deux boules de poils doivent faire une pause.

Steven : Pourquoi ? Ils font des bêtises ?

Whitney : Non, au contraire même. Ce sont des anges. J'ai juste peur qu'ils deviennent trop attachés l'un à l'autre.

Steven : Pas de ça entre nous, bébé.

Le docteur pouvait pratiquement la voir pincer les lèvres quand elle lâchait un « Hmph. »

Il arriverait à lui redonner confiance en autrui, tôt ou tard.

Steven : À ce soir.

****

Whitney

Il ouvrit la porte pour la trouver tenant les deux chiens en laisse tout en essayant de porter à bout de bras un cheesecake qu'elle était allée chercher à sa pâtisserie préférée sur le chemin menant à son appartement.

« Je pensais que… » commença-t-il en regardant les chiens.

« T'aurais dû voir le cinéma que Ralph m'a fait quand j'ai attaché Lola sans lui, expliqua-t-elle en lui donnant le gâteau. J'ai compris qu'il fallait que je l'emmène au risque de dormir dans un champ de ruines ce soir. »

Steven se mit sur le côté afin de laisser entrer la belle et les chiens. « C'est une bonne chose que tu l'aies amené, alors. »

Il posa ensuite la boîte rose sur la table près de l'entrée et s'agenouilla pour détacher Lola et lui caresser la tête tout en lui disant à quel point il était heureux de la voir d'une voix plutôt aiguë. Le docteur détacha ensuite Ralph et lui caressa amicalement les oreilles avant de se relever.

« Va montrer tes jouets à Ralph » dit-il à sa chienne comme s'il s'agissait d'un enfant.

Whitney rit lorsque les deux chiens s'élancèrent et disparurent dans une autre pièce – ils semblaient avoir compris.

« Ces deux-là… » Elle secoua la tête.

« Ont de la chance de s'être rencontrés » ajouta Steven en lui faisant un clin d'œil alors qu'il se rapprochait d'elle.

« On peut dire ça, oui. » La jeune femme refusait de mordre à l'hameçon qu'il avait grossièrement jeté devant elle. Au lieu de cela, elle tourna la tête en sa direction, prête à être embrassée.

« Salut, ma belle » murmura-t-il avant de placer sa bouche sur la sienne.

Ses lèvres étaient douces alors qu'il l'embrassait tendrement. Whitney laissa échapper un profond soupir et se sentit lâcher prise dans les bras du docteur. Ce dernier n'avait aucune difficulté à la mettre dans un tel état – ce qui devrait inquiéter la jeune femme.

« Salut » murmura-t-elle tout en essayant de faire tourner une courte mèche de cheveux à l'arrière de son crâne. « Ça sent bon ici.

- J'espère que tu as faim.

- Je suis affamée. J'étais reconnaissante d'avoir eu un bon petit-déjeuner parce que j'ai dû manger au bureau à midi.

- Hé, Steve » appela une voix féminine. « J'ai éteint le feu – ah. » Une belle blonde avec des jambes interminables et fermes se tenait dans l'embrasure de ce qui semblait, selon Whitney, être la cuisine et n'était vêtue que d'un pantalon de yoga et d'un débardeur. « Salut, je suis Hope – la sœur et colocataire de ce grand gaillard. » Elle tendit la main et un sourire chaleureux se dessina sur son visage. « Tu dois être Whitney. On m'a beaucoup parlé de toi. »

Whitney jeta un regard à Steven en se demandant ce qu'il avait pu raconter à sa sœur à propos d'elle. Hope dut remarquer son regard interrogateur car elle ajouta : « En bien, ça va de soi.

- Je suis ravie de faire ta connaissance. Est-ce que tu te plais à Boston ?

- Eh bien, mon séjour a été assez intéressant jusqu'ici. »

Steven râla. « Je te l'ai dit, laisse-moi juste discuter avec Parker. »

Hope se tourna vers lui, une main sur la hanche. « Je n'ai pas besoin de mon grand-frère pour régler mes problèmes à ma place. Je peux gérer Evan Lacroix toute seule.

- Le problème, c'est justement que tu ne devrais pas avoir à le faire.

- Laisse-moi m'en charger, s'il te plaît.

- D'accord » soupira Steven. « Mais je vais pas le louper s'il fait un faux pas dans mes urgences. »

Hope leva les yeux au ciel. « Je doute qu'il arrête d'agir en professionnel dans *tes* urgences. » Elle fit des guillemets dans les airs avec ses doigts autour de *tes*.

« Sauf si c'est un patient. Les règles ne s'appliquent pas quand t'es un patient ; tu le sais.

- S'il vient en tant que patient, il ferait mieux d'aller au Mercy General. »

Ils entrèrent ensuite dans la cuisine et Hope émit un cri de surprise dans une performance quasi-théâtrale. « Êtes-vous en train de dire que vous laisseriez vos sentiments vous empêcher de prodiguer les meilleurs soins à Evan Lacroix, Dr. Ericson ? »

Steven sortit des assiettes du placard. « Non, je ferais de mon mieux pour le soigner, mais je ne serais pas le plus aimable des docteurs. »

Whitney mourrait d'envie de savoir comment Evan Lacroix s'était attiré les foudres de Steven.

« Je crois que tu abois plus que tu ne mords, grand-frère » dit Hope en levant les yeux au ciel alors qu'elle mettait la table.

Le docteur changea de sujet. « Ma douce, est-ce que tu veux du vin ?

- Oui, s'il te plaît. Qu'est-ce que je peux faire pour vous aider ?

- Rien. Tu es notre invitée, on se charge de tout » répondit-il en lui versant un verre.

Hope posa un grand saladier sur la table tandis que son frère sortait une casserole du four. Les deux compères riaient et se taquinaient en préparant à diner, et Whitney eut l'impression d'assister à un extrait de ce qu'avait dû être leur enfance.

« Est-ce que vous étiez aussi proches quand vous étiez petits ?

- Ah, non. Lui et ma grande sœur Ava l'étaient, mais ils n'ont que dix-huit mois d'écart.

- Hope est venue au monde quand j'avais neuf ans, ajouta-t-il.

- Donc il était déjà à l'université quand j'entrais au CE2. Mais il a toujours été un grand-frère fantastique. » Hope jeta un regard empli d'admiration en direction de Steven. « Grace et moi, on a toujours su qu'on pouvait compter sur lui en cas de pépins.

- Grace ? demanda Whitney. Ah oui, c'est ta petite sœur – la psychiatre, c'est ça ?

- Ouais. Elle était tellement stressée quand elle a candidaté pour la faculté de médecine ; et Steve a été fabuleux. Il a pris une semaine de congé et l'a aidé avec toutes ses candidatures. Tous ses vœux ont été acceptés.

- Mais quel incroyable grand-frère ! » dit Whitney en lui caressant le bras.

Steven fit la grimace et secoua la tête. « J'ai rien fait si ce n'est lui tenir la main.

- Elle a eu un B en statistiques et on aurait dit que le ciel allait nous tomber sur la tête » ajouta Hope en versant de l'eau dans chacun de leurs verres.

Le docteur rit en se rappelant l'événement. « Ses notes étaient si élevées qu'elle aurait pu aller n'importe où. Mais elle refusait d'écouter donc c'était juste plus simple de rentrer à la maison et de l'accompagner dans le processus et de la calmer.

- Elle en parle encore, tu sais. De comment son grand-frère l'a sauvée.

- C'était vraiment trois fois rien, dit-il d'un air modeste.

- Ça comptait beaucoup pour elle. Tes quand même revenu de Boston pour l'aider. »

Whitney n'était pas surprise. Steven ne cessait de prouver qu'il était un homme sur qui l'on pouvait compter.

Mais la jeune femme ne se risquerait pas à vérifier si *elle* pouvait compter sur lui.

CHAPITRE VINGT-ET-UN

Whitney

Ce diner en compagnie de Hope et Steven s'était révélé très drôle. Ces derniers l'avaient amusée durant tout le repas et il était évident qu'ils s'aimaient beaucoup. Quelle chance pour eux d'avoir grandi au sein d'un foyer si aimant.

Whitney se demandait à quoi sa vie ressemblerait si elle avait eu une vraie famille, des gens qui se seraient occupés d'elle, non pas parce que c'était leur métier mais parce qu'ils l'aimaient. La jeune femme était tout de même reconnaissante envers les professeurs qui avaient fait preuve d'affection à son égard et qui s'étaient assurés qu'elle ait de quoi manger pour le weekend. Ils représentaient la minuscule chandelle lui offrant un peu de réconfort dans l'obscurité chaotique de son enfance. Les services sociaux avaient fait de leur mieux après qu'un voisin inquiet leur avait signalé que la mère de Whitney était inconsciente au beau milieu de la rue. Hélas, l'innocence de la petite fille avait depuis bien longtemps disparue lorsqu'une assistante sociale frappa à la porte de sa maison à l'âge de treize ans.

En regardant Steven et Hope interagir ensemble et raconter leurs enfances, il était désormais simple pour elle de réaliser pourquoi Steven était incapable de comprendre la raison de son attitude. Des visites régulières chez un psychologue avaient aidé Whitney à calmer ses crises de colère mais elle demeurait toujours blasée et sur la réserve.

Elle s'inquiétait de devenir un jour mère d'un enfant et de lui faire vivre un enfer – n'ayant pas eu de modèle maternel elle-même. Son thérapeute lui avait néanmoins assuré qu'elle se débrouillerait très bien le moment venu.

Whitney, quant à elle, n'en était pas si certaine et avait pensé se faire ligaturer les trompes afin de s'assurer qu'aucun être innocent n'aurait à subir les conséquences de ses traumatismes. Mais jusqu'à présent, elle n'avait jamais pris rendez-vous chez un spécialiste pour explorer cette idée.

Peut-être qu'elle le devrait. Jamais elle ne pourrait donner à sa progéniture le genre d'enfance que les Ericson avaient vécu – chose que chaque enfant méritait. Elle ne saurait tout simplement pas comment faire.

Assise aux côtés de ses compagnons de table, Whitney rit à s'en faire mal aux côtes alors que les deux compères racontaient leurs enfances avec Richard et Frannie Ericson, leurs parents. En toute honnêteté, ils semblaient avoir grandi au paradis.

Hope taquina Steven en révélant à quel point il avait été excité une année après avoir reçu une veste à l'effigie du groupe NSYNC et des tickets de concert pour Noël.

Steven chanta alors le refrain iconique du groupe : « Bye, bye, bye » à sa sœur, accompagné de la chorégraphie manuelle présente dans le clip.

Hope ne se démonta pas et ignora totalement ses sous-entendus. Au lieu de cela, elle demanda : « Et toi, Whitney ? C'était quoi ton cadeau de Noël préféré ? »

Steven prit une grande inspiration par le nez et questionna Whitney du regard – attendant peut-être un signe de sa part pour qu'il change de sujet. La jeune femme avait accepté de partager avec lui des détails sur son enfance et elle comprit qu'il voulait simplement la protéger. Mais elle répondit tout de même à la question.

« Probablement une poupée quand j'avais sept ans. »

Elle s'en rappelait car c'était Mme Lewis, sa maîtresse, qui la lui avait offerte avec de la nourriture qu'elle pouvait facilement cacher et une délicieuse tablette de chocolat qu'elle n'avait jamais goûtée auparavant.

Mme Lewis lui avait tendu le sac avant que la jeune Whitney ne quitte la classe pour les vacances de Noël, en lui mettant une main sur l'épaule et en disant : « Tout ce qui est à l'intérieur est pour *toi*. Tu peux partager uniquement si tu le souhaites. »

La petite fille ne l'avait pas souhaité. Cette tablette de chocolat dura une semaine entière car elle n'en mangeait qu'un carré après son unique repas quotidien – qui se trouvait également dans le sac que Mme Lewis lui avait donné.

Cette dame avait été un des phares dans l'océan tumultueux de son enfance. Whitney l'avait d'ailleurs invitée à sa cérémonie de remise de diplôme, là où la vieille femme fondit en larmes et s'excusa de ne pas en avoir fait plus pour elle.

« Vous en avez fait bien plus que vous ne pouvez l'imaginer » lui avait-elle dit pour la réconforter.

Whitney sourit à Hope. « En fait, je l'ai toujours, rangée dans une boîte au fond d'un placard. Elle est très précieuse pour moi. »

Steven prit sa main sous la table et la serra tendrement, comme pour dire qu'il savait qu'elle ne disait pas tout.

« Je croyais que tu sortais avec des gens de l'hôpital ce soir. Tu devrais pas te préparer ?

- Très subtil, grand-frère » répondit Hope en levant les yeux au ciel alors qu'elle se levait. Elle débarrassa son assiette et celle de Whitney en oubliant volontairement celle de Steven. Un sourire se dessina sur son visage face à ce léger manque de respect et il dit simplement : « C'est pas grave... je peux m'occuper de mes couverts. »

Sa sœur soupira de façon dramatique alors qu'elle posait les assiettes dans l'évier avant de revenir vers lui.

« Tout ça parce que tu refuses que je paie un loyer » dit-elle avant de sourire et d'embrasser le haut de sa tête.

« Viens » dit-il en tendant la main à Whitney et en lui faisant un clin d'œil avant de dire à haute voix – pour le plus grand plaisir de sa sœur – : « On va se peloter dans le salon.

- Beurk. Vous pouvez pas attendre que je parte, au moins ? »

Le docteur mit les bras autour de la taille de Whitney alors qu'ils sortaient de la cuisine et murmura au creux de son oreille : « Non. »

****

Steven

La douleur qu'il ressentit était presque physique lorsqu'il ferma la porte en raccompagnant Whitney et Ralph à la voiture. Il avait demandé à la jeune femme de rester pour la nuit alors qu'ils étaient tous les deux nus dans son lit mais elle lui avait souri tristement avant de lui expliquer qu'elle avait une réunion très tôt le lendemain.

« Tu peux t'y rendre depuis chez moi » dit-il en gémissant alors qu'il embrassait son cou. « Ralph peut rester, aussi.

- Je n'ai pas de vêtements.

- Tu porteras ceux que tu portais ce soir. »

Whitney rit. « Je crois qu'Alan Crawford me virerait sur le champ si je me pointais au bureau en jean.

- Tant mieux, comme ça je t'aurais pour moi tout seul.

- Oh, s'il te plaît. » Elle passait les doigts dans ses cheveux alors qu'il l'embrassait. « Avec tout le travail que tu as ? »

Ses mots lui firent lever la tête et il la regarda dans les yeux. « Très bien. Travaille au cabinet de Zach, mais à temps partiel. Ou non, encore mieux, lance ton propre cabinet pour avoir les horaires que tu veux.

- Et m'arranger avec les tiens, je présume ?

- Évidemment.

- Peut-être un jour, dit-elle en secouant la tête.

- Pourquoi pas maintenant ?

- J'ai prévu de le faire dans quatre ans, environ. J'ai besoin d'un business plan et d'un an de salaire en réserve.

- Ma petite avocate ne perd jamais le nord. Et tu as réfléchi à la proposition de Zach...

- Je suis heureuse dans ce cabinet » interrompit-elle.

Steven ne comprenait guère comment cela était possible mais la jeune femme lui avait fait clairement comprendre que la discussion était terminée.

« Eh bien, quatre ans, ça passe vite.

- Ouais. Mais ça veut aussi dire que je dois rentrer chez moi ce soir.

- Pourquoi t'as pas apporté des vêtements pour demain en venant ? » se plaignit-il alors que Whitney glissait hors du lit et commençait à s'habiller. « Tu dois apporter au moins deux tenues pour le travail et deux tenues plus décontractées pour pouvoir rester dormir ici. »

Elle se contenta de sourire en enfilant sa chemise en guise de réponse.

« Je ferai pareil. » Steven n'avait que faire qu'elle refuse de prolonger leur petit moment ensemble. Il se retint cependant de s'inviter à nouveau chez elle. Mais si la jeune femme le lui avait proposé, il aurait accepté sans aucune hésitation.

Il se trouva réconforté alors que Whitney marchait lentement en direction de la porte et que Ralph ne daignait pas l'écouter – allongé aux côtés de Lola tandis que sa maîtresse l'appelait.

« Ralph ! » dit-elle à nouveau sur un ton bien plus ferme.

Le labrador croisé gémit plaintivement et se rendit à contre cœur jusqu'à la porte, manifestement déçu de devoir quitter sa petite-amie.

Bienvenue au club, mon pote.

Hélas, Steven ne pouvait même pas appeler Whitney sa petite-amie pour le moment.

« Mon dieu, je me sens mal pour lui » se lamenta-t-elle en attachant sa laisse.

Le docteur passa un bras autour de sa taille. « Alors, reste.

- Je ne peux pas. Je t'ai dit que j'ai une réunion importante avec mon patron demain matin.

- J'aurais dû préparer à diner chez toi » râla-t-il.

La jeune femme se mit à rire et elle plaça une main sur son épaule pour ensuite lui embrasser la joue, sur la pointe des pieds. « La prochaine fois. »

Steven lui agrippa plus fermement les hanches. « Demain ? »

Il savait très bien qu'il avait l'air désespéré, mais il n'en avait rien à faire – et pour tout dire, il l'était.

Whitney se remit à plat. « T'en as pas déjà marre de moi ? »

Les yeux de Steven se posèrent sur les siens. « Non. Pas le moins du monde. »

Elle soutint son regard pendant une fraction de seconde. « Ça va pas tarder. » Puis un léger sourire se dessina sur son visage comme si elle ne venait pas d'imaginer leur relation péricliter. « Mais puisque tu es toujours intéressé... Je serai à la maison plus tôt demain puisque je commence tôt, donc je ferai à diner. À quelle heure tu quittes l'hôpital ?

- Cinq heures.

- Le diner sera prêt à six heures. Amène Lola, bien entendu. »

Le cœur de Steven battait la chamade et il voulait serrer le poing dans un geste victorieux mais il se contrôla. Enfin, autant qu'il était possible de le faire après l'avoir pratiquement suppliée de passer plus de temps avec lui.

Il l'embrassa sur le front. « Je l'amènerai et je n'oublierai pas le dessert. »

Ils se tinrent la main tandis qu'ils marchaient en direction de la voiture et il l'aida à attacher Ralph à l'intérieur avant de l'embrasser à nouveau.

Whitney se sépara de lui en soupirant et s'installa dans la voiture.

« Envoie-moi un message quand tu arrives » lui dit-il avant de fermer la portière.

Et le voilà désormais – attendant son message avant de se coucher tel un adolescent en mal d'amour.

Les choses avaient bel et bien changé à ce sujet. Le docteur ne se rappelait même pas le nom de la femme avec qui il avait couché sept mois auparavant durant une conférence à Hawaii. Il avait été très reconnaissant de la voir partie à son réveil le lendemain et ils avaient simplement échangé quelques regards pendant le déjeuner qui avait suivi – cela lui avait parfaitement convenu.

Il avait fait le choix de ne coucher qu'avec des femmes qu'il rencontrait en dehors de l'hôpital après avoir commis l'erreur de coucher avec une infirmière des soins intensifs qui avait pensé que le docteur voulait davantage qu'une relation sans lendemain. Avant cela, Steven s'envoyait régulièrement en l'air avec des infirmières et des docteures, et toutes avaient compris qu'il ne s'agissait que de rapports sans conséquences. Une simple manière pour les deux partenaires de relâcher la pression.

Ensuite vint l'incident Addison Hall et il arrêta immédiatement de tremper son pinceau dans l'encrier de l'hôpital. Sa carrière était bien trop importante pour être court-circuitée par une folle qui voulait faire des histoires – simplement parce qu'il ne l'avait pas appelée le lendemain. Steven n'avait pas autant de pression à relâcher.

Et le voilà, réfléchissant désormais à vivre une vie relaxante au bord de l'océan en compagnie de Whitney.

Il l'avait dans la peau.

Mais alors qu'il contemplait son plafond, il remarqua qu'il manquait des moulures couronnées et se demanda si Whitney avait finalement raison. Son charme finirait-il par s'estomper ?

De son point de vue – ou plutôt de celui qu'il avait depuis son lit – une telle chose était impossible. Si le temps avait un quelconque effet sur elle, la jeune femme n'en deviendrait que plus envoutante.

CHAPITRE VINGT-DEUX

Whitney

Elle entendit la notification d'un message sur son téléphone alors qu'elle portait des sacs de courses en montant les escaliers menant à sa porte mais ne le regarda pas avant d'avoir tout posé sur le plan de travail et d'avoir fait sortir Ralph.

La pauvre se décomposa en lisant le message de Steven.

Steven : Je vais être en retard, et pas qu'un peu. Ça te dérange si on reporte le diner ?

Whitney : Aucun problème. Tout va bien ?

Steven : Un gros accident sur la 695. Des hélicoptères sont en route. J'en saurai plus quand ils arriveront. Je veux toujours te voir ce soir et je peux toujours apporter le dessert.

Whitney était déçue – elle avait cherché des recettes afin de réaliser des boulettes de viandes suédoises et essayer d'impressionner le docteur avec un plat de son pays d'origine. Mais elle comprenait également que ce genre d'imprévu faisait partie intégrante de son travail.

Whitney : Quel dessert ?

Steven : Ce qui te fait envie, bébé. Il ajouta un émoticône décrivant un clin d'œil.

Whitney : J'ai envie de toi. Et d'un cheesecake.

Steven : En même temps ?

Whitney : J'y avais pas pensé mais l'idée est bonne.

Le docteur lui envoya ensuite trois émoticônes décrivant respectivement un diablotin souriant, une aubergine et un gâteau. **À plus tard.**

****

Steven

Il ne parvint pas à se rendre chez Whitney ce soir-là.

Ni le lendemain.

Le docteur avait travaillé sans répit et lorsqu'il ne travaillait pas, il dormait. Il était désormais content que Hope reste chez lui pour s'occuper de Lola.

Vendredi après-midi, il envoya un message à Whitney.

Steven : Est-ce que tu peux prendre un jour de congé lundi ? J'ai envie d'aller au Cap demain. Je crois que le seul moyen pour moi d'éviter de travailler 18 heures par jour c'est de quitter la ville.

Whitney : Je peux pas. J'ai une audience.

Steven : Est-ce que tu peux venir avec moi demain ?

Les points de suspensions apparurent puis disparurent de nombreuses fois, comme si la jeune femme modifiait sans cesse sa réponse. Et enfin...

Whitney : Je peux, mais je vais devoir travailler un peu là-bas.

Steven : C'est pas grave. Je me reposerai, la tête sur tes genoux pendant que tu travailles. Je veux

juste t'avoir à côté de moi. Merde, ton visage me manque.

Whitney : Le tien me manque aussi.

Steven : Est-ce que tu veux diner avec moi ce soir ?

Une fois de plus, les points de suspensions apparurent et disparurent à maintes reprises.

Whitney : Je suis désolée mais j'avais prévu de me rendre à l'happy hour avec mes collègues. Je pensais que tu travaillerais tard.

Le docteur ne pouvait pas lui en vouloir, mais il voulait désespérément la revoir.

Steven : D'accord. Je passerai te prendre demain. Est-ce que huit heures c'est trop tôt pour toi ?

Whitney : Huit heures c'est parfait, mais est-ce que tu veux venir à l'happy hour ce soir ?

Grand dieu non. Steven ne voulait pas passer la soirée dans un bar en compagnie de parfaits inconnus et se battre pour capter l'attention de la belle. Mais d'un autre côté, il voulait être celui qui la ramènerait chez elle à la fin des festivités. Par conséquent...

Steven : Bébé, dis-moi où et quand, et je serai là.

CHAPITRE VINGT-TROIS

Whitney

Elle ne savait pas quel démon l'avait possédée pour qu'elle en arrive à inviter Steven à l'happy hour en compagnie de ses collègues. En toute honnêteté, elle ne savait même pas pourquoi elle avait accepté l'invitation elle-même.

Ce n'était pas vrai. La jeune femme n'avait pas voulu passer une nuit de plus les yeux rivés sur son téléphone, attendant un message du docteur pendant qu'elle essayait de s'occuper l'esprit par tous les moyens imaginables. Whitney n'était pas du genre à attendre le coup de téléphone d'un homme. Enfin, elle ne l'avait jamais été et elle n'appréciait pas le devenir. En conséquence, lorsque Laura, l'assistante juridique en chef, lui avait demandé si elle désirait venir à l'happy hour – ce qu'elle lui demandait chaque vendredi – la réponse de Whitney les avait toutes deux surprises.

« Génial ! » avait dit Laura en secouant le poing. Whitney s'était alors redressée, surprise par l'excitation de sa collègue. Cette dernière avait donc expliqué : « C'est juste que tu ne viens jamais. Tu travailles beaucoup trop pour ne jamais t'accorder un moment de répit. »

Selon Whitney, boire quelques verres avec ses collègues, avec qui elle n'avait rien en commun excepté le travail, ne constituait pas un moment de *répit*.

Ce genre de moment impliquait pour la jeune femme la présence d'un certain docteur aux cheveux blonds – nu, de préférence.

Laura interrompit ses pensées. « Tout le monde vient à cinq heures, d'habitude, mais on envoie quelqu'un en avance pour être sûr d'avoir plusieurs tables.

- *Des* tables ? Combien de personnes y vont ? »

Whitney aurait certainement dû se rendre à l'happy hour plus souvent. Il n'y avait que six personnes la dernière fois qu'elle y était allée : deux assistants juridiques, le réceptionniste, elle-même et deux autres avocats.

« Ça dépend des semaines. Une vingtaine, je dirais. »

Autant que ça ? Comment j'ai fait pour pas être au courant ?

C'était sans doute parce qu'elle préférait se plonger jour et nuit dans son travail. Et aussi car elle n'avait aucune envie d'approfondir ses relations avec quiconque provenant du cabinet. Il ne s'agissait pas là de la meilleure stratégie pour se constituer un réseau – réseau qui lui serait vital dans quelques années. Whitney avait toujours pensé que les bureaux étaient vides à cinq heures le vendredi car les gens étaient pressés d'être en weekend.

« Combien de temps ça dure ? »

Laura haussa les épaules. « Ça dépend. Certains partent à six heures. Les célibataires partent beaucoup plus tard.

- Je ne vais probablement pas pouvoir venir avant six heures, avertit-elle.

- Tu vas devoir payer plein pot. L'happy hour se termine à six heures. »

Whitney sourit. « C'est pas grave. » Elle pouvait parfaitement dépenser deux dollars de plus pour son verre de vin blanc.

Et la cerise sur le gâteau : elle oublierait Steven ne serait-ce que le temps d'une soirée.

Lorsque ce dernier lui avait proposé de diner avec lui, la jeune femme avait immédiatement regretté sa conversation avec Laura. Elle n'avait plus aucune envie d'aller à l'happy hour mais elle ne pouvait pas se permettre de retourner sa veste après avoir obtenu meilleure perspective pour sa soirée.

Mais Whitney voulait *terriblement* passer du temps avec Steven.

Il en était visiblement de même pour le docteur, puisque ce dernier avait accepté son invitation sans hésiter.

Mais, merde.

Comment devrait-elle le présenter à ses collègues ? Steven n'était pas son petit-ami... ou l'était-il ?

Non. Non. Non. La jeune femme ne voulait pas d'un petit-ami – surtout pas en la personne du Dr. Steven Ericson. Il ferait voler ses projets en éclats, et Whitney par la même occasion.

Et c'est alors que la veille rengaine de son professeur de droit favori lui revint en mémoire. *Si ça ressemble à un canard, si ça nage comme un canard et si ça cancane comme un canard, eh bien c'est probablement un canard.*

En effet, le docteur n'avait eu de cesse de *canarder* ses défenses.

****

Steven

Il fallut un instant à ses yeux pour s'adapter à la faible luminosité du bar où régnait l'odeur d'un mélange incertain de parfums, d'eaux de Cologne et de nourriture. Le docteur inspecta les alentours pendant quelques secondes avant de poser les yeux sur elle et il ne put s'empêcher de sourire. Whitney était vêtue d'un costume gris, très similaire à celui qu'elle portait le jour de leur première rencontre, à cela près que sa veste était posée sur le dossier de son siège de sorte que son chemiser en soie blanc laisse apparaître un léger décolleté. Ses cheveux châtains formaient un chignon assez négligé, chose habituelle pour elle en fin de journée, et ses putains de lèvres rouges et brillantes ne demandaient qu'à être embrassées.

Voilà ma tigresse.

Steven s'arrêta net. Ils ne se connaissaient que depuis deux semaines et il voulait déjà qu'elle lui appartienne. Mais le docteur savait également que Whitney, quant à elle, n'était pas du même avis.

Elle est pas à toi..., se rappela-t-il.

Mais en s'approchant d'elle, le docteur remarqua que l'homme en costume à qui elle était en train de parler mit la main sur son bras et les poils de son dos se hérissèrent.

Toutes les fibres de son cœur savaient qu'elle lui appartenait, et Steven allait défendre son territoire – peu importe si Whitney était sur la même longueur d'onde ou non.

Tout en passant un bras à l'arrière de sa taille, ses lèvres s'approchèrent de son oreille et il murmura : « Salut, bébé. »

Le corps de la jeune femme, d'abord tendu et rigide, se détendit instantanément. Elle se tourna vers lui en souriant. « Salut. »

L'homme au costume n'avait pas bougé d'un poil. En conséquence, Steven se baissa afin d'embrasser doucement mais intensément les lèvres de Whitney. « Tu m'as manqué, putain. »

Elle le regarda, les yeux écarquillés et il ne put détourner le regard. N'importe quel homme pouvait se perdre dans le bleu de ses yeux.

Le docteur avait été en mission – faire en sorte que l'homme au costume sache que Whitney était prise – et il semblait maintenant que le monde autour d'eux avait disparu.

« Tu m'as manqué aussi. »

Steven se pencha à nouveau et lui asséna un nouveau baiser, moins doux cette fois-ci, et il sentit une main se balader autour de son cou tandis que l'autre agrippait son épaule pour avoir une meilleure prise.

Ou pour le retenir.

La jeune femme brisa leur étreinte et posa les yeux sur lui en souriant, l'air confus. Steven avait l'habitude.

Une serveuse aux cheveux roux vêtue d'un débardeur blanc et d'un jean teint en noir les interrompit en demandant : « Qu'est-ce que je peux vous servir ? »

Le docteur jeta à un œil au verre de vin quasiment vide devant Whitney. « Tu en veux un autre ?

- Euh, d'accord. Un autre. » Elle porta le verre à ses lèvres et en avala le contenu avant de le poser sur le plateau de la serveuse en souriant.

« Je vais prendre un Scotch & Soda. Du Glenlivet, si vous en avez.

- On en a, si ma mémoire est bonne » répondit la serveuse en écrivant la commande sur son calepin. Elle disparut ensuite sans un mot et l'attention de Steven se porta à nouveau sur Whitney.

L'homme à qui elle était en train de parler auparavant était toujours là et Steven lui tendit donc la main. « Steven Ericson.

- Greg Stark, répondit l'homme en lui serrant la main. Je travaille avec Whitney. »

Steven lui jeta un regard et sourit. « Moi, je sors avec elle.

- J'avais plus ou moins remarqué. Je ne savais pas qu'elle fréquentait quelqu'un. »

La jeune femme glissa sa main dans celle de Steven et la serra tout en répondant : « Allons, Greg, tu sais que je n'aime pas partager ma vie privée.

- Ouais, je sais. » Greg se tourna vers Steven. « Alors, Steven, qu'est-ce que vous faites dans la vie ?

- Je suis directeur du service des urgences au Boston General. »

Cette simple phrase suffisait habituellement à mettre fin à ce genre de concours de bite. Le docteur avait depuis longtemps appris que les hommes – surtout ceux en haut de l'échelle sociale – aimaient jouer sur la carrière de leurs rivaux pour arriver à leurs fins.

Docteur aux urgences, ou directeur du service des urgences, les faisait redescendre sur terre, en temps normal.

Greg avait dû comprendre le message car il se tourna vers Whitney – sa position indiquait qu'il était prêt à partir. « Dis-moi si tu as besoin de mon aide. Comme je l'ai dit, je serai content de te prêter main forte.

- Je vais y jeter un œil ce weekend et je t'informerai lundi. »

Son collègue s'en alla et la serveuse revint avec leurs verres et Steven sortit son portefeuille afin de régler l'addition. Seigneur dieu, allait-il avoir ne serait-ce qu'un instant pour être seul avec *son* avocate ?

Et voilà qu'il recommençait avec ces conneries. Mais, merde, il voulait l'avoir – toute à lui.

Le docteur leva son verre. « Au weekend qui nous attend. Seuls en tête à tête. »

Whitney cogna son verre contre le sien mais ajouta, avant de trinquer, « Enfin, avec Ralph et Lola aussi.

- Avec Ralph et Lola, bien sûr.

- Je crois que Lola lui manque beaucoup. »

Steven la regarda dans les yeux pendant une minute. « Je connais ce sentiment. »

La jeune femme ramena ses cheveux derrière l'oreille et changea de sujet. « Comment c'était, le boulot ?

- On a pas arrêté une seconde, un véritable bourbier. Et toi ?

- On a pas chômé mais j'irai pas jusqu'à dire qu'on était dans un *bourbier*. Le gala m'a pas mal occupée aussi. J'ai vu que l'hôpital et toi aviez réservé une table.

- Tu pensais que je ne tiendrais pas parole ?

- Non. Je sais que tu es honnête. Merci, la fondation compte beaucoup pour moi. »

Cette observation le fit se sentir bien. Il appréciait que Whitney sache qu'il était un homme sur qui elle pouvait compter – cela semblait être une étape importante pour obtenir l'étiquette du *petit-ami*. Le docteur était également ravi de soutenir une cause qui lui tenait à cœur.

« Je n'ai qu'une parole. »

La jeune femme détourna timidement le regard et fit le tour du pied de son verre de vin avec son doigt. « C'est ce que je constate. »

Une certaine vulnérabilité entourait Whitney ce soir-là et Steven voulait la ramener chez elle et lui faire l'amour. Il voulait lui faire comprendre qu'elle était en sécurité avec lui.

Il regarda aux alentours. « Combien de temps est-ce que tu dois rester ?

- On peut partir quand on veut. On va finir nos verres et s'en aller. »

Le docteur se pencha vers elle et murmura : « Génial. Je dois te montrer à quel point tu m'as manqué. »

Un sourire se dessina lentement sur ses lèvres alors qu'elle comprenait ses sous-entendus et elle but deux immenses gorgées de vin.

« T'as mangé ?

- Non, répondit-elle en faisant danser le vin dans son verre. Et je suis une adulte qui devient saoule exprès car je sais que je vais rentrer chez moi et passez une nuit torride avec toi ; donc s'il te plaît, pas besoin de me faire la morale parce que je bois à jeun.

- Oh, mais au contraire. J'adore les nuits torrides et alcoolisées.

- Parfait. »

Whitney finit le reste de son vin et Steven but une autre gorgée avant de poser son verre et de se lever.

« On peut rester jusqu'à ce que tu finisses » dit-elle en indiquant son verre à moitié plein.

Steven se plaça à côté d'elle et passa la main autour de sa taille. « *Tu* peux, ma douce, mais pas moi. »

La douce gloussa et glissa hors de son siège en se penchant contre lui.

« Chez moi ?

- Chez toi, répondit-il en hochant la tête.

- Ce serait pas très poli de partir sans dire au revoir, hein ?

- Ne traîne pas, bébé. »

Whitney agrippa son biceps et le dirigea vers une femme aux cheveux blond foncé et approchant la trentaine qui se tenait à la table d'à côté.

L'avocate attendit un blanc dans la conversation pour annoncer : « Merci pour l'invitation, Laura. On va y aller. »

Laura sourit et dit : « Je suis contente que tu sois venue » alors qu'elle regardait Steven de la tête aux pieds. « Je ne crois pas connaître ton prince charmant. »

Whitney lui jeta un regard et sourit. « Je te présente Steven Ericson. Steven, voici Laura Zimmerman. Elle est l'assistante juridique en chef du cabinet. »

Les bras de l'avocate étaient fermement enroulés autour du sien, il se contenta donc de sourire et de hocher la tête en disant : « Ravi de vous rencontrer.

- De même. Depuis combien de temps sortez-vous avec notre Whitney ? »

Avant que la jeune femme ne puisse répondre, Steven lâcha : « Ça fait un moment. »

En la tournant avec lui en direction du reste des convives, il dit : « Mais nous sommes attendus autre part et nous devons partir. Je vous souhaite à tous une bonne soirée. »

Le docteur sentit la table entière les dévorer du regard alors qu'ils partaient.

« On est attendu quelque part ? » Steven jeta un œil à sa tigresse, une grimace sur le visage. « Je croyais qu'on allait chez moi, non ?

- C'est ta maison qui nous attend, ma douce. »

Son expression s'allégea. « Ah. Je préfère ça. »

****

Whitney

Sa voix était grave et rauque lorsqu'il murmura : « Très bien, bébé. Il est temps de rentrer à la maison » alors qu'ils sortaient du bar.

« Et de se mettre à poil ? » gloussa-t-elle en ressentant les effets des trois verres de vins qu'elle avait bus, l'estomac vide.

« J'aime bien cette idée.

- J'aime bien être nue avec toi, beaucoup même.

- Moi aussi, ma douce. » Steven l'embrassa tendrement puis se retira avant que les choses ne dégénèrent. « Tu es venue en voiture ? »

La jeune femme acquiesça et chercha ses clés dans son sac à main. « Voilà. » Puis une pensée lui vint à l'esprit et elle se mit à chercher son Land Rover ou sa Porsche du regard sur le parking. « Ah, mince. Est-ce que t'es venu aussi en voiture ?

- Non, j'ai pris un taxi.

- Ça tombe bien pour moi, alors.

- Pour moi aussi. » Il tourna la clé dans sa main et examina le logo. « Tu t'es garée où ? »

Whitney pointa le doigt en direction de sa Beemer noire garée sous un lampadaire au milieu du parking et Steven sourit. « Belle bagnole.

- C'est pas une Porsche, mais je l'aime bien. »

Le docteur ouvrit sa portière et dit : « Elle te va bien » alors qu'elle se glissait à l'intérieur.

Lorsque Steven se mit au volant, elle demanda : « Ça veut dire quoi, ça ? »

Tout en se penchant au-dessus du tableau de bord, il murmura : « Elle est sexy et élégante. Et elle surprend quand on appuie sur l'accélérateur. » Il prit sa lèvre inférieure entre les dents.

Whitney ferma les yeux et suça sa lèvre supérieure en guise de réponse avant de se retirer brutalement après avoir réfléchi à ses mots.

« Attends, c'est une bonne ou une mauvaise surprise ? Parce que ma voiture est quand même rapide. »

Le docteur rit et lui ramena les cheveux derrière l'oreille. « Une bonne surprise, bébé. Une très bonne.

- D'accord, je voulais juste vérifier, répondit-elle en se penchant contre lui à nouveau. On en était où ? »

Steven lui fit un clin d'œil, saisit sa ceinture et s'attacha avant de démarrer le moteur. « On allait chez toi pour se mettre à poil. »

L'avocate attacha elle aussi sa ceinture avant de se pencher contre l'appuie-tête et de soupirer, un sourire sur le visage. « Ah oui, c'est vrai. J'aime bien être nue avec toi... Je l'ai pas déjà dit ?

- Si, bébé. Mais tu peux le répéter autant de fois que tu veux. »

CHAPITRE VINGT-QUATRE

Steven

Whitney était absolument adorable – et audacieuse – quand elle était alcoolisée.

« Est-ce qu'on t'en a déjà taillé une sur la route ? »

Le docteur s'étouffa presque en entendant sa question et se mit à tousser.

« Est-ce qu'on pense à la même chose ?

- Est-ce qu'on t'a déjà sucé pendant que tu conduisais ?

- Euh… non ? J'aurais un accident, je pense. »

Sa bite s'était néanmoins raidie après y avoir pensé et la jeune femme posa la main sur son entrejambe afin de caresser la bosse qui s'y était formée. « Tu veux essayer ? »

Il mourrait d'envie que sa déesse sexy lui taille une pipe mais… il devait peser le pour et le contre.

« T'es sûre, ma douce ? Je pense pas que ça soit très confortable pour… »

Sa ceinture était déjà détachée et Whitney était désormais à genoux sur le siège passager, le cul en l'air, alors qu'elle se penchait au-dessus du levier de vitesse et déboutonnait son pantalon avant qu'il ne termine sa phrase.

Elle abaissa son caleçon pour que sa queue puisse apprécier un peu de liberté.

« Putain, bébé » gémit-il quand elle le prit en bouche sans la moindre hésitation.

Steven sentait le sourire que la jeune femme avait sur les lèvres alors qu'elle aspirait son manche de haut en bas, puis elle le fit plonger au fond de sa gorge.

« Putain ! »

Son cerveau n'était plus assez irrigué pour qu'il puisse dire autre chose alors que son gland s'agitait dans la bouche de Whitney. Cette dernière se retira lentement tout en caressant son manche rendu glissant par sa salive.

Steven lui jeta un œil et la trouva en train d'examiner sa queue sous la lumière du tableau de bord alors qu'elle le branlait.

« Je t'ai déjà dit que tu avais une très belle queue ? »

Le docteur sourit, amusé par les commentaires que l'alcool faisait dire à son avocate.

« Non, jamais. »

Il sentait une petite quantité de semence s'échapper de lui alors qu'elle continuait de le caresser tout en l'examinant.

« Elle est belle. Veineuse, mais pas trop. Épaisse aussi, mais pas trop non plus. Et elle a la longueur parfaite pour pouvoir toucher tous mes points sensibles.

- Mais elle penche à gauche » dit-il en souriant même si une partie de lui ne désirait que se garer et fermer les yeux en laissant échapper un long grognement tandis qu'il succombait à ses caresses.

« J'ai remarqué, répondit-elle en continuant respectueusement de le branler, mais je pense que ça lui donne du caractère. »

Steven déglutit péniblement, il essayait de conserver son attention sur la route et de ne pas avoir un accident – se retrouver aux urgences avec le pantalon aux chevilles n'étant étrangement pas une expérience qu'il souhaitait vivre. « Ma queue a du caractère... c'est bon à savoir. »

Les lèvres de Whitney glissèrent autour de son gland et sa langue se balada en-dessous de sorte que Steven agrippa le volant bien plus fermement.

Il soupira enfin, soulagé d'arriver à un feu rouge, et lui caressa les cheveux de la main droite avant de murmurer : « Tu sais ce qu'elle a d'autre ? »

Sa bite toujours entre les lèvres, la jeune femme lui jeta un regard. « Hmm ?

- Elle a des capacités... laisse-moi te montrer. »

****

Whitney

Elle avait adoré faire une gâterie à Steven – elle s'était sentie puissante. C'était sans doute pour cette raison qu'elle aimait tant lui sucer la queue ; contrôler le plaisir qu'il ressentait l'excitait énormément.

Mais cela l'aida aussi à réaliser qu'elle pouvait laisser Steven contrôler la situation – dans la chambre – sans qu'elle ne s'en trouve affaiblie. Lorsque le docteur avait été à sa merci, Whitney avait constaté qu'il était resté fort et qu'il avait simplement choisi de s'abandonner au plaisir qu'elle lui procurait.

Les deux amants arrivèrent à la maison et jetèrent leurs vêtements un peu partout en montant l'escalier menant à la chambre de l'avocate. Ils étaient tous deux quasiment nus en arrivant sur le lit – ils n'avaient gardé que leurs sous-vêtements.

« T'es tellement belle, putain » murmura-t-il durement alors qu'il était au-dessus d'elle, les yeux rivés sur les siens.

Whitney ne savait jamais comment répondre à ce compliment.

Merci ?

Toi aussi ?

On dirait que mes cours de yoga portent leurs fruits ?

Au lieu de parler, elle se contenta de prendre sa tête dans ses mains et de l'embrasser fougueusement.

Steven laissa échapper un faible grognement et leva la main pour lui saisir un sein. Il le massa tendrement puis arrêta leur baiser afin de sucer son téton droit tout en changeant de position pour que sa main gauche puisse masser l'autre.

Sa langue tournoyait autour de son téton dur et gonflé avant qu'il ne décide de le sucer entre ses lèvres. Whitney courba le dos et garda les mains sur la tête du docteur, essayant de l'amener plus près d'elle. Elle sentait déjà le déluge couler de son entrejambe.

Steven changea de sein et, une fois encore, elle courba le dos au moment où il commença à le sucer.

Jamais un de ses partenaires n'avait accordé autant d'attention à ses nichons, la jeune femme ne s'était donc pas doutée un seul instant qu'elle aimerait autant ce genre de préliminaires.

« Mon dieu, ça fait du bien » roucoula-t-elle tandis que sa chatte commençait à vibrer pour que Steven s'occupe d'elle.

Un téton gentiment lové entre ses dents, il la regarda avec un sourire arrogant sur les lèvres. Il s'arrêta rapidement et murmura : « Oh, ma douce, ça ne fait que commencer.

- Je veux pas attendre, s'il te plaît. Je veux te sentir à l'intérieur de moi – maintenant. »

Le docteur s'aventura entre ses jambes et ramena sa culotte sur le côté. En passant un doigt le long de sa fente chaude et humide, il demanda : « Tu veux me sentir ici ? » Sa langue décrivit ensuite des cercles autour de son aréole avant que Whitney ne puisse répondre.

Cette dernière passa les doigts dans ses cheveux et gémit. « Oui, s'il te plaît... »

Il la taquina en frottant son clitoris. « Pas ici ?

- Eh bien, c'est pas mal mais... Ah ! »

Le docteur avait plongé un doigt en elle et son pouce frottait désormais son petit bouton tandis qu'il se remit à lui sucer les tétons.

La sensation qu'il lui procurait était incroyable et elle s'en délecta avant de réaliser rapidement que cela ne lui suffisait toujours pas.

« Je veux ta queue, bébé. S'il te plaît, baise-moi. »

Steven libéra son téton et émit un petit bruit. « Comme vous voudrez. »

Et bien sûr, il aime Princess Bride. C'était son film préféré de tous les temps.

Il fit glisser sa culotte jusqu'à ses cuisses et elle l'enleva tandis que Steven laissa tomber son caleçon par terre.

Whitney oublia rapidement les répliques du film – et son propre nom – lorsqu'elle sentit sa queue pénétrer au plus profond d'elle-même.

Ils gémirent à l'unisson alors qu'ils ne faisaient plus qu'un.

« Putain, qu'est-ce que t'es bonne, ma douce » murmura Steven alors qu'il allait et venait en elle avant de l'embrasser.

Elle souleva les hanches pour accompagner ses coups de reins et chuchota contre ses lèvres : « Toi aussi. »

Leurs yeux se rencontrèrent tandis que sa queue entrait et sortait lentement de sa chatte et, pour la première fois de sa vie, Whitney comprit ce que faire l'amour signifiait.

Et cela la terrifia.

En fermant les yeux aussi fort qu'elle le pouvait, elle lui dit d'un ton impérieux : « Plus vite ! »

Le docteur n'obéit pas et continua à son rythme de croisière jusqu'à ce qu'elle ouvre les yeux pour trouver les siens rivés sur elle alors qu'il bougeait les hanches.

« Laisse-moi m'occuper de toi, bébé. Tout va bien se passer, je te le promets. »

Un conflit faisait rage au sein de Whitney. Elle savait pertinemment que Steven était un homme bien et pourtant, il n'en devenait que plus dangereux.

« Juste pour ce soir » dit-elle haut et fort. Mais elle ne faisait que négocier avec elle-même – elle voulait lui faire une place dans son cœur, juste pour la nuit.

« Juste pour ce soir » assura-t-il tandis qu'il se redressait afin de masser son clitoris tout en continuant de la baiser.

La jeune femme accepta alors de s'abandonner à son emprise et l'univers sembla disparaître sous ses yeux. Il n'y avait plus qu'elle et lui, que le plaisir et l'amour. Lorsque Steven l'amena aux portes de l'extase, sa voix grave lui ordonna : « Jouis pour moi, bébé. »

Whitney laissa alors une vague de plaisir déferler à travers son corps tandis qu'elle hurlait son nom. Il se laissa ensuite tomber sur les avant-bras et ses coups de reins s'intensifièrent. Le docteur blottit bientôt son visage contre son cou et commença à gémir alors que la jeune femme sentait des jets de foutre se déverser en elle tout en le prenant fermement dans ses bras.

Steven releva la tête et la regarda dans les yeux avant de l'embrasser tendrement. Et c'est à ce moment précis qu'elle se rendit compte que plus rien ne serait comme avant entre eux deux. Ils avaient menti – ce n'était pas juste pour ce soir.

Une nouvelle vague – de panique cette fois – l'envahit et le docteur le sentit immédiatement. Il roula sur le côté tout en la maintenant contre lui. « Je suis là, ma douce. »

Non ! Non, non, non. Je veux pas que tu prennes soin de moi !

Elle ne le dit pas et se choisit plutôt de se concentrer sur sa respiration tandis qu'il lui caressait les cheveux jusqu'à ce qu'elle se détende. Avant de sombrer dans un sommeil profond, sa dernière pensée fut la suivante : *Tout redeviendra normal demain matin.*

****

Steven

Il savait qu'il devait faire quelque chose au sujet de ce qui venait de se passer entre eux ou elle risquait de disparaître.

Son père avait raison ; il le saurait quand il aurait trouvé *la bonne*. Mais il ne s'était jamais douté que cette dernière refuserait qu'on la trouve.

Jamais Steven n'avait rencontré une femme comme Whitney Hayes. Il savait qu'elle ressentait la même chose que lui mais, au lieu de laisser libre court à ses sentiments – à l'instar du docteur – elle semblait vouloir leur échapper.

Elle était craintive, évidemment ; mais il ne comprenait pas exactement pourquoi. Ce qu'il comprenait, en revanche, était qu'il devait faire preuve de douceur pour amener gentiment la jeune femme à s'ouvrir à lui – faute de quoi, il la perdrait.

Au beau milieu de la nuit, il ne s'était pas rendu compte qu'elle était éveillée jusqu'à ce qu'elle pose la main sur sa queue dans l'obscurité. Elle n'était pas vraiment dure mais la douce main de Whitney remédia rapidement au problème. Lorsque Steven devint aussi dur que de la pierre, elle ronronna : « Je veux que tu me baises – comme une chienne. »

Oh, ma douce. Je suis prêt à relever le défi.

CHAPITRE VINGT-CINQ

Whitney

Ils se levèrent étonnamment tôt en considérant le peu de repos que la nuit leur avait apporté. Les choses avaient semblé revenir à la normale après quelques fessées tandis que Steven l'avait baisée en levrette tout en lui tirant les cheveux.

Exactement ce dont elle avait eu besoin.

« Bonjour » murmura-t-il en lui embrassant la tempe.

La jeune femme se blottit contre lui. « Je sais qu'on doit y aller, mais laisse-moi profiter de mon docteur pendant encore deux minutes.

- On peut rester là aussi longtemps que tu le souhaites, bébé. »

Il fit courir ses doigts le long de son dos, de haut en bas, tandis que Whitney fermait les yeux et respirait son odeur.

Il n'y avait aucune attente ; ce qui s'était passé la nuit dernière était désormais caduque. Peut-être n'avaient-ils pas menti, après tout ? Tout cela avait bel et bien duré une nuit.

La jeune femme se sentit en paix et soulagée que les choses ne soient pas devenues bizarres entre eux. Elle avait été inquiète quant au weekend au Cap, potentiellement gâché par des sentiments non partagés.

Les cris plaintifs de Ralph brisèrent le silence qui régnait dans la chambre.

Steven se glissa hors de la couette et la mit autour d'elle. « Je m'en occupe. Dors un peu. »

Elle s'assit. Son confortable cocon avait disparu à l'instant où il s'était levé.

« Non, je dois prendre une douche et me préparer. » Alors qu'elle se dirigeait vers la salle de bain, elle ajouta : « J'ai pas grand-chose pour le petit-déjeuner. Désolée.

- On pourra manger une fois sortis de la ville. Je connais un bon restaurant à Quincy qui accepte les chiens en terrasse.

- Génial. »

Ralph se mit à aboyer, leur indiquant qu'il devait sortir *maintenant*.

Steven ouvrit alors la porte. « D'accord, d'accord, Ralph. Vas-y, mon pote. »

Lorsque Whitney revint moins de vingt-cinq minutes plus tard, le sac de voyage de Ralph était posé sur le plan de travail et sa laisse se trouvait à côté.

« Je l'ai nourri et j'ai préparé son bol, sa nourriture, ses biscuits et un jouet que lui et Lola aiment bien. Je crois qu'il est prêt à partir. Et toi ?

- Mon sac est vers la porte. » La jeune femme appréciait beaucoup qu'il ait pris les devants en s'occupant des affaires de Ralph. « Merci d'avoir préparé son sac.

- Aucun problème. »

Elle lui rendit la pareille avec Lola lorsqu'ils arrivèrent chez lui et qu'il disparut pour prendre une douche et faire son sac.

Les chiens couinèrent d'excitation en se voyant à nouveau et Hope vint dans la cuisine, vêtue d'un T-shirt beaucoup trop grand pour elle.

« Bonjour. Désolée si je t'ai réveillée – ils sont si contents de se voir. »

Hope jeta un œil aux alentours, manifestement nerveuse, alors qu'elle versait du café dans une tasse. La machine semblait avoir été programmée pour cet horaire.

« Salut. Non, j'étais... j'étais debout. Euh, vous allez toujours au Cap, hein ?

- Ouais, on vient juste prendre Lola et les affaires de Steve.

- Donc, vous partez bientôt ?

- Dès qu'il sortira de la douche, je pense. Tu as besoin de lui ?

- Non ! s'exclama-t-elle. Enfin, je vais retourner au lit, donc non. » Elle se précipita vers la porte. « Ok, eh bien, dis au revoir à Steve de ma part. Amusez-vous bien – on se reverra demain. » Hope s'interrompit. « Vous revenez demain soir, hein ?

- Ouais, je dois travailler lundi, malheureusement.

- Donc vous ne serez pas là durant la journée ? »

Whitney pencha la tête. « Non, pas que je sache. »

Hope acquiesça. « Bien, bien. Vous méritez tous les deux un peu de repos, même pour une nuit. » Elle but une gorgée de café et ajouta, sans attendre la réponse de Whitney, « Eh bien, amusez-vous bien » par-dessus son épaule tout en se rendant dans sa chambre.

« Merci » répondit-elle. La porte était déjà fermée.

Les cheveux de Steve étaient encore mouillés lorsqu'il entra dans la cuisine.

« C'est Hope que je viens d'entendre ?

- Ouais.

- Ah, très bien. Je devais lui demander si le réparateur est venu pour ses toilettes.

- Eh bien, elle m'a clairement fait comprendre qu'elle retournait au lit et m'a dit de te dire au revoir.

- Mais elle était là il y a cinq minutes. Tu crois pas qu'elle s'est déjà rendormie, non ? »

Whitney haussa les épaules. « Je sais pas, elle avait l'air à moitié réveillée.

- Hmm... » Steve marcha jusqu'à sa porte sur la pointe des pieds et toqua doucement. « Hope ? »

Pas de réponse. Il essaya de tourner la poignée, mais la porte était fermée à clé.

« Eh bien, je lui parlerai demain soir, alors. Tu es prête ?

- Oui. »

Whitney était impatiente. Dans sa maison au bord de la plage, elle pouvait devenir une autre personne et changer de vie ne serait-ce que le temps d'un weekend.

Ils venaient de sortir de son emplacement de parking quand Steven regarda fixement une voiture noire et étincelante, garée dans un coin.

« Tout va bien ?

- Je sais pas. »

Le docteur fit le tour du parking et s'arrêta devant la Mercedes.

« En voilà une belle Benz, commenta la jeune femme.

- Ouais, je me demande juste ce qu'elle fait au milieu du parking de ma copropriété.

- Tu connais son propriétaire ?

- Je crois. On dirait la voiture d'Evan Lacroix. Il travaille à l'hôpital avec moi, mais on ne s'entend pas très bien.

- Il connait peut-être quelqu'un qui habite ici. »

Steven fronça les sourcils et se prépara lentement à repartir. « Ouais, peut-être. »

CHAPITRE VINGT-SIX

Steven

Il avait hâte de quitter enfin la ville. Le Cap semblait désormais être le seul endroit où Whitney baisserait totalement sa garde avec lui.

Même ses épaules avaient l'air d'être plus détendues alors qu'elle le regardait en souriant depuis le siège passager. Le docteur lui prit la main et embrassa ses phalanges.

« Je suis heureux que tu aies pu venir avec moi.

- Je suis désolée que ce soit juste pour une nuit. J'aurais sans doute dû prendre ma voiture, pour que tu puisses rester plus longtemps.

- Je préfère de loin conduire en ta compagnie.

- Mais tu aurais pu passer toute une journée de plus au bord de la plage. »

Steven lui serra la main – qu'il n'avait toujours pas lâchée. « On va pouvoir y retourner dans très peu de temps. Tu penses pouvoir dégager combien de jours pour le quatre juillet ? »

Il avait dit ça le plus naturellement du monde, comme s'il était évident qu'ils passeraient du temps ensemble ce weekend-là ; mais il retenait son souffle en anticipant sa réponse. Se moquerait-elle de lui ou trouverait-elle une excuse ?

La réponse de Whitney ne se fit pas attendre, et le docteur eut envie de secouer vigoureusement le poing, très heureux. « J'aurai le vendredi et le lundi de libre, c'est certain. Peut-être même jeudi.

- Génial. Tu veux inviter quelqu'un ? Je pense inviter quelques personnes pour remplir la maison – juste du vendredi au samedi soir – mais on peut toujours faire de la place pour tes amis. » Une fois encore, il n'était pas certain que lui révéler ses plans était la bonne stratégie. Et si elle voulait absolument être seule avec lui ? Mais Steven voulait également être transparent avec elle, il conserva donc un ton neutre, comme si tout était normal.

« Ah ? Qui va venir ?

- Eh bien, Hope ; même si elle attend de voir si son amie Yvette, qui vient depuis San Diego, veut y aller ou bien rester sur Boston. Zach et probablement sa demoiselle du moment. Le frère de Zach, James – un anesthésiste avec lequel je travaille. Je ne sais pas s'il viendra accompagné. Il y aura aussi Aiden Matthews, un cardiologue à peine sorti d'un divorce très compliqué. Je crois qu'il ne va pas fréquenter de femmes avant très longtemps, il viendra seul. »

Whitney fit la grimace. « Aïe.

- Ouais. C'était vraiment pas beau à voir, d'après le peu qu'il a partagé avec moi. J'ai aussi invité mon patron, Parker Preston, le chef du personnel, et Liam McDonnell, le directeur de l'hôpital. Mais ces deux-là ne viendront pas. Ils travaillent encore plus que moi et je crois qu'ils n'ont littéralement pas de vie en dehors de l'hôpital.

- C'est un peu triste.

- Eh bien, ce sont de grands garçons. Ils ont fait leurs choix.

- Tu as raison, j'imagine.

- Alors, est-ce qu'il y a quelqu'un que tu voudrais inviter ?

- Il y une femme que j'aime bien au comité de l'ARF. Elle est marrante. Dakota Douglas.

- Ne te gêne pas pour l'inviter. Et ton ami, Gwen ? »

La présence de personnes attendant Whitney lui garantissait que cette dernière ne lui pose pas un lapin.

« Elle ne pourra pas venir, elle va dans le Michigan pour passer quelques semaines avec sa famille près du lac et elle ne sera pas de retour avant le gala.

- Un petit chalet au bord du lac ? Génial. Le Michigan est très beau en cette période de l'année.

- Ouais, c'est l'un des avantages d'être prof.

- Elle est mariée ?

- Elle est seule comme la dernière chips au fond du paquet. » Steven sentit ses sourcils se lever, donc Whitney ajouta : « Ce sont ses mots, pas les miens.

- Et un collègue, peut-être ?

- J'ai vraiment pas envie de fréquenter des collègues en dehors du bureau. »

Le docteur rit. « J'ai bien compris en voyant le nombre de regards surpris de ta présence à l'happy hour hier soir.

- Certains arrivent à être à l'aise avec leurs collègues... mais c'est pas pour moi.

- Pourquoi pas ?

- Eh bien, premièrement, je ne fais confiance à aucun d'entre eux. Comment pourrais-je me détendre en sachant qu'ils attendent que je fasse un faux pas pour pouvoir s'en servir contre moi dans le futur ? Et deuxièmement, les avocats ne sont pas marrants, on va pas se mentir.

- Je sais pas, Zach est plutôt marrant.

- L'exception qui confirme la règle.

- Tu es marrante aussi.

- Non, vraiment pas. Si tu n'étais pas aveuglé par mon vagin magique, tu t'en rendrais compte. Mais ça va pas tarder, t'inquiète pas.

- J'admets que votre vagin est absolument spectaculaire et magique, mais nous allons devoir nous mettre d'accord sur le fait que je n'en suis pas aveuglé, Madame.

- Hmph, se contenta-t-elle de répondre.

- Pas de *Hmph*. C'est la vérité. »

Le docteur décida de s'arrêter là. En sortant de l'autoroute en direction du restaurant routier, il lui demanda en souriant. « Tu aimes les omelettes ?

- Pour tout te dire, je les adore.

- Génial, parce que t'es sur le point de goûter la meilleure omelette de ta vie. »

****

Whitney

Elle avait regardé Steven interagir avec l'hôtesse d'accueil, puis avec Lola et Ralph et maintenant la serveuse. Il n'y avait pas un moment où son charme s'estompait – même les chiens le regardaient comme un dieu vivant. Néanmoins, il était très différent des autres dragueurs avec lesquels Whitney était sortie – en effet, la jeune femme ne craignait pas qu'il obtienne le numéro de la serveuse alors qu'elle se rendait aux toilettes. Même si son sourire charmeur et ses plaisanteries désarçonnaient toutes les femmes qu'il croisait, le docteur gardait toujours le bras autour d'elle ou se contentait de lui caresser la main sur la table. Steven ne laissait jamais le moindre doute quant au statut de Whitney.

Passer du temps avec lui était facile.

Beaucoup trop facile.

La jeune femme avait prévu de ralentir les choses entre eux mais, pour son plus grand bonheur, son travail aux urgences s'en était occupé pour elle. Enfin, ce bonheur s'était révélé être de courte durée lorsqu'elle s'était rendu compte que le docteur lui manquait terriblement et qu'elle attendait avec impatience ses messages, ses appels et leur escapade en dehors de la ville.

Ne t'y habitue pas.

Hélas, c'était plus facile à dire qu'à faire. Et elle était maintenant en train d'organiser son weekend avec lui pendant la fête nationale.

Peut-être pourrait-elle juste s'amuser et ne pas s'embêter à apposer une étiquette sur chaque chose qu'elle faisait ?

En effet, ça pourrait marcher.

Steven lui toucha la main avec le petit doigt à travers la table. « Je suis content que tu aies pu venir ce soir. Cette semaine était vraiment pourrie... j'ai à peine pu te voir.

- Merci encore d'être venu à l'happy hour hier soir et d'être venu jusqu'au centre-ville pour m'emmener déjeuner mercredi. Tu as ensoleillé ma journée.

- Je veux te voir dans la salle d'audience, la prochaine fois. T'es juste trop sexy quand tu te lances dans un contre-interrogatoire.

- Vraiment ? C'est ce que tu penses ? J'étais si nerveuse de savoir que tu me regardais.

- Je m'en serais jamais douté. Tu étais incroyable à regarder. »

Whitney pencha la tête. « D'ailleurs, pourquoi t'étais dans la salle d'audience, ce jour-là ?

- Tu étais partie du Rousso avant que je puisse demander ton numéro. Il était hors de question que je parte sans t'avoir parlé. »

La jeune femme sourit face à son aveu et lui présenta le sien. « J'ai bien failli ne jamais venir dans ce restaurant. J'avais vu Zach y entrer avant moi et j'ai marché jusqu'au Founders, le restaurant juste à côté. Mais il y avait trop d'attente et je suis revenue. »

Steven serra sa main dans la sienne. « Et ensuite la réceptionniste t'a conduite à la table juste à côté de la nôtre. Quel heureux hasard. »

Whitney y avait déjà pensé. Et si elle avait pu manger au Founders ? Où serait-elle en ce moment ?

Sûrement pas assise devant un bel homme en attendant qu'ils se baladent sur la plage avec leurs chiens - la jeune femme en était convaincue.

CHAPITRE VINGT-SEPT

Steven

Ils se tenaient la main tandis qu'ils marchaient le long de la plage le dimanche matin, juste avant de prendre leur petit-déjeuner. Les chiens se couraient après sur le ressac et ils semblaient être particulièrement heureux de se revoir – un sentiment partagé par Steven à l'égard de Whitney.

Le docteur savait qu'il était amoureux d'elle. Comment résister à une telle femme ? Elle était belle, intelligente et sa présence mettait sa bite au garde-à-vous vingt-quatre heures sur vingt-quatre et sept jours sur sept. À vrai dire, le simple fait de penser à elle lui suffisait à atteindre cet état.

Mais Whitney était une femme blessée. À chaque fois que Steven lui permettait de se rapprocher de lui, elle fuyait. Il savait qu'il devrait faire preuve de prudence et lui prouver qu'il serait toujours là pour elle, qu'il était digne de confiance. Maintenant, cela signifiait garder ses sentiments pour lui du mieux qu'il le pouvait.

Et pourtant... il s'avérait difficile de ne pas lui dire à quel point il l'aimait alors qu'il la regardait sous le soleil levant, sans maquillage, riant aux éclats en observant les chiens jouer ensemble dans l'eau sur la plage.

Steve prit une profonde inspiration et profita du moment qu'il passait avec elle.

Whitney avait dû sentir le regard du docteur posé sur elle car elle se retourna, les yeux rivés sur les siens. Son rire se transforma en un sourire tendre alors qu'il continuait de la regarder.

Entre eux, les mots n'avaient aucune importance – un simple regard leur permettait de se comprendre. Steven savait qu'elle partageait ses sentiments mais il devrait faire en sorte qu'elle l'admette sans pour autant les réprimer. Et ce ne serait pas une mince affaire.

CHAPITRE VINGT-HUIT

Whitney

« Il a intérêt à être aux toilettes » déclara Gwen alors qu'elle s'asseyait à la table du restaurant où Whitney attendait. Elle avait terminé plus tôt aujourd'hui, une fois n'est pas coutume, et avait fait le pont en vue du long weekend consacré à la fête nationale du quatre juillet. Elle avait réussi à réserver une table avant que le restaurant ne soit trop bondé.

« Non, je suis désolée. L'hôpital avait besoin de lui. »

Son amie pinça les lèvres. « Mince, c'est chiant.

- Je sais. Ça fait partie de son travail, j'imagine. Et vu qu'il ne va pas être dispo ce weekend, je pense qu'il se sentait obligé d'y aller ce soir.

- Tu crois que vous allez toujours partir ce soir, alors ?

- C'est prévu, mais j'ai appris à faire preuve de souplesse. Ce serait sympa d'y être ce soir, vu que tout le monde partira demain, mais sinon, eh bien on partira plus tôt demain matin.

- Tu connais d'autre personnes là-bas ? À part Dakota ?

- Juste Zach et Hope, la sœur de Steven.

- Ah donc c'est un peu important – rencontrer ses amis et tout !

- Pas vraiment. C'est un weekend férié et il a une maison au bord l'océan. Je crois que la moitié des invités ne se connaissent même pas. »

Gwen lui jeta un regard incrédule. « Je suis un peu déçue de ne pas être la première de tes amies à le rencontrer, tu sais.

- Ah, désolée. J'aurais trop aimé que tu viennes, mais j'étais vraiment soulagée que Dakota dise oui. Je suis certaine d'avoir au moins une personne à qui parler. »

La serveuse apparut et prit la commande de Gwen avant de demander : « Avez-vous déjà fait votre choix quant au diner ?

- Nous n'avons pas encore regardé la carte, excusez-nous !

- Aucun problème, je vais amener vos boissons. »

Elles ouvrirent leurs menus et, sans même lever les yeux, Gwen dit : « Alors, on dirait que ça devient sérieux entre vous.

- Non » répondit Whitney.

Gwen la regarda à l'autre bout de la table, un sourcil relevé. « On dirait, pourtant. Est-ce que vous voyez d'autres personnes ? »

Ses mots firent réfléchir Whitney. Elle ne fréquentait pas un autre homme – chose qui ne la dérangeait pas puisqu'elle n'avait jamais été très intéressée à l'idée de sortir avec qui que ce soit avant de rencontrer Steven. Et elle n'avait pas vraiment pensé au fait que Steven puisse fréquenter une autre femme. Cette idée ne lui plaisait guère.

« Je ne crois pas. Enfin, moi non et je ne vois pas quand il aurait le temps de voir quelqu'un. »

Gwen tourna une page de son menu. « Écoute, ma chérie, j'ai horreur de te dire ça mais, tu as un petit-ami.

- Non. »

Son amie haussa les épaules. « Si tu le dis » dit-elle avant de marmonner : « Mais t'en as un.

- Non !

- D'accord, d'accord ! » Gwen leva les mains en l'air et fit mine d'abandonner avant de se repositionner et de demander : « Mais c'est quoi le problème s'il est ton petit-ami ? Il a l'air parfait d'après ce que tu me dis. »

Whitney lâcha un long soupir. « Il est parfait. Vraiment. Mais il est beaucoup trop bien pour moi... »

Gwen l'interrompit. « Ouais, et bien ça c'est des conneries, ma grande.

- Il est riche et il vient d'une famille incroyable et accomplie...

- Je ne sais pas si t'as remarqué, mais t'es aussi une femme accomplie. Études de droit à Harvard ? Tu t'en souviens ?

- J'y suis allée uniquement parce qu'Alan Crawford m'a pistonnée.

- Mais on s'en fout de ça ! T'as été brillante pendant trois ans. Diplôme avec la plus haute distinction, ça te dit rien ?

- Oui, mais...

- Pas de mais, connasse. Si seulement tu réalisais à quel point t'es une femme extraordinaire. Et pour l'amour de dieu, quitte ce putain de cabinet.

- Je suis redevable envers Alan.

- Tu lui dois plus rien à cet enfoiré d'Alan. Tu lui as rendu bien plus qu'il ne t'a donné. Enfin bref, revenons à nos moutons. Pourquoi le docteur beau et gentil ne peut pas être ton petit-ami ?

- Je suis sûre qu'il va vouloir des enfants, un jour...

- Et alors ?

- Et je ne crois pas que j'en veuille.

- Tu n'es pas comme tes parents, Whit.

- Je crois qu'il sera trop tard quand je serai prête.

- Comme dit ma mère, si tu attends le bon moment, prépare-toi à attendre longtemps.

- Enfin bref... » Whitney avait besoin de changer de sujet. Les questions de son amie lui faisaient un peu trop de mal. « Et toi ? C'est toi qui es devenue prof parce que tu adorais les enfants.

- Je sais. Mais à moins que je veuille casquer des milliers de dollars pour une insémination artificielle, c'est pas demain la veille. Tu crois que c'est possible pour l'hymen de repousser si personne ne touche à ton vagin ?

- Tu le fais pas toi-même ?

- Bah » répondit Gwen en prenant du pain dans la corbeille que la serveuse avait apportée plutôt. « C'est pas la même chose.

- T'as pas tort... » Un léger sourire s'échappa des lèvres de Whitney alors qu'elle pensait aux moments torrides qu'elle avait passés avec Steven.

« À en juger par ce sourire sur ta figure, je crois qu'on a pas besoin de s'inquiéter quant à ton hymen.

- Non, aucun souci à se faire de ce côté-là.

- Je te détesterais si t'étais pas ma meilleure amie. Un docteur sexy avec une maison au bord de l'océan et qui te baise sur demande. Oh, ma pauvre. S'il te plaît, dis-moi au moins que tu simules.

- Non, aucun souci de ce côté-là non plus.

- En fait, je suis contente à ce propos. Je ne voudrais pas que tu subisses ça. La vie est trop courte pour simuler. »

Whitney leva son verre pour trinquer. « Amen. »

****

Steven

Il entra à l'intérieur du restaurant en tenant dans la main le bouquet de fleurs qu'il avait acheté dans la rue avant de venir. *Mieux vaut tard que jamais, non ?*

La réceptionniste lui suggéra de faire le tour du restaurant lorsque le docteur lui décrivit la femme qu'il cherchait, et il lui fallut moins d'une minute pour la trouver.

Whitney riait avec son amie et semblait détendue en sirotant un verre de vin. Il se demandait combien de verres avaient permis un tel relâchement de sa part. Steven devait d'ordinaire l'emmener hors de la ville afin de la voir avec des épaules si détendues.

Il s'approcha de la table en souriant, tout penaud. « Est-ce que vous avez déjà pris le dessert ou est-ce que c'est mon jour de chance ? » demanda-t-il, debout avec son bouquet à la main.

« Salut ! On était justement en train d'en choisir un » lui dit chaleureusement Whitney. À en juger par cet élan d'enthousiasme, la jeune femme en était au moins à son troisième verre. « Je croyais que tu devais travailler tard ?

- Ouais, mais je voulais rencontrer Gwen et j'ai pu me libérer assez rapidement donc je me suis dit : autant y aller. » Il changea le bouquet de main et tendit la droite en direction de la belle femme assise en face de Whitney. « Steve Ericson. »

Elle lui serra la main en esquissant un sourire savant, comme si elle connaissait bien des secrets à son propos. « Gwen Gowen. Ravie d'enfin faire ta connaissance. J'ai beaucoup entendu parler de toi.

- En bien ! » lâcha Whitney.

Un sourire se dessina sur le visage du docteur, et il hocha lentement la tête en jetant un regard dans sa direction.

« Elles sont pour toi. Désolé pour mon retard. »

Whitney n'en croyait pas ses yeux tandis qu'elle saisissait les roses rouges enveloppées dans du papier vert et qu'elle se poussait dans le box pour faire une place à Steven. « Tu m'as acheté des fleurs ? demanda-t-elle, le souffle coupé. Merci beaucoup.

- Je ne savais pas lesquelles étaient tes préférées, alors j'ai pris des roses rouges, le grand classique, expliqua-t-il tandis qu'il s'asseyait à ses côtés. J'espère que tu ne trouves pas ça trop cliché. »

La jeune femme n'avait cessé de sourire depuis l'arrivée de Steve.

« Non, elles sont parfaites. Merci.

- Et, juste pour mon information, quelles sont tes fleurs préférées ? »

Whitney pencha la tête alors qu'elle se creusait les méninges avant de dire enfin : « Je sais pas. On ne m'en a jamais offertes, mais celles-là sont magnifiques.

- Jamais ?

- Jamais. »

Il s'inclina en souriant et dit doucement : « Donc, je suis en quelque sorte... ta première fois ? »

Whitney posa la main sur son cou et approcha son visage du sien. « Ma première fois. »

Le docteur était sur le point de l'embrasser quand...

« Hé ! » s'exclama Gwen en claquant des doigts au-dessus de la tête de Whitney. « Sa meilleure amie est juste là, hé oh ! »

Steve se redressa et jeta un bras autour des épaules de Whitney. « Désolé, meilleure amie. C'est juste que je n'ai pas vu mon avocate de la semaine. » Il se tourna vers elle. « D'ailleurs, t'as l'air super bonne. »

Ses mots la firent rire tandis que Gwen restait assise là, bouche bée, en observant les deux amants. Elle secoua la tête avant de se remettre en place tout en levant son verre de vin et murmura : « Vous êtes si adorables que ça en devient ridicule. »

Steven espérait que Gwen ne pensait pas à mal en disant cela.

« Je suis désolé que tu ne puisses pas venir avec nous ce weekend.

- Moi aussi. Tu n'aurais pas des frères en ville, par hasard ? »

Le docteur rit aux éclats. « J'ai trois sœurs, malheureusement. Mais j'ai plein d'amis très beaux et célibataires. »

Gwen acquiesça tout en posant son verre sur la table. « On va bien s'entendre. »

CHAPITRE VINGT-NEUF

Whitney

Il était si élégant qu'elle en eut le souffle coupé. Whitney était quelque peu saoule et avait été heureuse de le voir.

La jeune femme avait partagé une bouteille de vin avec sa meilleure amie pendant le diner et avait reçu des fleurs pour la première fois de sa vie – elle se sentait donc joueuse alors qu'elle sortait de son Land Rover, garée devant chez elle. Lola, qu'ils avaient prise sur la route, sautait derrière elle et Whitney prit sa laisse avant d'appuyer sa poitrine contre le torse de Steven. Elle murmura : « Merci d'avoir pris ma virginité florale. »

Le sourire du docteur voyagea alors d'une oreille à l'autre et il lui tint la taille plus fermement en murmurant au creux de son oreille : « Je serais ultra doux quand je prendrai ta virginité anale, aussi. »

Whitney lui posa une main sur les couilles à travers son pantalon et les pressa légèrement en murmurant : « Qui a dit que mon cul était encore vierge ? » avant de tourner les talons et de se diriger vers la maison en se déhanchant, même avec Lola derrière elle.

« Attends... quoi ? »

En guise de réponse, la jeune femme se contenta de rire, à la fois à la réaction de Steve et au fait que Ralph commençait à perdre la boule en voyant Lola à travers la fenêtre. Elle ouvrit la porte avant que le chien ne la détruise. Ce dernier était fou de joie en revoyant enfin sa copine, et les deux chiens échangèrent des cris et autres aboiements avant de se ruer à l'intérieur de la maison.

« Alors... » Steve se vautra contre l'encadrement de la porte, une lueur mauvaise dans les yeux. « Est-ce que j'explore ton arrière-train, ce soir ? »

Whitney haussa les épaules, comme si de rien n'était. Mais c'était tout sauf *rien*. Elle avait simplement puni l'arrogance qu'il avait démontrée en présumant le statut de sa virginité anale. Mais le docteur ne s'était pas trompé pour autant.

« Probablement pas ce soir. Pour tout te dire, j'avais plutôt envie de te sucer et de te chevaucher toute la nuit. »

Sa pomme d'Adam vibrait, comme s'il avait du mal à déglutir. Bien. Whitney avait simplement voulu le taquiner.

Son égarement fut bref et il regagna très rapidement son sang-froid en hochant la tête. « Ouais, ça me va. » Il la tira vers lui en passant les bras autour de sa taille et chuchota : « Et avec quel genre d'enculés t'es sortie pour que je sois le premier à t'offrir des fleurs ?

- Crois-moi, tu ne veux pas le savoir.

- T'as sûrement raison. Mais tu te rends bien compte que je vais t'offrir des fleurs tout le temps, maintenant.

- C'est pas nécessaire. En réalité, je me sens un peu mal parce qu'on va partir et je ne vais pas pouvoir profiter d'elles.

- J'ai pensé que tu pouvais les emmener. Si tu enroules les tiges avec du papier humide, elles survivront jusqu'à ce qu'on les mette dans un vase. »

Whitney le fixait du regard. « Comment tu... »

Il haussa les épaules. « Les cours du soir, tu te rappelles ? »

« Ils t'apprennent *ça* aux cours du soir ?

- Je ne pense pas, avoua-t-il en riant. Mais j'ai transporté beaucoup de fleurs pour différents événement organisés par ma mère et j'ai appris deux ou trois techniques.

- Eh bien, je me coucherai moins bête ce soir. »

La jeune femme prit trois feuilles de papier essuie-tout et les mouilla sous le robinet avant de les envelopper autour des tiges. Elle regarda ensuite Steven en souriant. « C'est quand tu veux.

- Allons-y, alors. Tu as une queue à chevaucher ce soir. »

Elle avait hâte.

CHAPITRE TRENTE

Steven

Quelque chose le réveilla en sursaut et il lui fallut un instant pour comprendre de quoi il s'agissait : la sonnette ainsi que les aboiements des chiens provenant de la buanderie.

Merde, il est quelle heure ? Les deux amants étaient restés éveillés jusque tard dans la nuit, occupés par une étreinte torride qui s'était conclue alors que Whitney le chevauchait sans ménagement. Puis, le docteur s'était réveillé au beau milieu de la nuit, sentant les lèvres de la jeune femme enveloppés autour de son engin.

« Ma douce... » avait-il murmuré après s'être rendu compte de la situation.

Elle s'était dégagée de lui après lui avoir bruyamment aspiré le manche ; un sourire s'était dessiné sur son beau visage, visible grâce au clair de lune, et elle lui avait murmuré : « Je t'avais dit que je voulais te sucer. »

Ils s'étaient finalement endormis peu avant le lever du soleil et Steven essayait désormais de reprendre ses esprits en cherchant le réveil du regard.

Il pouvait y lire : 10h07

Ah, mince.

Puis, en se remémorant la nuit qu'ils avaient passée, il sourit.

Ça valait totalement le coup.

« Bébé, il faut qu'on se lève » murmura-t-il alors qu'il lui donnait gentiment un coup de coude.

Whitney se contenta de grogner et de se blottir un peu plus contre lui.

On sonna de nouveau à la porte et Steve entendit quelqu'un frapper contre les carreaux.

« Allez, ma douce. Quelqu'un frappe à la porte. »

La jeune femme se leva comme si elle venait d'entendre un coup de feu. « Oh mon dieu, quelle heure il est ?

- Dix heures, dit-il tandis qu'il enfilait un short. Je vais voir qui c'est. Prends ton temps. »

Le docteur entendit le bruit de la douche avant même de fermer la porte de la chambre et on sonna une fois de plus.

« C'est bon, j'arrive. Calmez-vous deux secondes ! » cria-t-il alors qu'il se dirigeait vers la porte.

Steve ouvrit la porte d'un seul coup pour trouver Zach, debout sur les marches et le sourire aux lèvres. Sur sa droite se tenait une magnifique blonde à la peau bronzée qui devait avoir vingt-trois ans, et sur sa gauche se tenait son frère, James.

« Il était temps, enfoiré. J'ai cru que j'allais devoir me faufiler à travers une fenêtre.

- T'aurais pas eu de chance, alors. La maison est truffée d'alarmes et de verrous. »

Steven tendit le poing pour saluer son ami et fit de même avec James.

« Désolé de t'avoir réveillé, dit le petit frère, j'ai cru t'avoir vu quitter l'hôpital tôt hier soir.

- Ouais mais on a diné ensemble et on a dû prendre les chiens donc on est arrivés ici assez tard.

- Je te présente mon amie, Barbie Anderson » dit Zach.

Bien évidemment, il fallait qu'elle s'appelle Barbie.

Le docteur tendit la main à la blonde qui était solidement accrochée au bras de Zach. « Steve Ericson. »

Cette dernière gloussa – comme une dinde – avant de lui serrer la main avec une intensité digne de celle d'un poisson mort. Elle lui répondit ensuite avec une voix d'écolière. « Ravie de faire ta connaissance. »

Steven tenta de conserver une expression neutre alors qu'il regardait Zach – lui exprimant de manière quasi-télépathique : « Mec, t'es sérieux ? » N'était-ce pas Zach qui lui avait parlé de sa récente passion pour les femmes intelligentes ?

Ce dernier se contenta de hausser subtilement une épaule, comme pour dire : « Qu'est-ce que tu veux que je te dise ? »

Dans un effort presque surhumain, Steve ne leva pas les yeux au ciel alors qu'il leur permettait d'entrer à l'intérieur. La dénommée Barbie était bonne, il l'admettait volontiers. Mais le docteur savait également qu'il ne la reverrait pas après ce weekend.

« J'espère qu'on est arrivés les premiers, dit Zach, un sac en toile à la main tandis qu'il entrait et inspectait la maison. Je voulais être sûr qu'on ait la meilleure chambre.

- Tu sais déjà où elle est. »

Zach et Barbie traversèrent le hall.

« Moi, je serai déjà content avec un hamac et un oreiller » plaisanta James alors qu'il examinait le patio à l'arrière de la maison à travers la baie vitrée.

« C'est probablement une bonne chose parce que la maison sera remplie.

- Ah ouais ? Quelques dames célibataires dans le lot ? »

James était un homme de confiance et un docteur hors-pair. Steven pourrait accepter que sa sœur sorte avec lui.

« Eh bien, ouais. Ma sœur, pour commencer.

- Hope ? Je l'ai rencontrée l'autre jour. Elle a l'air charmante ; Parker est vraiment sur un petit nuage depuis qu'elle est là. Mais je croyais qu'elle sortait avec Evan Lacroix ?

- *Quoi ?* » Steve se retint de ne pas grogner violemment. Evan était leur collègue et, plus important encore, son subordonné. Le docteur se devait de surveiller sa langue. « Non, je peux te promettre qu'elle ne sort pas avec Evan.

James pencha la tête. « Ah ? J'ai dû mal comprendre alors.

- C'est sûrement ça. Ils n'ont pas arrêté de se prendre la tête depuis qu'elle est arrivée.

- Les rumeurs sont souvent idiotes, dit James en souriant poliment, ce ne serait pas la première fois.

- Et certainement pas la dernière.

- Il y a quelqu'un ? » retentit la voix de Hope dans l'entrée. Lola avait dû la reconnaitre car ses aboiements étaient bien plus enjoués que dissuasifs. Ralph se joignit rapidement à elle.

« Quand on parle du loup » dit Steven en riant et cria : « On est dans le salon ! » tandis qu'il se dirigeait vers la buanderie. Il était content de les avoir fait sortir après sa pipe nocturne – il avait ainsi évité un sacré bazar à nettoyer.

Le docteur recula alors qu'il ouvrait la porte et les chiens se ruèrent immédiatement en direction de Hope.

« Vous m'avez vue hier soir ! » râla sa sœur en s'agenouillant pour saluer les deux chiens, fous de joie. Elle essaya de rester hors de portée de la langue de Lola mais Ralph réussit à la lécher brièvement.

Steven saisit leurs laisses qui pendaient à un crochet dans la buanderie. « Allez, vous deux, c'est l'heure de sortir !

- Je peux les prendre, si tu veux » proposa James.

Yvette, l'amie de Hope qui était venue depuis San Diego, ajouta : « On va t'aider.

- Merci, répondit Steven, je vais mettre vos sacs dans mon bureau. Vous allez devoir dormir sur le canapé-lit. Zach a déjà mis la main sur la meilleure chambre d'ami et je vais faire dormir l'amie de Whitney dans la plus petite.

- Je prends le hamac, dit James, un sourire en coin sur le visage.

- Eh bien, on peut dormir sur les chaises-longues, ajouta Hope.

- Ne t'inquiète pas pour nous, donne ton bureau à quelqu'un d'autre.

- Vraiment ? Vous êtes arrivées là en premier.

- Oui. J'aurai tout le loisir de venir ici plus tard. »

Le docteur donna les deux laisses à sa sœur avant de lui faire un bisou sur le front. « J'espère bien. Est-ce que je t'ai déjà dit à quel point j'étais heureux que tu aies emménagé à Boston ? »

Hope regarda son frère, des étoiles dans les yeux. « Je suis contente aussi. Merci d'avoir rendu ça possible. »

On sonna encore une fois à la porte, Steven laissa donc les chiens entre leurs mains et alla ouvrir au moment même où Whitney apparut, vêtue d'un short en jean révélant ses jambes fermes et d'un T-shirt moulant à l'effigie des Stanford Cardinal – il venait de son université.

Les cheveux de la jeune femme étaient encore humides et grossièrement empilés sur sa tête. Son visage ne comportait pas un gramme de maquillage et elle était absolument sublime.

Elle était également pieds nus et on aurait dit qu'elle était chez elle – pour tout dire, elle l'était.

« Je crois que c'est Dakota. Elle vient de m'envoyer un message. Elle voulait être sûre d'être au bon endroit. »

Steven ouvrit la porte et Whitney sortit et s'exclama : « Dakota ! Tu as trouvé ! »

Une femme ravissante, sans doute au milieu de la trentaine, se tenait devant la porte. Vêtue d'un pantalon de yoga noir et d'un haut brun clair tenu par des ficelles très fines, il était évident qu'elle prenait soin de son corps. Ses cheveux noirs de jais étaient maintenus en arrière par une sorte de bandana avec un motif à cachemire d'un ton plutôt terreux. À ses oreilles pendouillaient des boucles incrustées de pierres couleur bleu aquatique qui étaient assorties à la pierre plus grosse qui se trouvait sur son collier ras-de-cou en nylon marron. Elle s'était très légèrement maquillée et elle donnait cette impression de hippie tandis qu'elle souriait chaleureusement en attrapant la main de Whitney. « Salut, Whitney. Merci de m'avoir invitée. Tu as l'air détendue. L'air marin est très bon pour toi. » Dakota lança un regard à Steven. « Ou bien c'est simplement dû à de bonnes parties de jambes en l'air.

- Dakota ! » cria Whitney alors que ses joues se mettaient à rougir. Le docteur ne l'avait jamais vue rougir auparavant. Pour ça comme pour le reste, elle était adorable.

« Ah ! C'est pas si bien que ça, alors ? »

Steve pencha la tête, les sourcils relevés et un sourire au coin de la bouche en attendant la réponse de Whitney.

Cette dernière lui jeta un regard en souriant légèrement. « C'est plus que bien, pour tout te dire. »

Dakota tapota la joue de Steven de sa main manucurée, faisant tinter ses nombreux bracelets par la même occasion. « Il est important d'être en connexion avec son corps, son esprit et son âme. Ne l'oubliez pas.

- Oui, madame. »

La femme posa un regard bienveillant sur lui pendant un moment puis se tourna vers Whitney. « Vos enfants seront très beaux. »

Whitney fut si surprise par le commentaire de Dakota qu'elle se mit à respirer bruyamment avant d'être prise d'une quinte de toux et Steven lui tapa dans le dos jusqu'à ce qu'elle s'arrête.

Le visage de la jeune femme était rouge écarlate et ses yeux larmoyants, mais il semblait qu'elle avait le sentiment de devoir corriger son amie. « Je ne veux pas d'enfants. Jamais. »

Cette révélation prit le docteur de court. Il s'était toujours imaginé marié et avec une maison remplie d'enfants, un jour – malgré ce que sa petite-amie à l'université lui avait dit à propos de sa capacité à être un bon père et à subvenir aux besoins de sa famille. Être avec Whitney signifierait-il renoncer à son rêve ?

Dakota pencha la tête en fronçant les sourcils et examina patiemment Whitney du regard avant de lui prendre la main et de dire en souriant : « Nous forgeons tous notre propre destinée. Peu importe ce que tu décides, tu feras le bon choix. »

Steven sentit la panique l'envahir. *Non, ma chère. Ce n'est pas ce que vous êtes sensée lui dire. Vous devriez lui dire qu'elle ferait une bonne mère et que je serais un père fantastique.*

Au lieu de s'immiscer dans la discussion, il préféra changer de sujet. En prenant la poignée de sa petite valise à roulettes, il dit : « Laissez-moi vous montrer votre chambre. »

****

Whitney

Même si elle n'avait pas envisagé discuter d'avoir des enfants avec Steven, la messe était dite désormais – sans doute pour le mieux, d'ailleurs.

Le docteur se rendrait enfin compte que leur relation ne pouvait être qu'une amourette.

Et pourtant, l'idée que Steven trouve un jour une autre femme qu'elle afin de fonder une famille lui donnait la nausée.

Dakota lui avait pris la main avant que Whitney ne quitte la chambre d'ami pour la laisser se mettre à l'aise. L'avocate aimait beaucoup le calme que lui procurait son amie. Cette dernière n'était pas beaucoup plus vieille qu'elle mais elle avait cette aura de sagesse qui apaisait les gens autour d'elle, et même les animaux.

Malheureusement, cette aura se dissipa à l'instant où Whitney ferma la porte de la chambre. Steven était raide comme un piquet et il refusait de la regarder alors qu'ils marchaient vers le patio où le reste des invités s'étaient rassemblés – elle le savait contrarié. La jeune femme n'aimait pas cette situation mais elle ne savait pas vraiment comment arrondir les angles.

Les chiens vinrent avec une balle et la lâchèrent aux pieds de Steven. Sa mâchoire était tendue tandis qu'il ramassait la balle et la jetait dans le sable, suivant ensuite les chiens en direction de l'océan. Whitney n'était pas certaine de le suivre, d'une part car elle ne savait pas s'il désirait être en sa compagnie et d'autre part car elle savait également qu'il voudrait lui parler – et elle ne saurait pas quoi dire.

Par chance, Hope la remarqua et s'exclama : « Whitney ! Te voilà ! » La petite sœur de Steven lui attrapa le bras et l'emmena là où se trouvait une autre belle femme qui avait à peu près leur âge et qui se tenait à côté d'un homme qui ne pouvait être que le petit-frère de Zach – son portrait craché. Aux côtés du mini Zach se trouvait un homme plus vieux aux cheveux grisonnants. Il était beau mais quelque chose dans ses yeux suintait la tristesse.

Il s'agissait là d'Aiden, elle s'en doutait.

« Je te présente mon amie de San Diego. Yvette Sinclair. On se connait depuis le collège ! Elle a décidé de venir pour voir si tout ce que je disais à propos de Boston était vrai. J'espère qu'elle va aimer la ville et que je pourrai la convaincre de vivre ici. Je sais qu'elle sera bien plus heureuse ici qu'en Californie.

\- Qu'est-ce que tu fais dans la vie ? » demanda Whitney en serrant la main de la jeune femme aux cheveux blonds teintés d'une couleur rappelant la fraise. Même si cette dernière avait une tenue assez décontractée composée d'un short kaki et d'un polo, elle dégageait une aura de classe et de confiance en elle.

« Je suis directrice d'un hôtel.

\- Mais elle veut ouvrir ses propres chambres d'hôte un jour, interrompit Hope, et euh, allô ? La Nouvelle-Angleterre est très célèbre dans ce domaine !

\- Eh bien, on a pas toutes un brevet très convoité pour une prothèse et on est pas toutes riches comme Crésus.

\- Je te l'ai dit, j'adorerais investir dans ton affaire. »

Yvette secoua la tête. « Et je te l'ai dit, les amis et l'argent ne font jamais bons ménages.

\- Et je t'ai dit que c'est pour ça que les contrats existent.

\- Non » dit doucement Yvette.

Whitney respectait sa réticence à collaborer avec son amie sur un tel projet mais d'un autre côté, Hope avait vu juste – les contrats existaient pour une bonne raison.

Hope jeta à son amie un regard désapprobateur et dit : « On en reparlera plus tard » avant de continuer les présentations. « Whitney, je ne sais pas si tu as déjà rencontré James Rudolf et Aiden Matthews. Ils travaillent avec Steven au Boston General. Les gars, voici la petite-amie de Steven, Whitney Hayes. »

Elle ouvrit la bouche pour la corriger mais s'arrêta presque immédiatement. L'avocate n'était techniquement pas sa *petite-amie,* mais elle devait admettre qu'ils sortaient ensemble – du moins jusqu'à cette petite conversation au sujet des enfants. Elle n'était désormais plus vraiment certaine du statut de leur relation. Tout de même, la différence entre sortir ensemble et être officiellement en couple relevait uniquement de la sémantique et contredire Hope ne lui aurait rien donné si ce n'est avoir l'air coincée. Au lieu de cela, elle demanda aux hommes : « Vous travaillez aussi aux urgences ?

- Je suis anesthésiste, répondit James en hochant la tête.

- Je travaille en cardiologie. Et vous ? Qu'est-ce que vous faites dans la vie ? ajouta Aiden.

- C'est l'avocate que j'essaie de rallier à mon cabinet » annonça Zach tout en arrivant avec la blonde aux longues jambes, en bikini et avec un paréo transparent accroché à la taille. « Mais pour une raison obscure, doubler son salaire ne l'intéresse pas.

- Plutôt présomptueux de ta part d'assumer combien je gagne.

- Je ne connais pas ton salaire, admit-il, mais je sais que mon patron le doublerait – peu importe le montant. »

Les sourcils de James se relevèrent tandis qu'il murmurait : « Putain. »

Cela semblait résumer les pensées du groupe, à en juger par les hochements de tête et les murmures qui régnaient.

« Je doute qu'il double mon salaire – surtout s'il apprend que je ne veux pas d'associés.

- Tu ne veux pas d'associés ? » demanda Hope.

Lorsque Whitney secoua la tête, elle lui demanda : « Pourquoi pas ? » Elle semblait être sincèrement intéressée par le raisonnement de Whitney.

« Le salaire est intéressant, c'est sûr, mais je veux ouvrir mon propre cabinet un jour et traiter des affaires qui m'intéressent, pas juste payer les factures. »

Une voix grave et calme murmura : « Rien ne t'empêche de faire les deux, tu sais. » Steven apparut soudainement à côté d'elle, la main posée sur le creux de ses reins, d'une manière très possessive. Son geste donna à la jeune femme l'envie de se pencher contre lui. Elle n'aimait pas l'idée qu'il soit fâché avec elle, même juste un peu.

« Sérieusement, Whitney, viens discuter avec les associés. Ça fera du mal à qui ? Je peux obtenir un rendez-vous la semaine prochaine.

- Je vais y réfléchir. »

Elle voulait simplement changer de sujet. Pourrait-elle quitter Crawford, Holden & Crane pour aller dans un autre cabinet ? Whitney devait son diplôme et sa carrière à Alan Crawford et à Arthur Crane. C'était une chose d'ouvrir son propre cabinet, mais c'en était une tout autre d'aller travailler chez la concurrence.

« Tu devrais sérieusement y réfléchir, dit Steven au creux de son oreille. Qu'est-ce qui pourrait arriver de pire ? »

Il avait peut-être raison. L'avocate devait au moins se présenter au rendez-vous. Elle pourrait de toute façon utiliser la proposition de McNamara, Wallace & Stone pour négocier une augmentation.

Elle hocha la tête et les lèvres du docteur caressèrent son oreille. Soudainement, la jeune femme se fichait pas mal de ce rendez-vous ou d'une augmentation. Tout ce qu'elle voulait était se retourner et se blottir contre son torse alors qu'il la prendrait dans ses bras.

Il lui adressa un sourire poli tandis que sa main quittait son dos et qu'il se dirigeait à sa droite, hors de portée. C'était un détail, mais cela lui avait fait l'effet d'une gifle.

« Je vais y réfléchir. Je reviens » réussit-elle à bredouiller avant de tourner les talons et de se rendre dans la salle de bain.

La porte se referma tandis que la première larme coula sur sa joue.

CHAPITRE TRENTE-ET-UN

Steven

Whitney sortit de la maison et lui jeta un regard timide.

« Est-ce que les chiens sont fatigués ? »

Il rit. « On est loin du compte. Il y a trop de gens susceptibles de leur lancer une balle dans le coin. »

Comme pour mettre l'accent sur ces propos, les deux amants se retournèrent afin de voir Ralph lâcher sa balle aux pieds de Hope avant de la regarder fixement tandis qu'il attendait qu'elle la ramasse et la lui jette.

James était assis sur l'autre chaise-longue et grattait les oreilles de Lola ; elle aussi avait les yeux rivés sur la balle posée devant les pieds de Hope.

Cette dernière mit trop de temps à se baisser et Ralph reprit sa balle avant de la lâcher à nouveau – sur son pied cette fois-ci.

« D'accord, d'accord, Ralph » dit-elle en riant alors qu'elle se relevait, la balle dans la main, et se dirigeait au bord du patio.

« Allons sur la plage. »

Lola courut après eux, suivie d'Yvette et James. Zach et Barbie étaient déjà partis se dorer la pilule près de l'océan tandis qu'Aiden s'était porté volontaire pour préparer le déjeuner en compagnie de Dakota. Il ne restait désormais plus que le docteur et Whitney, seuls sur le patio.

Il voulait désespérément demander à la jeune femme si elle était sérieuse quant au fait de ne jamais devenir mère –

et si oui, pourquoi. Mais il craignait sa réponse. Pour le moment, il y avait toujours espoir et ouvrir cette boite de Pandore ne pouvait qu'empirer les choses. Le malaise entre les deux amants était tout de même palpable.

« Est-ce qu'on devrait aller voir si Dakota et Aiden ont besoin d'aide pour le déjeuner ?

- Non, répondit-il en secouant la tête, ils préparent juste une salade et des sandwichs ; je suis sûr qu'ils vont s'en sortir sans nous. »

Ils se tenaient là, pour la première fois depuis leur rencontre, dans un silence pour le moins gênant.

Whitney suggéra enfin : « Tu veux une bière ? »

L'idée lui semblait très bonne. Le docteur avait à peine ouvert une bouteille et bu une gorgée quand le reste des invités revint et, au même moment, Aiden et Dakota amenèrent des plateaux de sandwichs ainsi qu'un grand saladier. Whitney se rendit prestement à l'intérieur pour chercher les assiettes et l'argenterie, et tous déjeunèrent sur le patio. La présence des invités réduisait considérablement la pression que Steven et Whitney avaient sur les épaules alors qu'ils essayaient de crever l'abcès.

Après avoir remarqué les bières à moitié vides des deux amants, Zach se servit dans le réfrigérateur du patio et le reste du groupe fit de même.

« On peut faire un feu, ce soir ? demanda Hope.

- C'était prévu, répondit son frère.

- Cool, parce que j'ai invité ta voisine, Zoé et son petit-ami.

- Zoé a un petit-ami ?

- Eh bien, pour être honnête, il avait plutôt l'air d'un gigolo.

- Ouais, c'est ce que je me disais. »

Zoé était une femme divorcée dont l'avocat sadique avait réussi à mettre la main sur le patrimoine de son mari fortuné. En guise de punition pour sa fourberie, le juge accorda à sa femme assez d'argent et de biens immobiliers pour que cette dernière n'ait plus jamais à travailler de sa vie. En conséquence, Zoé avait depuis longtemps abandonné les relations sérieuses et était devenue une sorte de cougar.

« Les hommes jeunes sont plus faciles à vivre » avait-elle expliqué à Steven un après-midi sur la plage alors que son compagnon du moment essayait de surfer.

Elle était une voisine formidable et Steven ne faisait pas grand cas de ses choix de vie. Qui était-il pour la juger ?

« On est aussi tombé sur Evan Lacroix, dit James avec un sourire mesquin sur les lèvres.

- Ah ouais, poursuivit Hope, le plus naturellement possible. Je crois qu'il est là avec sa sœur et des amis à lui. Je les ai invités eux aussi. J'espère que ça ne te dérange pas ? »

Steven ne croyait pas une seconde à cette espèce de nonchalance improvisée. « Je croyais que toi et Evan ne pouviez pas vous voir en pâture ? »

Sa sœur haussa les épaules, passant les doigts le long de la condensation qui s'était formée sur sa bouteille, refusant de le regarder dans les yeux. « On travaille dans le même hôpital. Je pensais juste qu'il était temps de se comporter en adulte et d'essayer de faire au mieux. »

Un des sourcils du docteur se leva, mais Hope refusait toujours de le regarder. Quelque chose n'allait pas dans cette histoire.

Soudain, il remarqua Dakota et Whitney se diriger vers la cuisine et Steven décida qu'il avait plus important à faire que de se préoccuper de la vie sentimentale de sa petite sœur.

****

Whitney

« Est-ce que tu vas bien ? demanda Dakota alors qu'elle lui tendait un verre d'eau.

- Je ne sais pas. Je crois que Steven est contrarié de ma déclaration à propos des enfants et les choses sont bizarres entre nous maintenant.

- Il avait simplement l'air surpris.

- Il vient d'une famille exceptionnelle ; bien sûr qu'il voudra des enfants un jour. Voilà encore une raison parmi tant d'autres qui font qu'on ne pourra jamais être plus qu'une amourette d'été.

- Je pense que tes sentiments dépassent la banale amourette d'été, répondit Dakota d'un ton autoritaire mais très calme. Je peux te demander pourquoi tu ne veux pas d'enfants ?

- Je ne pense pas que je serai une bonne mère. Je n'ai pas eu de modèle. Et si je faisais du mal à mes enfants ?

- Ta mère n'était pas un modèle, certes, et pourtant regarde la femme que tu es aujourd'hui. Diplômée en droit à Harvard, avocate talentueuse, amoureuse d'un homme qui t'adore... Je crois que tu serais une bonne mère pour la bonne et simple raison que tu le voudrais. »

Whitney fit la grimace. « C'est justement là le problème, Dakota. L'univers ne me laisse jamais en paix. Il me donne toujours des cadeaux empoisonnés. »

Dakota prit ses mains dans les siennes et la regarda droit dans les yeux. « C'est faux, Whitney. L'univers veut que tu sois heureuse, tu dois simplement apprendre à accepter ce qu'il te donne. »

La jeune femme secoua violemment la tête et retira ses mains des siennes. « Qu'est-ce qu'il me donne ? À chaque fois que ma vie va trop bien, l'univers me met plus bas que terre. Toujours. L'univers ne veut pas que je sois heureuse, en fait, il veut me rappeler que je ne peux *pas* l'être. »

Whitney avait compris très jeune que les bonnes nouvelles annonçaient toujours la venue des mauvaises. S'ils avaient de la nourriture dans le réfrigérateur, cela signifiait que sa mère allait disparaitre pendant quelques jours. Lorsqu'elle apprit qu'elle avait été acceptée à l'université de Boston et qu'une bourse payait intégralement les frais d'inscriptions, sa grand-mère fit une crise cardiaque la semaine suivante. Quand elle fut acceptée chez Crawford, Holden & Crane pour effectuer son stage, on l'expulsa de son appartement le lendemain.

Après qu'Alan l'avait aidée à obtenir une place à Harvard, Whitney s'était dit qu'elle commençait enfin à gravir les échelons. La jeune étudiante sortait et avait une vie sociale très riche dans les clubs de l'université et c'est là qu'elle rencontra Derek Farnsworth. Il avait été charmant et avait dépensé des sommes astronomiques pour l'impressionner. Venant d'une famille pauvre et sans le sou, cela avait tout de suite fonctionné. Ensuite, le mercredi précédent le weekend où elle était supposée rencontrer les parents du jeune homme, ce dernier découvrit qu'elle n'était à Harvard que grâce à une bourse d'études et rompit avec elle. « Mes parents n'approuveraient jamais » lui avait-il dit avant de se retourner et de ne jamais la regarder par la suite. La rumeur avait dû se propager rapidement car les invitations ne tardèrent pas à diminuer comme peau de chagrin. Probablement pour le mieux puisque cela lui avait permis de se concentrer pleinement sur ses études.

Les bonnes choses venaient toujours à un prix. Et Whitney savait qu'elle tentait le diable en étant heureuse avec Steven.

Dakota lui prit à nouveau les mains et les serra fort tandis qu'elle la regardait dans les yeux.

« Écoute-moi, ma fille. Si tu ne penses pas que l'univers t'offre des cadeaux, eh bien ordonne-lui de t'en donner. Refuse de te contenter d'un bonheur relatif et d'une vie où il y a autant de bien que de mal. Tu as le droit d'avoir *tout* ce que tu désires du moment que tu acceptes de ne pas avoir moins que ça. »

À ce moment précis, les yeux plongés dans ceux de cette femme qui semblait être en parfaite symbiose avec le fonctionnement même de l'univers, Whitney la croyait. Qu'elle la croie ou non après ce weekend était cependant sujet à discussion. Mais elle voulait y croire, ici et maintenant.

La jeune femme hocha subtilement la tête pour lui indiquer son acceptation.

« Donc, en sachant que tu peux avoir tout ce que tu désires, tu dois maintenant te poser cette question : que désires-tu ? »

Le visage de Steven lui vint à l'esprit. Elle voulait vivre avec lui. Elle voulait se sentir à nouveau en sécurité dans ses bras.

Puis l'image d'une plaque comportant son nom posée à l'extérieur d'un bâtiment surgit dans sa tête. Son propre cabinet. Elle s'autorisa à ressentir la fierté qu'elle aurait une fois célèbre.

Enfin, l'image d'une petite fille blonde jouant dans la salle d'attente de son immense cabinet imaginaire apparut. La petite fille jouait et faisait semblant d'être Whitney répondant au téléphone.

« Je veux tout, murmura Whitney. Une carrière à succès, l'homme que j'aime, la famille que je veux fonder... je veux tout.

- Alors lance-toi.

- C'est pas si facile.

- Si, ça l'est. Tu dois simplement décider une bonne fois pour toute que tu mérites tout ça. Et je suis ici pour te dire que, oui, tu le mérites. »

Pour la première fois de sa vie, Whitney se sentit mériter le bonheur simple dont elle avait toujours rêvé.

« Je suis tellement heureuse que tu sois venue ce weekend » lâcha-t-elle avant de prendre Dakota dans ses bras et de la tenir fermement contre elle.

« Moi aussi, répondit-elle en la prenant dans ses bras. Moi aussi. »

CHAPITRE TRENTE-DEUX

Steven

Tandis qu'il appréciait que la présence des invités rende la situation moins bizarre entre lui et Whitney, une partie du docteur désirait être seul à seul avec elle pour qu'ils puissent discuter et mettre les choses à plat. Plus vite ils crèveraient l'abcès, plus vite ils pourraient apprécier ce charmant weekend ensemble.

Sa révélation lui avait fait l'effet d'une bombe, mais après avoir eu le temps d'y réfléchir, Steven décida qu'il n'était pas nécessaire de s'en inquiéter pour le moment. Leur relation était bien trop récente pour se préoccuper d'avoir des enfants et même si le fait que la jeune femme n'en veuille pas le troublait quelque peu, ce n'était pas rédhibitoire à ses yeux. Pourtant, l'idée de ne jamais avoir d'enfants le rendait triste - il devait l'admettre - et il espérait que la décision de Whitney n'était pas gravée dans le marbre.

Et le docteur voulait au moins connaitre les raisons de son choix.

Il fut surpris lorsqu'elle entra dans leur chambre alors qu'il enfilait un jean et un sweatshirt pour aller préparer le feu sur la plage.

« Hé, dit-elle doucement alors qu'elle s'asseyait au bout du lit.

- Hé. »

Whitney fit tourner ses mains dans le creux de ses cuisses. « Je crois que tout le monde s'amuse bien, non ?

- Je n'ai entendu personne se plaindre jusqu'ici.

- Ils ont pris le bois de ta réserve sur le patio et ils sont partis sur la plage pour allumer le feu.

- C'est ce que je pensais. Tu devrais amener un sweatshirt. La nuit est fraîche, même devant les flammes.

- C'est pour ça que je suis là. Enfin, j'espérais aussi te trouver.

- Ah ? dit-il en penchant la tête. On dirait que tu m'as évité pendant toute la soirée. »

Whitney regarda par terre et dit doucement : « Peut-être, oui. »

Steven s'assit à côté d'elle mais résista à l'envie de la prendre dans ses bras. « Tu veux me dire pourquoi ?

- On dirait que tu es fâché contre moi depuis que j'ai dit à Dakota que je ne voulais pas d'enfants. »

La lèvre inférieure du docteur s'avança et il secoua la tête. « Je ne suis pas fâché. Surpris, oui. Peut-être un peu confus.

- Pourquoi confus ? demanda-t-elle en penchant la tête.

- Je sais qu'on sort ensemble depuis très peu de temps, mais t'entendre dire ça m'a rendu triste.

- Parce que... ?

- Eh bien, évidemment, il est trop tôt pour penser à avoir des enfants ensemble, mais je me vois bien vivre avec toi un jour et... » il s'interrompit avant de terminer sa phrase.

« Et maintenant, poursuivit-elle - à peine audible - tu ne peux plus te voir avec moi.

- Non ! Bien sûr que je me vois toujours avec toi. C'est juste que je dois me faire à l'idée de ce à quoi ça va ressembler, et ce que ça ne comprendra pas.

- C'est un peu de ça que je voulais te parler. C'est pas que je veuille pas d'enfants *un jour*, enfin pas dans l'immédiat, mais j'ai peur – pour beaucoup de raisons. Tu sais que je n'ai pas eu la meilleure enfance et je suis certaine que c'est en grande partie pour ça que j'ai peur de devenir mère. J'ai toujours été convaincue que ça n'allait jamais arriver. Mais maintenant... »

Le cœur de Steven sembla s'arrêter. « Mais maintenant ?

- Je sais pas. Peut-être... qu'un jour... je pourrais l'imaginer ? »

Le visage du docteur s'illumina et il lui passa un bras autour de la taille.

« Ah oui ? »

Whitney posa sur lui un regard tendre. « Oui. »

Il posa son front contre le sien et ferma les yeux. « Qu'est-ce qui t'a fait changer d'avis ?

- Un truc que Dakota m'a dit. »

Un de ses sourcils se leva, attendant silencieusement qu'elle continue son explication.

« Que j'ai le droit d'avoir ce que je veux et d'être heureuse.

- Je suis d'accord. Tu me rends tellement heureux, putain, j'arrive même pas à l'exprimer avec des mots.

- Vraiment, pourquoi ?

- Ouais, vraiment. La première fois que j'ai posé les yeux sur toi, j'ai vu la plus belle femme de ma vie. Ensuite j'ai pu apprendre à te connaitre – à connaitre la femme que tu es réellement. La femme qui me fait assez confiance pour se montrer vulnérable à mes côtés. Je sais que peu de gens voient cet aspect de toi. Tu es non seulement une force de la nature, mais tu es aussi brillante, gentille et pleine d'humour. J'ai jamais le temps de m'ennuyer avec toi. » Il esquissa un sourire en coin. « Et tu tailles aussi les meilleures pipes. »

Elle lui mit une petite claque sur le ventre. « Oh mon dieu.

- Quoi ? demanda-t-il en se protégeant. C'est la vérité et Dakota a raison. On aura de beaux enfants, un jour.

- Peut-être un jour, mais pas maintenant.

- Je suis d'accord, mais on doit continuer à s'entrainer. Comme on dit, c'est en forgeant qu'on devient forgeron. »

Steven souleva l'ourlet de sa chemise mais elle l'arrêta en demandant : « On devrait pas aller dehors et voir nos invités ? »

Le docteur continua de tirer sur le tissu et le fit passer au-dessus de sa tête. « Non » répondit-il avant d'embrasser son cou et de se diriger vers le haut de sa poitrine, qui dépassait de son soutien-gorge.

****

Whitney

L'idée même de contester son initiative quitta son esprit à l'instant où sa langue se glissa sous sa lingerie et commença à tournoyer autour de son téton déjà dur.

Elle laissa échapper un faible gémissement tandis qu'elle passait les doigts dans sa chevelure épaisse.

Steven mit la main derrière elle afin de détacher son soutien-gorge et les lanières lui tombèrent jusqu'aux épaules alors que ses nichons étaient désormais complètement à la merci du docteur.

« T'es tellement belle, putain » murmura-t-il tandis qu'il lui massait la poitrine.

En compagnie de Steve, elle se *sentait* belle. Adorée même et - oserait-elle le dire - aimée ?

Oh là. On se calme, ma grande. Whitney s'était à peine habituée à l'idée d'accepter être en couple avec lui, nul besoin d'utiliser le mot en A pour l'instant.

Bon dieu, ils n'avaient même pas précisé si leur relation était exclusive.

Attends, on est exclusifs, non ? La jeune femme l'avait supposé – ils avaient couché ensemble sans protection, merde. Mais son grand-père disait toujours : supposer, c'est le meilleur moyen de se planter.

Rien de tel que le moment présent pour tirer les choses au clair.

« Est-ce que tu sors avec quelqu'un d'autre ? »

Le docteur releva lentement la tête de sa poitrine en la fusillant du regard.

« Quoi ? Non ! Bien sûr que non. Pourquoi ? Tu sors avec un autre ?

- Non. Je m'assurais juste qu'on était sur la même longueur d'onde. »

Steve pinça doucement ses tétons tout en plongeant ses yeux dans les siens.

« Il y a une seule femme qui m'intéresse et c'est toi, ma douce. Je croyais que nos petites sauteries sans capotes étaient suffisamment explicites.

- Je voulais juste en être sûre.

- Je ne fréquente que toi, bébé.

- Bien. Tu es le seul homme dans ma vie, aussi. »

Un sourire satisfait se dessina sur son visage. « Je sais. Personne ne pourrait te combler comme je le fais.

- Tu as une langue divine, c'est vrai... » concéda-t-elle avant de lui caresser l'entrejambe par-dessus son jean tandis qu'elle pressait sa poitrine contre son torse. « Et ta bite est pas mal non plus. »

On frappa violemment contre la porte et la pauvre sursauta en laissant échapper un cri de surprise.

« Mec ! T'es à l'intérieur ? » C'était la voix de Zach.

« Je vais le tuer » râla Steven alors qu'il se relevait. Whitney croisa instinctivement les bras afin de cacher sa poitrine alors qu'elle cherchait son soutien-gorge et sa chemise.

« Ouais, je suis là. Qu'est-ce que tu veux ? »

La poignée tourna et la jeune femme se rua dans la salle de bain en empoignant ses affaires, oubliant sans doute qu'elle avait fermé la porte à clé après son arrivée.

« Je peux entrer ?

- Euh, je suis un peu occupé, là.

- Eh bien, dépêche-toi. Il faut que je te parle. »

Steve la pointa du doigt avant qu'elle ne ferme la porte de la salle de bain. « On n'en a pas encore fini, tous les deux. »

Whitney n'arrivait pas à savoir s'il s'agissait d'un avertissement ou d'une promesse.

Les deux, peut-être.

CHAPITRE TRENTE-TROIS

Steven

« C'est ça qui pouvait pas attendre ? » demanda-t-il, incrédule, à Zach tandis qu'il sortait une bière du réfrigérateur. *Il m'a cassé mon coup pour ça ?!*

Zach s'assit à l'îlot de cuisine. « Eh bien, ouais. Je savais pas que je dérangeais. »

Steven soupira. « Autant que je sache, elle habite ici toute l'année, mais je viens d'acheter cette barraque, tu te rappelles ? En tout cas, je l'ai toujours vue chez elle quand je venais ici et elle ne m'a jamais dit qu'elle partait pour l'hiver. »

Son ami prit une longue gorgée tandis qu'il réfléchissait aux propos de Steve.

« Et ton offre de me laisser venir ici quand je veux est toujours valide ? Même si t'es pas là ?

- Ouais, bien sûr. » Il sourit avant d'ajouter : « Mais je veux que ça se répercute sur ma note.

- Pas de problème » répondit Zach, perdu dans ses pensées tandis qu'il buvait à nouveau.

« D'accord, M. Dans-La-Lune, je vais voir où en est le feu.

- J'arrive dans une seconde. »

Steven n'avait pas envie de révéler à son ami qu'il n'était pas exactement le type de sa voisine, Zoé. Mais elle non plus ne semblait pas être le type de Zach et le voilà qui demandait à en savoir plus sur elle. Ils partageaient tous deux un penchant pour des partenaires plus jeunes et séduisants avec qui ils n'avaient rien en commun – des relations très courtes, en somme.

Zach et Zoé étaient tous deux adultes et célibataires ; ce qu'ils faisaient ou non ne le regardait pas. La seule et unique personne qui intéressait Steven se tenait près du feu, le sourire aux lèvres alors qu'elle discutait avec Hope et Yvette.

Le docteur était heureux qu'elle soit venue lui parler pour tirer les choses au clair concernant les enfants qu'elle voudrait *un jour*. Durant toute l'après-midi, le pauvre avait revu en boucle les souvenirs de sa petite-amie de l'université, Marie, lui disant qu'elle avait avorté car jamais de sa vie elle ne voudrait d'un enfant avec *lui*.

À l'époque, il venait tout juste d'avoir dix-neuf ans et la pilule avait été dure à avaler. Non seulement sa petite-amie était tombée enceinte et n'avait pas daigné lui en toucher un mot avant de ne plus l'être, mais elle avait pris cette décision sans même le consulter pour une raison très cruelle.

« Je peux juste pas me voir liée pour le reste de ma vie à un gars qui veut travailler avec des poissons. »

Le jeune Steven avait failli lui expliquer que les dauphins étaient des mammifères et non des poissons, mais il avait eu la maturité pour comprendre que là n'était pas la question.

« T'es un type sympa, Steven. Mais je veux faire ma vie avec quelqu'un qui a de l'ambition. Un homme qui peut subvenir aux besoins de sa famille. »

Il n'avait pas été très affecté par la rupture. Marie n'était pas vraiment le genre de fille avec qui on voudrait fonder une famille, en toute franchise.

Mais tout de même... il avait failli être père. Il avait eu l'impression de rater quelque chose. Après cela, son imagination travailla beaucoup et il décida qu'il ne laisserait pas cette situation se reproduire. Il changea d'orientation et s'assura une carrière, une ambition, qui lui permettrait de devenir un bon père.

Il fut aussi plus attentif quant à l'utilisation de préservatifs neufs – pas ceux qui avaient trainé dans son portefeuille pendant un an. Enfin, il l'avait été. Le docteur n'avait eu aucun problème à coucher avec Whitney sans protection quand elle le lui avait proposé. Il n'avait jamais fait cela auparavant, pas même quand une femme lui expliquait qu'elle prenait la pilule et que cela ne la dérangeait pas. Mais rien n'était pareil avec Whitney.

Ironie du sort, la profession qu'il avait choisie dans le but de subvenir aux besoins d'une éventuelle famille rendait la construction de ladite famille quasiment impossible. Enfin, Steven se rendit compte en rencontrant Whitney que ce n'était que des conneries. Il n'avait simplement jamais rencontré une femme qui méritait son temps.

Il avait peut-être commencé à tomber amoureux d'elle le jour de leur première rencontre, mais alors qu'elle le regardait en souriant tandis qu'il s'approchait d'elle sur le sable réchauffé par les flammes, il n'avait plus aucun doute – il était fou d'elle.

« Hé, dit-il en passant un bras autour d'elle et en tirant sur son T-shirt. Tu crois que ça va te tenir au chaud ?

- On est le trois juillet, Steve, répondit Hope.

- Il fait froid au bord de l'océan, madame je-sais-tout. Tu devrais le savoir.

- En fait, la côte Atlantique est plus chaude que la côte Pacifique d'environ neuf degrés.

- Oui mais je parle pas de la température de l'eau. »

Sa petite sœur se préparait à répondre mais Whitney interrompit leur petite querelle. « Si j'ai froid, j'irai chercher une veste. » Elle se pencha contre le docteur et murmura : « Et tu pourras peut-être m'aider à la trouver. »

Elle lui fit un clin d'œil alors qu'il lui jetait un regard et il ne put s'empêcher de sourire.

« J'aurai aucun problème à te réchauffer, ma douce.

- Vous êtes si adorables, j'en ai la nausée, fredonna Hope.

- N'est-ce pas ? » lança Dakota tandis qu'Aiden et elle apportait des verres à vin en plastique au reste du groupe. Ces deux-là avaient passé beaucoup de temps ensemble depuis qu'ils avaient préparé le déjeuner, même s'ils ne montraient pas de signes évidents d'affection l'un envers l'autre.

Une bonne chose pour Aiden. Dakota était sans doute la meilleure personne qu'il puisse rencontrer afin de surmonter son divorce, même s'ils ne devenaient qu'amis. Cette femme semblait disposer d'un don pour aider les gens à traverser les tempêtes dans l'océan de leurs vies. Steven lui serait à jamais reconnaissant d'avoir discuté avec Whitney dans l'après-midi.

« Salut, tout le monde ! »

Le docteur dut serrer les dents à l'arrivée d'Evan Lacroix. Sa sœur Olivia, manifestement enceinte, était derrière lui et agita la main en souriant.

« Salut ! dit James, assis sur une chaise à côté du feu. Je suis content de vous voir ! » Il se leva et mit une main sur l'épaule d'Olivia. « Il va falloir t'asseoir, jeune maman » lui dit-il en l'amenant jusqu'à la chaise.

Près du feu se tenait également Zoé en compagnie d'un garçon très beau qui, selon Steven, était son amoureux du weekend. À côté de lui se tenait Barbie. Zach n'était toujours pas revenu de la maison.

Barbie et le gigolo de Zoé semblaient bien s'entendre – un peu trop, même. Aussi surprenant que cela paraissait, Zoé n'avait pas l'air dérangée par la situation. Steven, lui, serait prêt à se battre contre quiconque s'approchant un peu trop de Whitney. C'était sans doute pour cela que Zach restait à l'intérieur – même si le docteur savait très bien que son ami ne ressentait pas du tout les sentiments que lui ressentait pour Whitney.

Comme par hasard, Zach apparut, deux bières à la main. Il jeta un œil à Barbie, qui n'avait d'yeux que pour Ken – le surnom avec lequel Steven avait baptisé l'invité de Zoé, puisqu'il ne connaissait pas son véritable nom. Au lieu de s'asseoir près de sa compagne, l'avocat amena une chaise entre Zoé et James. Avant de s'asseoir, il tendit en l'air la bière très fraîche qu'il avait en trop, comme pour l'offrir à Zoé et cette dernière lui sourit chaleureusement en la prenant.

« Ça fait rien, j'avais pas soif de toute façon » dit James sur un ton sarcastique. Steve savait qu'il n'était pas aussi embêté qu'il le prétendait après s'être fait snober.

Yvette avait dû l'entendre tandis qu'elle avait les mains dans la glacière car elle s'approcha de lui, le sourire aux lèvres. « Votre bière, monsieur » lui dit-elle en lui offrant la boisson à la manière d'une vendeuse de télé-achat.

« Merci ! Pourquoi tu viendrais pas t'asseoir ? » répondit James avec un sourire charmeur avant de râler : « Enfin quelqu'un qui a un minimum de savoir-vivre. »

Zach, déjà en pleine conversation avec Zoé, se fichait pas mal du sarcasme de son petit-frère.

Yvette parlait désormais à James et Olivia, ce qui ne laissait que sa sœur, Dakota, Aiden et... Evan.

Dieu que ce type était un connard. Heureusement, il était un grand docteur, expert en traumatologie. Enfin, cela signifiait surtout que Steven ne pouvait pas le virer de son service.

À ce moment, Whitney le prit plus fermement dans ses bras et lui fit faire un pas en arrière en murmurant : « Contrôle-toi. Hope est une adulte. »

Steve n'avait, en réalité, pas réfléchi quant à ses doutes concernant une éventuelle histoire d'amour entre sa sœur et Dr. Connard – mais c'était désormais le cas.

Il avait dû froncer les sourcils car la jeune femme lui caressa le visage pour le détendre. « Hé, tu es censé passer un bon moment.

- Je sais, c'est juste que je ne peux pas supporter... »

Whitney l'interrompit, un sourire au coin de la bouche. « L'idée que tout le monde ne s'amuse pas ? Moi non plus, mais on dirait qu'ils passent tous un bon moment. Pas besoin de s'inquiéter. »

Steven hocha solennellement la tête. « Vous avez raison, Madame. »

Il n'aimait toujours pas la situation mais, heureusement pour lui, les nichons de Whitney appuyés contre son torse ne lui donnaient guère l'envie de réfléchir.

CHAPITRE TRENTE-QUATRE

Whitney

Durant la semaine suivante, Steven et elle tombèrent dans une routine très confortable. Le docteur ne vivait pas vraiment chez elle, mais il y passait plus de temps que chez lui. Lola et Ralph étaient devenus inséparables après tout ce temps passé ensemble.

Hélas, on ne pouvait pas en dire autant pour leurs promeneurs mais Whitney décida de ne pas dépenser ne serait-ce qu'une once d'énergie à s'en préoccuper – chose relativement ardue pour sa personnalité de type A. Mais comme Steve l'avait fait remarquer : ils étaient de jeunes adultes et il s'agissait là de l'occasion parfaite pour qu'ils apprennent à travailler avec des personnes qu'ils n'appréciaient pas.

« Comme toi et Evan ? l'avait-elle taquiné.

- Ouais, avait-il grogné en guise de réponse. Probablement. »

Whitney était heureuse, elle aussi. Elle se sentait plus en paix que jamais auparavant et essayait d'embrasser ce nouvel état d'esprit dont Dakota lui avait parlé. Elle avait le droit au bonheur et c'était *elle* qui déciderait de son propre destin.

Néanmoins, une petite voix au fond d'elle était toujours présente, essayant d'insuffler le doute dans son esprit. Cette situation était trop belle pour être vraie et il ne fallait pas trop s'y accrocher. C'est pour cette raison qu'elle décida d'annuler son rendez-vous avec Jim McNamara, l'associé principal du cabinet de Zach.

Steve lui en parla tandis qu'il préparait le diner ce soir-là, et elle comprit que Zach l'avait appelé pour lui parler d'elle.

« Je suis débordée de travail et je ne vois pas l'intérêt de prendre du temps sur ma journée quand je sais que je ne vais pas changer de cabinet, répondit-elle en mettant la table.

- Mais quel mal un simple rendez-vous aurait pu faire ? Au pire, t'aurais eu un moyen d'obtenir une augmentation. »

Whitney haussa les épaules. Elle savait que Steven ne pourrait pas comprendre ses inquiétudes – surtout après sa déclaration du weekend dernier sur le fait qu'elle voulait vivre sa vie de rêve. Elle ne voulait simplement pas risquer de le perdre dans l'espoir d'avoir un meilleur travail.

« T'as sûrement raison » concéda-t-elle. La jeune femme se sentait à l'aise maintenant qu'elle avait saboté ses chances d'évoluer.

« Zach m'a dit qu'il peut t'avoir un déjeuner lundi. »
Merde.

Lorsqu'elle ne répondit pas, il pencha la tête et la regarda, vêtu de son tablier comportant l'inscription *Embrassez le Cuisto* et remuant la sauce qu'il préparait sur le feu. « Qu'est-ce qu'il y a ? Est-ce que tu me caches quelque chose ?

- Comme quoi ?

- Je sais pas. Je veux juste essayer de comprendre pourquoi tu ne vas pas à un simple rendez-vous pour écouter ce qu'ils ont à te proposer. »

Whitney laissa échapper un long soupir. Il avait raison, elle n'avait rien à perdre à les écouter. Elle ne tenterait pas le diable en acceptant un simple déjeuner, n'est-ce pas ?

« Je vais regarder mon agenda pour lundi. »

****

Steven

Il sentit son téléphone vibrer à l'intérieur de sa blouse alors qu'il se dégourdissait les jambes entre deux patients. Le docteur savait que Whitney devait en avoir terminé avec son déjeuner en compagnie de Jim McNamara mais ce n'était pas son nom qui s'afficha à l'écran.

Zach : Mec, il faut que tu parles à ta copine. McNamara lui a proposé de doubler son salaire et ses congés payés ET de lui fournir son propre bureau avec deux assistants juridiques et une secrétaire et elle lui a dit QU'IL FALLAIT QU'ELLE RÉFLÉCHISSE ! MEC ! Il faut qu'elle réfléchisse à quoi ?

Même si Steven était d'accord avec son ami, il voulait être du côté de la femme qu'il aimait.

Steven : Je suis sûr qu'elle doit y réfléchir. Elle aime analyser toutes les opportunités qui se

présentent à elle. Elle veut s'assurer de rien rater, j'imagine.

Zach : Comme quoi ? On aura la même mutuelle santé, et grosso modo le même salaire, soit 401 mille dollars par an. Elle aura aussi de bien meilleures affaires avec nous. Son temps de trajet ne change pas. Franchement, je comprends pas pourquoi elle hésite.

Steven ne le comprenait pas non plus, mais il savait que Whitney avait ses raisons et qu'il valait mieux y aller en douceur.

Steven : Je suis certain qu'elle veut juste peser le pour et le contre.

Zach : Mec, c'est quoi les contre ?

Steven : Eh bien, elle veut pas devenir associée. Elle veut finir par ouvrir son propre cabinet. Peut-être que si elle accepte, on lui mettra la pression pour s'associer avec le reste de l'équipe, ou bien elle deviendra trop habituée à tout cet argent et elle aura peur de se lancer à son compte.

Steven arrivait peut-être à la comprendre, en fin de compte.

Zach : Oh mon dieu, quelle misère ! Gagner trop d'argent... c'est vrai que ça ferait peur à tout le monde !

Steven : Elle a des projets, enfoiré.

Zach : Et doubler son salaire l'aiderait pas à les concrétiser plus vite, peut-être ?

Son ami avait pourtant raison sur ce point.

Steven : Écoute, je vais la voir ce soir et je vais lui en parler. Je te promets rien, par contre. Je vais pas la forcer. Ça servirait pas à grand-chose.

Zach : C'est la chance d'une vie, Steve. Mais elle va pas rester là longtemps. Je te ferais pas un coup bas, ni à toi ni à elle.

Steven : Je sais. Merci.

Le docteur le savait. Zach voulait le meilleur pour Whitney – pour la bonne et simple raison qu'il savait à quel point elle comptait pour son meilleur ami.

Et c'est alors qu'une pensée lui vint à l'esprit. Était-ce à cause de lui que la jeune femme se tâtait à accepter cette proposition ? Craignait-elle qu'ils ne se séparent et qu'elle doive ensuite travailler avec Zach au quotidien ?

C'était parfaitement logique et Steven se demandait pourquoi il n'y avait pas pensé plus tôt.

Enfin, logique ou non, c'était une raison foireuse. Pourquoi penserait-elle qu'ils se sépareraient ? Le docteur pouvait déjà imaginer leur future vie ensemble, leurs enfants, leurs petits-enfants, vieillir ensemble. Et il se voyait lui mettre la bague au doigt.

Ils n'allaient pas se séparer. Et elle devait saisir cette opportunité.

Il savait cependant que la tâche allait s'avérer difficile et qu'il allait devoir faire preuve de subtilité.

CHAPITRE TRENTE-CINQ

Whitney

Et voilà, cette proposition était précisément la raison pour laquelle elle n'avait pas voulu de ce rendez-vous avec Jim McNamara.

Qu'était-elle censée faire, désormais ?

Zach les avait rejoints pour le déjeuner et une partie de la jeune femme avait été heureuse de voir un visage amical. Les deux avocats avaient beaucoup discuté durant le weekend du quatre juillet, plaisantant à propos des procès à venir tandis que les feux d'artifices illuminaient le ciel. Il était évident qu'il tenait énormément à Steven à en juger par l'admiration qui émanait de lui quand il parlait de son ancien colocataire. Whitney l'appréciait encore plus maintenant.

Tout le monde devrait avoir un ami aussi fidèle. Dieu merci, elle avait Gwen.

Mais lorsque Jim énonça les chiffres sans détour en face de Zach, la jeune femme ne se sentit pas très à l'aise. Le meilleur ami de Steven se faisait manifestement utiliser par le cabinet en échange d'un avenir radieux. Lorsque Whitney refusa de se jeter sur le contrat afin de le signer, Zach la regarda comme s'il était devant une folle.

Et c'était peut-être la vérité. Mais elle était persuadée que tout cela était bien trop beau pour être vrai et que l'univers exigerait quelque chose en retour. Whitney aimait la vie qu'elle menait en ce moment et pour rien au monde elle n'accepterait d'y renoncer.

Elle avait essayé d'appeler Gwen, mais sa meilleure amie se trouvait sur un bateau ponton au milieu d'un lac dans le Michigan et elle n'avait pas assez de réseau pour pouvoir lui parler.

La jeune femme regardait fixement le nom de Steven sur son écran mais renonça à lui envoyer un message. Elle avait le sentiment que Zach lui avait déjà tout dit. De plus, Whitney ne savait même pas comment lui expliquer la situation de sorte qu'il comprenne son choix.

Elle avait même réfléchi à passer un coup de fil à Dakota mais lorsqu'elle était sur le point de passer à l'acte en rentrant au bureau, elle s'arrêta net. Que lui dirait-elle ? Dakota lui avait déjà remonté le moral et Whitney lui avait fait comprendre qu'elle suivrait ses conseils – conseils qu'elle était dorénavant en train d'ignorer. Le 'problème' de Whitney l'ennuierait-elle ? En effet, une partie d'elle-même était frustrée. Elle ne pouvait s'empêcher de penser : *tu deviens vraiment ridicule là, démerde-toi bon sang.*

Mais une petite voix au fond d'elle lui rappelait que l'univers se chargerait d'équilibrer la balance, comme toujours. Il valait mieux faire profil bas.

Doubler mon salaire, quand même. Et doubler mes congés payés.

Comment pouvait-elle refuser cela ?

Whitney n'était pas certaine de pouvoir résister et cela lui donnait la nausée. Qu'aurait-elle à sacrifier pour cette opportunité de rêve ? Son estomac se noua à cette simple question.

La pauvre aurait dû suivre son instinct et refuser le rendez-vous.

****

Steven

Les chiens lui firent la fête alors qu'il entrait chez elle. L'avocate lui avait donné le code de sa serrure en lui disant qu'il pouvait venir directement après le travail – ce qu'il faisait de plus en plus fréquemment. À tel point que Lola restait là-bas avec Ralph pendant la journée plutôt que chez le docteur.

Ce dernier se laissa guider par une odeur enivrante qui provenait de la cuisine et il trouva Whitney, se tenant devant la cuisinière, déjà changée et vêtue d'un pantalon de yoga gris ainsi que du T-shirt des Stanford qu'il lui avait acheté en ligne.

« Ça sent bon. Qu'est-ce tu nous prépares ? » demanda-t-il tandis qu'il lui faisait un bisou sur la joue et qu'il lui mettait un bras autour de la taille en regardant par-dessus son épaule.

« Juste un truc que j'ai vu sur internet. Ça avait l'air délicieux. Il y a du poulet, des poivrons, de la courgette, du brocoli, de la butternut, des champignons portobello...

- Je croyais que t'aimais pas les champignons. À notre premier rendez-vous, tu as carrément fait la grimace quand tu en as vus sur ton steak.

- J'arrive pas à croire que tu t'en rappelles. J'étais aussi surprise que toi quand je les ai achetés. Mais la façon dont le Youtuber a décrit leurs saveurs m'a interpellée et ils avaient l'air si bon dans la vidéo. Du coup, je me suis laissée tenter. Et on dirait que je les aime, après tout. Nos goûts changent quand on vieillit, j'imagine. »

Il la regarda, l'air pensif. « Eh bien, ça a l'air délicieux. Je vais me doucher et je mettrai la table. »

Quand il revint, Whitney était en train de mettre les assiettes sur la table.

« J'ai dit que j'allais le faire.

- Je sais, mais c'est bientôt prêt et j'avais le temps. C'est pas grand-chose, il n'y a que nous. »

Steven sortit les couverts d'un tiroir et les mit autour des assiettes tandis qu'elle sortait des verres du placard.

« Les chiens ont passé une bonne journée ?

- Je crois, oui. Je suis rentrée tôt donc ils étaient contents de me voir et de sortir un peu après leur promenade.

- Tu es rentrée tôt ?

- Ouais. Il fallait que je réfléchisse à beaucoup de choses.

- Ah ? C'est-à-dire ? » Le docteur mourrait d'envie de lui demander comment son déjeuner s'était passé mais il décida qu'il valait mieux que ce soit elle qui lui en parle.

Whitney transféra le contenu de la poêle dans un plat et lui jeta un regard. « Oh, s'il te plaît. Tu sais très bien de quoi il s'agit. Arrête de faire comme si Zach ne t'avait pas appelé à l'instant où il est sorti du restaurant. Je suis certaine de l'avoir vu composer un numéro en attendant un taxi.

- Il ne m'a pas appelé. »

Un de ses sourcils se leva, la jeune femme n'en croyait pas un mot. Steve, un sourire aux lèvres, avoua alors : « Bon, il m'a peut-être envoyé un message... »

Whitney posa bruyamment le plat sur la table et s'exclama : « J'en étais sûre ! Qu'est-ce qu'il t'a dit ? »

Le docteur s'assit et posa une serviette sur ses genoux tandis qu'elle faisait de même.

« Il était juste surpris de ton manque d'enthousiasme à propos de l'opportunité que son cabinet t'offrait. »

Whitney était calme et remplit son assiette à l'aide d'une cuillère, puis la sienne. Enfin, elle dit doucement : « C'était une offre très généreuse.

- Mais ?

- Mais je ne sais pas si je veux l'accepter. »

Alors que Steven voulait bondir de sa chaise et lui demander : « T'es folle ou quoi ? Bien sûr que tu veux l'accepter ! C'est quoi le problème ? », il se força à boire un verre d'eau avant de répondre.

« Pourquoi ça ?

- C'est pas évident à expliquer. Je ne suis pas habituée au changement et là c'est beaucoup... Je ne suis pas sûre d'être prête à changer après tout ce que j'ai obtenu jusqu'ici.

- Ça représente quand même beaucoup d'argent, rappela-t-il, et Zach m'a dit que les affaires seraient bien plus intéressantes.

- Je sais ! Je *sais* que c'est le bon choix. Je *sais* que je serais la dernière des idiotes si je passais à côté de cette chance. Mais je ne sais pas si je suis prête !

- Tu ne seras jamais prête à cent pourcent. Des fois, il faut juste se lancer et y croire.

- Tu sais, il me faut du temps entre chaque changement. »

Steven comprenait bien qu'elle parlait de sa relation avec lui.

« Eh bien, ta dernière prise de risque a porté ses fruits, non ? Pourquoi tu te planterais avec McNamara ? »

Whitney laissa échapper un long soupir. « Ouais, c'est sûr. C'est juste que... je... » elle soupira une fois de plus et baissa les épaules. « Est-ce qu'on peut changer de sujet ? J'ai pas envie d'en parler ce soir. »

Le docteur ne voulait pas s'arrêter là, mais lui forcer la main ne le mènerait nulle part.

« Bien sûr, répondit-il en lui prenant la main. Je suis de ton côté, tu sais. Je peux être une oreille très attentive, je n'ai pas à parler. Je peux juste t'écouter et te conseiller si tu me le demandes. Tout ce que je veux, c'est t'aider à prendre la meilleure décision. »

L'expression de son visage se détendit et elle lui serra la main. « Je sais. Merci de ne pas le prendre personnellement. Je suis tellement stressée à l'idée de tout ça. J'ai juste besoin de temps pour y réfléchir avant d'en parler.

- Je comprends. »

Steven lui tira la main jusqu'à ce qu'elle se lève et la fit s'asseoir sur ses genoux où il lui ramena les cheveux derrière l'oreille pour murmurer : « Je connais le remède idéal pour te détendre... »

En souriant légèrement, elle se retourna afin de le chevaucher, les bras autour du cou.

« Ah oui ?

- Oui, répondit-il solennellement en lui rendant son sourire. Je suis docteur. Je m'y connais.

- D'accord, dit-elle en remuant légèrement les hanches dans un mouvement circulaire contre sa queue grandissante. Qu'est-ce que je devrais faire en premier ? »

Steve lui tripota les nichons à travers son T-shirt moulant.

« Eh bien, je vais devoir t'examiner avant de pouvoir établir un diagnostic. On devrait peut-être aller à l'étage pour que je puisse t'ausculter attentivement pendant que tu restes allongée sur le lit.

- Je te fais confiance. Tu es un professionnel, après tout. »

Un sourire se dessina sur son visage alors qu'il lui donnait une tape sur les fesses tout en l'aidant à se relever. « Tu vas devoir te déshabiller aussi. »

Whitney acquiesça tandis qu'ils montaient les marches menant à l'étage. « Bien sûr. Je suppose que tu vas te déshabiller, toi aussi ?

- Ça va rendre l'examen plus facile, oui.

- C'est logique » répondit-elle une fois qu'ils arrivèrent en haut de l'escalier.

Il lui massa les seins alors qu'il la suivait le long du petit hall. « Tu auras sans doute besoin d'une injection.

- Je crois que tu as raison. J'ai entendu dire que ça aidait beaucoup contre le stress.

- Laisse-moi t'aider avec ce T-shirt » murmura-t-il en fermant la porte à l'aide de son talon avant de saisir l'ourlet de son haut.

Whitney leva les bras et Steven enleva le T-shirt d'un seul geste. Le haut de sa poitrine débordait de son soutien-gorge noir en dentelle et son ventre plat était désormais à sa merci au-dessus de son pantalon de yoga moulant.

« Putain, ton corps est magnifique.

- Est-ce vous dites ça à toutes vos patientes, Docteur Ericson ?

- Seulement à celles que je baise » Il s'interrompit lorsqu'elle lui arbora un sourire en coin. « Attends... c'était un peu bizarre. » Il était confus. « Je ne le dis qu'à une seule de mes patientes. Toi. Seulement toi. »

Le docteur la souleva et la jeta sur le lit avant de tirer sur son pantalon.

« Et je suppose que je suis la seule que vous déshabillez vous-même ?

- C'est exact. » Il jeta son legging par terre et lui écarta les jambes tandis qu'il s'installait entre ces dernières. « Mais vous avez droit à un traitement de faveur, Mlle Hayes, car je suis sur le point de vous dévorer la chatte. »

Steve ne savait pas si son cri était dû à ses mots ou au fait qu'il avait plongé la tête la première entre ses cuisses mais ses faibles gémissements provenaient sans aucun doute du fait qu'il faisait glisser sa langue le long de sa fente.

Le docteur sentit ses mains dans ses cheveux alors que Whitney relevait les hanches et s'appuyait contre sa bouche en murmurant : « Oh oui !

- Tu as très bon goût, bébé. »

Sa langue se balada le long de ses plis avant de tournoyer autour de son clitoris tandis qu'il plongeait deux doigts à l'intérieur de sa chatte déjà trempée. Ses mains et sa bouche travaillaient en tandem : un doigt la pénétrait et l'autre s'occupait de son petit bouton. Steven leva la tête pour murmurer les mots cochons qui l'excitaient tant.

« Ta jolie chatte est tellement mouillée, ma douce. »

« Tu me fais déjà bander comme un âne. »

La respiration de la jeune femme s'accéléra et il sentit son corps se raidir sous des doigts.

« Est-ce que tu vas jouir pour moi ? »

Elle laissa échapper un gémissement et scanda : « Oui, oui, oui ! » avant que ses jambes ne se mettent à trembler. Elle courba le dos tout en hurlant son nom.

« C'est bien, bébé. Dis mon nom pendant que tu jouis pour moi » grogna-t-il.

Whitney tremblait encore quand le docteur enleva ses vêtements et glissa sa queue raide en elle. Sa chatte l'accueilli en vibrant autour de son manche.

« Putain, Whit. T'es tellement bonne.

- Mon dieu, toi aussi » gémit-elle tandis qu'elle s'accrochait à son dos.

En s'appuyant sur ses avant-bras, Steven se blottit dans le creux de son cou alors que sa queue allait et venait dans la chaleur de ses entrailles.

Il adorait à quel point elle était réactive ; elle levait les hanches pour accompagner les siennes tout en lui griffant le dos avec ses ongles tandis qu'elle murmurait doucement : « Oui, Steven ! Mon dieu, continue ! »

Les gémissements de Whitney l'incitèrent à accélérer le rythme et à placer sa main sur son clitoris.

« Jouis pour moi, vilaine fille. Jouis sur ma queue. »

Heureusement pour lui, elle s'exécuta car le docteur commençait lui aussi à perdre le contrôle. À l'instant où il sentit sa chatte frémir autour de sa bite, il donna un ultime coup de rein avant de déverser sa semence au plus profond d'elle.

« Putain, femme, t'es tout simplement incroyable » dit-il en reprenant son souffle tandis qu'il la prenait dans ses bras.

Ils restèrent allongés ainsi pendant quelques minutes, confortablement blottis l'un contre l'autre alors que leur respiration se calmait. C'était un moment de pur bonheur et Steven voulait graver dans sa mémoire la sensation parfaite qu'il ressentait alors que Whitney se tenait en-dessous de lui.

Sa queue commença à ramollir et il se retira en roulant sur le côté avant de s'asseoir puis de se préparer à aller chercher une serviette pour la nettoyer. Mais il voulait prendre une minute afin d'admirer son foutre couler de sa fente en lui écartant les lèvres avec deux doigts.

« Putain, c'est sexy.

- T'es bizarre, répondit-elle en riant.

- Foutaises. Je suis un homme et c'est mon putain d'instinct de trouver ça bandant. »

Whitney le regarda, les yeux grands ouverts.

« Waouh. J'avoue que j'aime bien ton côté homme des cavernes. »

Steven lui fit un clin d'œil avant de se lever. « Bien, je te conseille de t'y habituer. » Il se pencha et l'embrassa sur le font en murmurant : « Accepte cette putain de proposition, femme » avant d'aller chercher une serviette pour la nettoyer.

Le docteur sourit quand il l'entendit murmurer : « Oh là là. »

CHAPITRE TRENTE-SIX

Whitney

Gwen entra à l'intérieur du restaurant le vendredi soir, bronzée et l'air reposé, et sourit de toutes ses dents en remarquant que Whitney était déjà à table.

Cette dernière se leva et fit un long câlin à son amie. « Comment s'est passé ton vol ? »

Gwen secoua les épaules tandis qu'elle se retirait. « C'était calme.

- C'est plutôt bien, non ? Je suis tellement heureuse que tu sois de retour. J'ai *beaucoup* de choses à te raconter.

- Je t'ai dit que je serais là pour le gala. Je sais à quel point ça te tient à cœur. » Gwen tira sa chaise et examina attentivement Whitney de la tête aux pieds.

« Qu'est-ce qui ne va pas ?

- J'ai... euh... démissionné aujourd'hui » dit l'avocate en s'asseyant.

Gwen en eut le souffle coupé alors qu'elle s'asseyait elle aussi et prit les mains de son amie dans les siennes. « Tu plaisantes ! C'est génial ! Tu vas faire cavalier seul ?

- Non, je vais travailler chez McNamara, Wallace & Stone. Mais avec mon nouveau salaire, je devrais pouvoir ouvrir mon cabinet bien plus tôt que prévu.

- C'est tellement excitant, Whitney. Je suis contente que tu foutes le camp de ce cabinet. Ils t'ont jamais traitée à ta juste valeur. J'ai jamais compris pourquoi ils t'avaient envoyée à Harvard, tout ça pour t'embaucher et te traiter comme si t'avais eu ton diplôme au détour d'un CAP Plomberie. »

La serveuse apparut et prit leur commande de boissons, puis Whitney répondit : « Avoir une diplômée d'Harvard, c'était juste pour frimer sur leur site web. Je sais pas non plus pourquoi j'étais le pigeon de service. C'était peut-être mieux pour eux d'avoir une avocate avec un historique pourri, alors que les autres étaient impeccables.

- Ouais et ça voulait aussi dire qu'ils pouvaient te payer en conséquence. Je parie qu'aucun cabinet voudrait te mettre la main dessus si tu ne gagnais pas tes procès aussi souvent.

- C'est sans doute ce qu'ils se disaient au départ. Mais Zach, le meilleur ami de Steven, travaille chez McNamara et je crois qu'il m'a pistonnée. Ils m'ont fait une proposition directement pendant le déjeuner.

- Je suis tellement heureuse pour toi, putain. Un nouveau boulot, un nouvel homme... Félicitations ! »

Whitney lui adressa un sourire nerveux.

« Pourquoi t'es pas emballée ? C'est un nouveau chapitre de ta vie qui commence et on dirait qu'on t'a diagnostiqué un cancer.

- Parce que j'ai justement l'impression que ça ne va pas durer. J'ai la nausée depuis qu'ils m'ont fait cette offre. Je pensais que je me sentirais mieux après avoir présenté ma démission à Alan, mais non. Et si...

- Arrête. Peu importe ce que tu étais en train de dire, arrête. Et si ton nouveau cabinet se rendait compte de ton putain de talent et si tu faisais *décoller* ta carrière ?

- Mais si...

- Si ton homme devenait encore plus raide dingue de toi et te demandait en mariage ? Eh bien je crois que tu vivrais heureuse et aurais beaucoup d'enfants, non ? On serait voisines et on élèverait nos enfants ensemble et on regarderait nos petits-enfants grandir. Et ce serait génial, Whit. »

Elle allait ouvrir la bouche pour la contredire, mais Gwen lui prit à nouveau la main, la réduisant au silence. « Accepte d'être heureuse, pour une fois. Tu le mérites. »

Whitney était toujours sceptique mais décida de taire ses doutes. Elle ne voulait pas avoir l'air d'une connasse, ingrate de la situation que beaucoup rêveraient d'avoir.

La serveuse approcha avec leurs boissons et leur demanda si elles étaient prêtes à commander.

« Nous n'avons pas encore regardé la carte, excusez-nous.

- Prenez votre temps. Je reviendrai plus tard.

- Alors, chuchota Gwen comme si elle partageait un secret d'État, qu'est-ce que t'a dit Alan Crawford quand tu lui as donné ta démission ?

- Il avait l'air surpris, puis il m'a proposé de m'augmenter de dix pour cent. Je crois qu'il pensait que je cherchais juste à avoir une augmentation.

- C'est vraiment des conneries que tu aies à faire ce genre de chose parce qu'ils refusaient de t'augmenter. Alors même que tu la méritais cette augmentation. »

Whitney sentit un sourire se dessiner sur son visage. « Je la *méritais*, hein ?

- On dirait qu'ils vont t'adorer à ton nouveau cabinet.

- Ouais. Je t'ai dit qu'ils allaient doubler mes congés payés ?

- Waouh ! Tu vas avoir autant de temps libre que moi !

- Ha ha, pas autant qu'une prof. Mais j'en aurai plus, et on pourra peut-être faire une virée entre filles pendant tes vacances de printemps, ou d'automne.

- Je suis tellement heureuse pour toi. »

Whitney décida d'accepter son propre bonheur.

« Enfin voilà, Alan n'a pas voulu accepter mes deux semaines de préavis quand il s'est rendu compte que j'étais sérieuse. Alors, il m'a dit de prendre mes affaires et la sécurité m'a escortée jusqu'à l'extérieur.

- Oh. Mon. Dieu. T'es sérieuse ? Mais quel connard.

- C'est la procédure et c'est pour ça que je suis restée tard les jours d'avant, pour tout préparer. Je savais que ça allait se produire. Et c'est tant mieux parce que je peux aider à organiser le gala et m'installer confortablement dans mon nouveau bureau la semaine d'après pour démarrer sur les chapeaux de roues. »

Gwen la regardait à l'autre bout de la table, des étoiles dans les yeux. « Je suis juste tellement fière de toi pour t'être lancée.

- Steven m'a dit la même chose.

- Eh bien, il a l'air d'un homme solide. Je l'aime bien. »

Whitney leva les yeux au ciel. « Ouais si le dis. Tu le dis souvent, d'ailleurs.

- Comment ça va entre vous deux ? »

Si bien que l'avocate en était terrifiée.

« Eh bien, plutôt pas mal jusqu'ici. Nos chiens s'adorent et on a réussi à organiser une bonne routine avec nos emplois du temps. Mais assez parlé de moi ! Je veux que tu me racontes tout à propos de tes vacances ! T'as l'air radieuse. Le soleil et l'air frais du Michigan t'ont fait du bien. »

La serveuse réapparut et les deux amies se contentèrent de secouer la tête. Un sourire en coin s'échappa de la bouche de Gwen. « Il se pourrait que j'aie, moi aussi, eu droit à un peu de romantisme.

- Arrête ! Qui ? Où ? Quand ? Comment ? Dis-moi tout !

- C'est rien, vraiment. On s'est bien amusé pendant quelques semaines mais on savait tous les deux que ça ne pouvait pas durer. Il travaille là-bas et moi ici, et aucun de nous ne veut déménager.

- D'accord, mais parle-moi de lui !

- Eh bien, on était amis pendant notre enfance – mais laisse-moi de dire qu'il a *bien* grandi, maintenant. Je suis tombée sur lui durant la première nuit, au coin du feu et on s'est reconnus et on a fini par discuter jusqu'au matin. Puis on s'est recroisés au resto du coin et il m'a invitée à diner. La suite, eh bien, on la connait.

- J'adore ! Il fait quoi dans la vie ?

- C'est le shérif local, donc on devait se faire discrets. »

Whitney fronça les sourcils. « Pourquoi ? Un mec célibataire peut pas sortir avec une fille s'il est de la police ? » Après un instant, elle comprit. « Oh mon dieu. Il est célibataire, hein ? Dis-moi que t'as pas couché avec un homme marié !

- Quoi ? Bien sûr que non. Enfin, *techniquement*, il est toujours marié, mais il va signer les papiers du divorce le mois prochain. Son ex a déménagé et elle voit déjà un autre homme. On les a même vus en allant au cinéma.

- Aïe. Je parie que c'était gênant.

- Seulement pendant une minute.

- Mais tu vas essayer d'avoir une relation longue-distance ?

- Non, c'est juste trop compliqué.

- Alors, tu vas pas le revoir ? »

Gwen sourit à nouveau. « Enfin, c'est possible qu'on se revoie quand j'irai voir ma famille pour Thanksgiving et Noël. Et il va sans doute venir à Boston pour la Fête du Travail, pour visiter quoi.

- Ouais, *visiter*. Visiter ta chambre, plutôt. Attends. Tu vas y aller pour Thanksgiving *et* pour Noël ? Tu ne l'as jamais fait avant. Jamais. Pas une seule fois depuis que je te connais.

- Eh bien, mes grands-parents se font vieux, répondit-elle, sur la défensive alors qu'elle jetait un œil à son menu. Et mes parents sont plus tous jeunes, tu sais. »

Whitney la fusilla du regard, son menu encore fermé dans les mains. « Bien essayé.

- C'est pas une relation sérieuse.

- Ouais, c'est ce que j'essayais de t'expliquer à propos de Steven et moi. Et tu ne m'as pas crue non plus.

- Là, ça ne peut *pas* devenir sérieux. Tu vois ? C'est impossible. On vit à des milliers de kilomètres l'un de l'autre. Il y avait aucune raison pratique pour que toi et Steven ne puissiez pas devenir plus qu'un coup d'un soir, à part tes propres doutes. Et d'ailleurs, je suis super fière de toi car tu as fait des efforts et tu acceptes enfin d'être heureuse. »

L'avocate secoua la tête. « Je sais pas. J'attends vraiment la monnaie de ma pièce, l'univers ne va pas tarder à me la rendre.

- Non, pas cette fois. »

La serveuse revint et elles étaient enfin prêtes à commander. Gwen choisit un filet mignon.

« Vous prendrez du bleu ou des champignons en guise d'accompagnement ? » demanda la jeune fille pour inciter à l'achat. Whitney respectait cela. Il fallait toujours faire le maximum.

« Des champignons.

- Et de la purée ?

- Oui. »

La serveuse posa ensuite les yeux sur Whitney et lui sourit patiemment alors qu'elle attendait sa commande.

« Je ne suis pas compliquée. Je vais prendre exactement la même chose » dit-elle en lui tendant le menu.

Gwen pencha la tête et ouvrit la bouche afin de dire quelque chose mais Whitney lui sourit et dit : « Alors, il a un nom, ce shérif ?

– Bien sûr, mais c'est un secret.

– Pourquoi ?

– Parce que tu vas tout chercher sur lui.

– Et alors ? »

Gwen sourit et essaya de changer de sujet. « Alors, comment je peux t'aider avec le gala ?

– C'est pas dur de faire une recherche sur Google et de le trouver, tu sais.

– Vas-y, je ne vais pas te l'interdire. Mais je ne suis pas obligée de te mâcher le travail. *Maintenant*, comment je peux t'aider pour le gala ? »

Elles discutèrent des différentes tâches que Whitney devait réaliser pour la fondation et celles dont Gwen pourrait se charger. Il était très important que l'évènement génère beaucoup d'argent afin que le refuge n'ait pas à euthanasier les chiens les plus vieux.

Avant même qu'elle ne le remarque, leur serveuse se baissait pour leur servir le diner.

« Waouh, c'était rapide. »

L'assiette de Gwen fut placée en face d'elle, suivie de celle de Whitney. Les deux plats étant bien entendu identiques.

Son amie la regarda à l'autre bout de la table et remarqua : « Attends, t'as pris des *champignons* ? »

La serveuse attendit la réponse de Whitney, au cas où elle se serait trompée.

« Oui. » La jeune fille disparut et Whitney poursuivit. « Je sais pas. Je les ai vu dans une émission de cuisine et j'ai voulu leur donner une seconde chance. Et je les aime bien, en fait. Bizarre, non ? D'avoir un palais qui change si soudainement. »

Gwen fronça les sourcils tandis qu'elle coupait son steak. « Un truc comme ça est arrivé à la prof à l'autre bout du couloir. Elle détestait les cornichons, tu sais ceux à l'aneth, et un soir pendant le diner, son mari s'était fait un hamburger avec des cornichons. Elle pouvait les *sentir* à l'autre bout de la table et, d'un coup, elle voulait en manger. C'est comme ça qu'elle a appris qu'elle était enceinte. »

Attends, enceinte ?

C'est quoi, ce, bordel ?

Et voilà que Whitney se découvrait un appétit pour les champignons – qu'elle avait pour habitude de détester.

L'avocate laissa tomber ses couverts, les mains tremblantes, et se pencha afin de fouiller dans son sac à main.

« Qu'est-ce que tu cherches ?

- Mon téléphone. J'ai une appli pour garder un œil sur mes règles.

- Tes règles... Attends, tu as du retard ? »

Whitney sortit son téléphone et souffla longuement alors qu'elle ouvrait l'application. « Je sais pas. J'ai pas vraiment fait attention. »

Son cœur s'arrêta lorsqu'elle vit la semaine en rose s'afficher à l'écran. « Ça aurait dû commencer il y a six jours. »

Gwen prit un morceau de steak et mâcha, perdue dans ses pensées, avant de répondre : « Il y a plein de raisons possibles. T'as été très nerveuse avec ce changement de boulot et le gala. On fera un test de grossesse après le repas.

- Je sais pas si je peux attendre aussi longtemps.

- On *va* finir le repas, dit sévèrement Gwen en prenant une autre bouchée.

- D'accord. Mais je prends une boîte à emporter. J'ai perdu l'appétit. »

Chapitre Trente-sept

Whitney

Deux lignes roses.

Heureusement pour elle, la jeune femme était déjà assise sur l'abattant des toilettes car elle aurait pu tomber à la vue du test sur lequel elle avait uriné cinq minutes auparavant.

« Ça va ? » murmura Gwen tandis qu'elle lui massait gentiment le dos.

Whitney ouvrit la bouche, prête à lâcher un « Non ! » mais elle s'arrêta. Se pourrait-il qu'elle aille *bien* ?

Elle ne ressentait ni panique ni désespoir. La situation n'était bien entendu pas idéale pour être enceinte étant donné le fait qu'elle occuperait son nouveau poste deux semaines plus tard, mais c'était faisable. L'avocate gagnait bien sa vie et n'avait donc pas à craindre de se retrouver à la rue avec un bébé sur les bras.

La grande question était néanmoins la suivante : pouvait-elle être une bonne mère ?

Elle s'était permise de l'imaginer après que Dakota lui en avait quasiment donné la permission durant le weekend du quatre juillet, mais ce n'était rien face à la réalité. Le bébé était bel et bien là et ses doutes commençaient déjà à refaire surface.

« Je crois que oui, murmura Whitney.

- Qu'est-ce que tu vas faire ?

- Je crois que... » Elle déglutit péniblement. « Je crois que je vais devenir mère.

- Je vais devenir tata ! » cria Gwen.

Whitney essaya d'esquisser un sourire pour se joindre au bonheur de son amie mais échoua.

« Et Steven ? Tu crois qu'il va réagir comment ?

- Je sais pas. Il m'a fait comprendre qu'il voulait des enfants *un jour*, mais je ne crois pas qu'il voulait dire *aujourd'hui*.

- Ouais, mais t'es pas tombée enceinte toute seule non plus.

- C'est vrai. Mais s'il décide qu'il n'est pas prêt pour ça, je crois que... » Whitney prit une longue inspiration avant de répondre. L'instinct maternel qu'elle ressentait la surprenait elle-même. « Je crois que me débrouillai seule.

- Tu pourras toujours compter sur moi. Ne l'oublie pas. Peu importe la situation, tu n'es pas seule. »

L'avocate laissa échapper un rire plutôt triste. « Et dire que le quatre juillet, je disais que jamais, au grand jamais, je voudrais avoir des enfants. C'est dingue comme on peut changer en quelques semaines. »

Une pensée surgit dans son esprit. Dakota était une sorte de hippie et Whitney avait toujours trouvé son intuition excellente. Dakota avait-elle senti qu'elle était enceinte pendant le weekend ? Était-ce à ce moment-là qu'elle était tombée enceinte ?

La jeune femme devrait lui demander cela durant le gala qui se déroulerait vendredi soir.

« Tu vas être une mère formidable » Gwen la prit dans ses bras. « C'est une bonne chose, Whit. Ne réfléchis pas trop, d'accord ? Je sais que ta vie a énormément changé ces derniers temps… mais le changement, ça peut avoir du bon. »

La vie de Whitney avait plutôt tendance à démontrer le contraire, mais elle devait désormais y croire. Avait-elle seulement le choix ?

****

Steven

Il y avait toujours beaucoup à faire le vendredi soir. L'avantage étant que le docteur n'avait pas le temps de s'ennuyer. Il avait à peine eu le temps d'engloutir un sandwich qu'un résident était parti lui chercher à la cafétaria que Steven travaillait déjà sur un autre patient.

Son téléphone vibra alors qu'il attendait une ambulance amenant un patient ayant fait une crise cardiaque.

Whitney : Est-ce que tu veux toujours venir ce soir après le boulot ?

Steven : C'est prévu. Mais je suis pas sûr de l'horaire. Avant minuit, j'espère. Ça te va ?

Whitney : Oui. Je t'attendrai. Il faut qu'on parle.

La panique envahit tout son être. 'Il faut qu'on parle' n'annonçait jamais rien de bon. Mais il se souvint qu'Alan Crawford avait chargé la sécurité de l'escorter hors du bâtiment plus tôt dans la journée. C'était sans doute à propos de cela qu'elle voulait lui parler.

Steven : Tout va bien ?

Whitney : Euh… Peut-être ? Je t'attendrai et on pourra discuter face à face.

Le docteur avait un mauvais pressentiment.

CHAPITRE TRENTE-HUIT

Steven

Whitney était allongée sur le canapé dans son pyjama et sous une couette alors qu'elle regardait la télévision lorsqu'il rentra, peu avant minuit. Les chiens, nichés à l'autre bout du canapé sur la couette, levèrent les yeux et remuèrent légèrement la queue quand ils remarquèrent sa présence, mais ils restèrent couchés.

Les messages cryptiques de la jeune femme l'avaient déboussolé et à l'instant où le Dr. Connelly commença son service, il lui établit un résumé de la situation des différents patients admis aux urgences. Dix minutes plus tard, Steven était dans les vestiaires, déjà prêt à prendre la route. Respecter la limitation de vitesse fut le cadet de ses soucis.

Whitney avait l'air minuscule sous la couette et elle semblait vulnérable. L'homme des cavernes qui sommeillait en lui aimait cet aspect d'elle – il aimait la protéger.

Il s'assit au bord de son coussin et lui ramena les cheveux derrière l'oreille. « Hé, ma douce. Merci de m'avoir attendu. »

Un sourire triste sur les lèvres, elle répondit : « Je crois que j'aurais pas pu dormir de toute façon.

- Qu'est-ce qui se passe ? »

Sans un mot, Whitney sortit une main de la couette épaisse et lui tendit quelque chose.

Il lui fallut un instant pour se rendre compte de ce qu'il voyait.

Un test de grossesse. Positif.

Steven essaya de conserver une expression neutre alors qu'il déglutissait, contemplant la situation. Il savait que la jeune femme était probablement terrifiée. Il n'aurait droit qu'à une seule chance pour tenter de lui répondre.

En prenant doucement sa tête dans les mains, il amena gentiment ses lèvres près des siennes.

« Je suis trop content. S'il te plaît, dis-moi que tu partages mon avis. »

Le docteur ne savait pas s'il pouvait supporter un autre avortement. L'univers lui donnait une seconde chance et, cette fois, il était prêt – émotionnellement et financièrement parlant.

Les larmes aux yeux, Whitney murmura : « Je savais pas comment tu allais réagir. On a bien dit qu'on n'était pas prêts il y a quelques semaines.

- Les choses changent, bébé. Je suis aux anges là.

- T'es sûr ? dit-elle d'une voix aiguë.

- Absolument. Et toi ? Comment est-ce que tu sens à propos de tout ça ? »

Whitney se relâcha et les larmes inondèrent son visage alors qu'elle sanglotait. « J'ai peur. J'arrive pas à crois que je vais avoir un bébé. »

Ses propos étaient pour le moins prometteurs. Elle n'avait pas directement fait allusion à un avortement.

Steven la releva et la prit dans ses bras tandis qu'il s'asseyait sur le canapé en la berçant tendrement. « Tu vas être une bonne mère, ma douce. Je le sais. Et Dakota a raison, on va avoir des enfants magnifiques. »

Les chiens avaient remarqué les pleurs de la jeune femme et Ralph gémit faiblement.

Le docteur lui caressa la tête. « Elle va bien, mon pote. Juste un peu émotive.

- Et bouleversée. » Whitney avait arrêté de pleurer mais était restée blottie contre son torse. « Et apeurée. Et heureuse, aussi. Comment je peux ressentir autant de choses en même temps ? »

Steven lui fit un bisou sur le haut de la tête et gloussa. « Eh bien, bébé, je pense que c'est sans doute ce qu'on ressent après une grossesse accidentelle.

- Est-ce que tu as peur ?

- Non. Je suis surexcité. Je vais être un papa qui déchire. Non, *on* va être des parents qui déchirent. »

Il voulait également lui parler de mariage, mais se ravisa. La pauvre était déjà secouée, il fallait faire preuve de délicatesse et de subtilité. Avant ce soir, il l'avait déjà habituée à vivre avec lui – sans pour autant le dire de manière explicite. Mais Lola restait chez elle de jour comme de nuit, tout comme Steven. Whitney était une femme intelligente et le docteur savait qu'elle l'avait remarqué mais elle avait semblé n'y voir aucun inconvénient.

Peut-être était-ce dû au fait que la chose n'était pas officielle, car non verbalisée ?

Malheureusement, ce luxe venait de disparaître. Leur petite romance allait devenir très sérieuse et ils devaient désormais discuter d'énormément de choses. Heureusement pour eux, ils n'étaient pas pressés par le temps.

« Tu dois être épuisée. Tu as eu une dure journée.

- Je suis lessivée, émotionnellement. »

Le docteur se leva tandis qu'elle était toujours dans ses bras. « Allez, je vais te mettre au lit. On a beaucoup à faire demain.

- Beaucoup à faire ? C'est-à-dire ?

- On va au Cap, tu t'en souviens ?

- Ah, ouais. »

Lorsque Whitney l'avait appelé pour l'informer qu'Alan n'acceptait pas son préavis, Steven lui avait répondu : « Génial. Ça veut dire qu'on peut rester au Cap jusqu'à lundi après-midi. »

Elle avait été d'accord à ce moment-là, mais à en juger par son manque d'enthousiasme...

« On est pas obligés d'y aller, tu sais.

- Je veux y aller. J'ai juste beaucoup de trucs à faire pour le gala et je voulais m'y mettre lundi matin.

- Et si on partait demain matin et qu'on revenait dimanche soir ? Ça nous ferait deux jours là-bas. »

Le docteur voulait qu'elle se détende et qu'elle reprenne ses esprits – chose plus simple à réaliser lorsqu'elle était loin de tout.

- Est-ce que Gwen peut venir ?

- Bien sûr.

- Génial, parce que je l'ai déjà invitée.

- Je croyais que t'avais oublié qu'on y allait ?

- Je l'ai invité avant... avant tout ça. »

En dépit de ses protestations, Steven la porta jusqu'à son lit. Une fois arrivé, il tira les couvertures d'un coup sec et la déposa le plus délicatement qu'il put. Son bébé était là désormais. Il devait se montrer prudent.

Il enleva son pantalon et éteignit la lumière avant de s'installer à côté d'elle en passant un bras autour de la jeune femme et en mettant la main sur son ventre.

« Je t'aime, Whitney.

- Tu dis juste ça parce que je suis la mère de ton bébé. »

Steven la fit rouler sur le dos et lui maintint les poignets au-dessus de la tête d'une seule main tandis qu'il se plaçait sur elle, les yeux plongés dans les siens.

« Je dis ça parce que c'est la vérité. Je crois que je suis tombé amoureux de toi durant notre premier rendez-vous, et mon amour n'a fait que grandir depuis. »

Whitney eut à nouveau les larmes aux yeux. « Je t'aime aussi. Ce bébé a juste compliqué notre histoire.

- Non, au contraire. Il a rendu les choses plus claires. »

Le docteur emprisonna ses lèvres dans les siennes tandis qu'il lui tenait fermement les poignets. Elle soupira dans sa bouche et il sentit son corps se détendre et s'abandonner à lui.

« En voilà une bonne fille » murmura-t-il alors qu'il la lâchait pour lui enlever son haut de pyjama en satin rose. Steven savait qu'il y avait des boutons, mais il ne pouvait pas attendre plus longtemps. Il avait besoin de sentir sa peau contre la sienne.

Il enleva sa chemise et allait poser la main sur elle avant de s'arrêter. Devant lui se trouvait la femme dont il était amoureux et qui allait devenir la mère de son enfant.

Steven avait dû la regarder trop intensément car Whitney détourna le regard et demanda : « Quoi ?

- Rien, répondit-il en secouant la tête et en la prenant dans ses bras. T'es juste magnifique et j'arrive pas à croire que je suis l'enfoiré qui a eu la chance de te mettre en cloque.

- Je sais pas comment c'est arrivé. Je suis très à cheval sur ma pilule. »

Le docteur savait qu'elle disait vrai. Whitney avait même un rappel quotidien sur son téléphone pour ne jamais oublier sa pilule. Elle arrêtait ce qu'elle faisait à l'instant où elle entendait la sonnerie ; la seule exception fut lorsque Steven était en train de lui lécher la chatte. Il avait levé la tête pour lui dire : « Je t'y ferai penser » avant de se reconcentrer sur son clitoris jusqu'à ce qu'elle jouisse. Et il lui avait effectivement rappelé de prendre sa pilule.

« C'est le destin, voilà tout. »

Il caressa son ventre plat, puis glissa la main sous son bas de pyjama duveteux.

« Tu ne portes pas de culotte, murmura-t-il au creux de son oreille alors qu'il portait sa mouille au travers de ses plis et sur son clitoris. Et tu es déjà trempée pour moi. Quelle vilaine fille, j'adore.

- J'adore être une vilaine fille avec toi.

- Ah ouais ? » Steven s'assit sur les genoux et lui enleva son bas de pyjama. « Tu adores être ma petite salope ? »

Il put voir que la jeune femme déglutit péniblement tout en levant subtilement les hanches.

« J'adore. »

Steven lui écarta les jambes et un de ses doigts se balada le long de sa chatte. « Je sais. »

Il l'écarta un peu plus pour faire passer ses larges épaules puis s'installa entre ses cuisses. « Je vais te faire des choses sales jusqu'à ce que tu jouisses sur ma langue. Ensuite je vais vénérer ton corps de déesse en te faisant l'amour. »

Whitney laissa échapper un cri de surprise tandis que sa langue tournoyait autour de son bouton déjà gonflé.

« Ta petite chatte de salope est tellement bonne, ma douce. Je pourrais la bouffer toute la nuit. »

Mais s'il se débrouillait bien, il n'aurait qu'à s'en occuper pendant six minutes avant de se retrouver niché au fond de sa chatte tremblante.

Steven adorait la baiser après qu'elle avait joui. Avoir sa chatte fermement agrippée autour de son manche alors qu'il explosait en elle était la meilleure sensation au monde.

Il plongea un doigt dans son entrejambe chaude et humide et effectua des va-et-vient, en rythme avec sa langue qui s'occupait de son clitoris.

« Mon dieu, ta chatte est si belle, bébé. »

Il donna un coup de langue sur son petit bouton avant de s'arrêter afin d'admirer son corps et lui dire d'autres mots cochons. « Elle a un goût si sucré. On dirait du miel sur ma langue. »

Les hanches de la jeune femme s'appuyèrent contre ses avant-bras et il la tint fermement.

« Est-ce que tu veux jouir, bébé ?

- Ouiiiiiii. »

Son doigt la pénétra de plus en plus vite et il lui suça le clitoris tout en lui donnant des coups de langue.

« Oh mon dieu, Steven. C'est si bon, putain ! »

Sa chatte s'accrocha fermement à son doigt et le docteur sut qu'elle était sur le point d'exploser.

Il plongea alors un deuxième doigt en elle et secoua la tête tandis qu'il lapait littéralement son point faible.

« Oui, oui, ouiiiiiii ! » scanda-t-elle avant que son corps tout entier ne tremble sous son emprise.

La regarder atteindre l'extase était tellement sexy et la semence coulait déjà de sa queue.

Lorsque Whitney se calma, Steven ne perdit pas un instant de plus et fit glisser sa bite en elle tout en donnant de solides coups de reins. Il pouvait habituellement lui procurer un deuxième orgasme lorsque sa chatte était stimulée à ce point.

« Putain, Whit ! » gémit-il tandis qu'il plongeait au plus profond d'elle.

La jeune femme planta ses ongles dans son dos. « Baise-moi, bébé ! Baise ta petite salope ! »

Oh putain. Elle avait renversé la vapeur. Ses mots cochons étaient absolument sexy.

Entre la sensation que lui procurait sa chatte tout juste après l'orgasme et ses remarques obscènes, Steven n'allait pas tarder à perdre le contrôle.

Ce dernier mit donc une main sur son clitoris et commença à s'amuser avec tandis qu'il ravageait ses entrailles.

« Quelle vilaine fille. »

Whitney attrapa ses nichons tandis qu'elle se cambrait au-dessus du lit telle une véritable actrice porno alors qu'elle ressentait à nouveau une vague d'extase lui parcourir le corps. Il n'en fallut pas plus à Steven. Il la prit par les hanches et un ultime coup de rein conduisit sa queue à déverser son foutre au plus profond de son corps, un jet après l'autre.

Après s'être vidé jusqu'à la dernière goutte, il se laissa tomber sur ses avant-bras, enveloppant la jeune femme sous son corps.

« La magnifique mère de mon bébé, roucoula-t-il. T'es une vilaine fille et j'adore ça, putain.

- Et dire que tu voulais faire l'amour, taquina-t-elle.

- Merde, bébé. Je sais. Désolé.

- Mon dieu, t'excuse pas. C'était génial… et exactement ce dont j'avais besoin, je crois. On peut se faire des câlins ce soir et réessayer ce weekend. »

Il aimait bien cette idée.

CHAPITRE TRENTE-NEUF

Whitney

Gwen arriva à huit heures pile le lendemain matin et tous – chiens compris – s'entassèrent dans le Land Lover avant de se diriger vers la côte. Mais pas avant de prendre le petit-déjeuner à Quincy dans le restaurant acceptant les chiens en terrasse.

La serveuse se souvenait de Steven, *bien sûr*.

« Elle se souvient des chiens, pas de moi, dit-il tandis que Whitney levait les yeux au ciel une fois la serveuse partie.

- Elle se souvient plutôt du beau gosse blond avec un torse sexy et des bras musclés qui, par hasard, avait deux chiens avec lui. Tu aurais pu amener deux caniches français et elle n'aurait pas vu la différence. »

Steven la tira plus près de lui sur le banc de la terrasse et blottit la tête contre son cou. « Eh bien, dommage pour elle mais je suis déjà pris.

- Et tu te demandais comment t'étais tombée enceinte, Whit... » murmura Gwen.

Steve rit. « Ah, mais je *sais* comment elle est tombée enceinte... »

Whitney leva les yeux au ciel une fois encore. « Oui, il est docteur donc, apparemment, c'est un expert en conception de bébés. »

Il rit puis son expression se fit plus neutre. « En parlant de docteur, tu devrais consulter ton gynécologue dès que possible.

- Il est déjà sur ma liste des personnes à appeler lundi. »

L'avocate soupira longuement. « Je sais pas si je devrais en parler à McNamara avant de commencer.

- Non ! crièrent Gwen et Steven à l'unisson.

- Vous ne pensez pas que c'est la meilleure chose à faire ?

- Absolument pas, grogna Steven.

- Non, ajouta Gwen en secouant la tête.

- Non ? Pourquoi pas ?

- Eh bien parce que seul ton docteur devrait en être informé avant la fin du premier trimestre de ta grossesse. Ensuite, McNamara n'a pas besoin de le savoir à moins qu'être enceinte affecte la manière dont tu travailles. Tu le sais. »

Whitney le savait en effet, mais elle se sentait tout de même coupable de lui cacher la vérité à peine arrivée au cabinet.

« Attends. Pourquoi pas avant le premier trimestre ?

- Parce que le risque de perdre le bébé est le plus élevé avant la treizième semaine de grossesse. Avant ça, une grossesse sur huit se conclue par une fausse couche. »

La jeune femme sentit ses yeux s'écarquiller. « Vraiment ? J'en avais aucune idée. »

Gwen pencha la tête depuis l'autre côté de la table. « Tu le savais vraiment pas ? »

Whitney, sur la défensive, bredouilla : « Eh bien, en sachant que j'avais pas prévu d'avoir des enfants avant ces dernières semaines, pourquoi est-ce que je le saurais ?

- Je pensais juste que c'était connu de tous.

- De tous les gens qui s'y intéressent, sans doute. Mais ça ne m'avait jamais intéressé.

- Je m'en souviens, répondit Gwen en souriant légèrement, et puis t'as rencontré le prince Charmant... » Elle indiqua Steven en hochant la tête. « Et tout a changé. »

Whitney devait admettre que *charmant* n'était qu'un euphémisme dans le cas du docteur.

« Je crois. C'est juste un truc que Dakota m'a dit qui m'a donné un nouveau regard sur les choses et je me suis rendu compte que j'étais peut-être prête à devenir mère. » Elle se tapota le ventre. « Je n'avais pas imaginé que ça arriverait aussi vite, mais... »

Steven prit sa main dans la sienne avant de l'embrasser doucement. « Ça va être génial, tu verras.

- Alors, vous allez vous marier, tous les deux ?

- Oui.

- Non. »

Le *oui* de Steven était beaucoup appuyé que le *non* de Whitney.

Cette dernière haussa les épaules. « On n'en a pas encore parlé. Comme tu l'as dit, il y a plein de choses qui pourraient mal tourner. On a le temps d'y réfléchir.

- Eh bien, pas tant que ça, répliqua Gwen. Si tu ne veux pas avoir l'air énorme pendant la cérémonie.

- On n'est pas obligés de se marier avant la naissance du bébé.

- Mon cul ouais ! rétorqua Steven. Je m'en fous que tu aies l'air d'une baleine – tu vas m'épouser avant que le bébé naisse. »

Grand dieu, la jeune femme voulait lui sauter dessus et lui arracher ses vêtements lorsqu'il devenait si autoritaire. Était-ce la magie des hormones qui la rendait accro à cet aspect de lui ?

Néanmoins, elle lui caressa la main et sourit poliment. « On verra. »

****

Steven

On verra, mon cul. Il n'y avait pas à débattre.

« Tu peux déjà commencer à chercher une robe » avertit-il.

Whitney se retourna sur le banc en le fusillant du regard.

« Est-ce que c'est comme ça que tu me demandes en mariage ? Parce que c'est vraiment nul. »

Ah, merde.

Le docteur baissa la tête. « T'as raison. Je suis désolé, mais je vais me rattraper, promis. »

La bouche de la jeune femme se targua d'un sourire, même si elle essayait de conserver une expression stricte tout en croisant les bras. « Ça a intérêt à être bien. Je veux être surprise.

- Je te le promets.

- Des bougies, des fleurs... la totale.

- M'indiquer la marche à suivre n'est pas vraiment compatible avec l'effet de surprise, tu sais » répondit-il, un sourire au coin de la bouche.

« Ouais, c'est vrai. D'accord. Oublie les bougies et les fleurs. »

Le fait qu'elle était en train de lui dire comment elle voulait qu'on la demande en mariage était un bon présage quant à la réponse qu'elle lui donnerait le moment venu – c'est-à-dire bientôt.

Il n'y avait pas de question à se poser, il allait lui mettre la bague au doigt et lui faire porter son nom avant la naissance de son bébé.

CHAPITRE QUARANTE

Whitney

À l'instant où Steven ouvrit l'arrière du Land Rover pour prendre leurs sacs, les chiens sautèrent par-dessus les sièges où ils étaient et se mirent à courir autour de la maison tels des lévriers sur un champ de courses.

« Je croyais qu'ils étaient attachés, non ? » demanda-t-il.

Gwen, toute penaude, répondit : « Je les ai détachés quand on est arrivés dans l'allée. Je ne pensais pas qu'ils allaient partir d'un coup. »

Les chiens revinrent après avoir fait le tour de la maison tandis que Whitney prenait son sac. « T'inquiète pas, ils vont jamais très loin.

- Non, je vais aller les chercher » répondit Gwen avant de leur courir après, les laisses à la main.

Steven regardait fixement Whitney. « Qu'est-ce que tu fais, là ? »

La jeune femme fronça les sourcils, manifestement confuse. « Ça va aller, Steve. Tu sais qu'ils vont aller jusqu'à chez Zoé et elle leur dira de revenir. »

Le docteur indiqua son sac en toile. « Non, je parlais de ton sac. »

Était-ce une question piège ? « Je l'amène à l'intérieur ?

- Tu soulèves ce sac d'un seul centimètre et je te donne la fessée. Tu es enceinte, c'est interdit. »

Et revoilà l'homme des cavernes sexy qui faisait ses doigts de pieds se recourber.

« Avec ou sans mon pantalon ? »

Un de ses sourcils se leva. « Fais attention, petite. »

Whitney croisa les bras et porta son poids sur un pied. « Donc, si je comprends bien, je ne peux pas porter un sac plein d'habits mais mon cul peut encaisser quelques fessées sans problème ? »

Le docteur prit les trois sacs dans une main et ferma le coffre. « Je suis chez moi, je fixe les règles » répondit-il sans se démonter avant de mettre sa main libre sur son cul tandis qu'ils se dirigeaient vers la maison.

« Tes règles sont grotesques. Et tu vas être un bon père parce que c'est totalement le genre du truc qu'un père dirait… *à son enfant*. Ce que je ne suis pas, au cas où tu ne l'aurais pas remarqué.

- En effet, mais tu portes mon enfant, donc pas d'efforts pour toi.

- Je suis certaine que t'es absolument ridicule. Ma grossesse vient de commencer.

- Je m'en fous, grogna-t-il en entrant violemment le code pour déverrouiller la porte.

- Est-ce que c'est un avant-goût des huit prochains mois ?

- Ça va sans doute empirer. Surtout quand tu prendras du ventre. »

La jeune femme regarda en l'air et lâcha un soupir pour le moins théâtral avant de murmurer : « Oh mon dieu. T'es vraiment un homme des cavernes. »

Mais une minuscule partie d'elle – la partie dont personne ne s'était occupé, pas même lorsqu'elle était enfant – adorait cet aspect surprotecteur. Quand bien même frôlait-il l'absurde.

Steven l'embrassa sur le front. « Je te l'ai déjà dit, tu vas devoir t'y habituer. »

Mais le pourrait-elle ? Cela ne lui ressemblait pas de perdre le contrôle de la situation et de se permettre d'être vulnérable.

Bon sang, elle avait déjà fait bien des choses qu'elle n'avait jamais imaginé faire ces derniers temps. Peut-être que laisser Steven prendre soin d'elle ferait partie de la Whitney 2.0. Une version améliorée d'elle-même. Une femme qui saurait que tout irait bien pour elle, que l'univers était de son côté et qu'elle pouvait à la fois mener une carrière à succès, être mère et avoir une relation saine avec Steven.

Peut-être.

CHAPITRE QUARANTE-ET-UN

Whitney

Le weekend s'était terminé bien trop vite, comme d'habitude.

La seule différence étant cette fois que Whitney ne ressentit pas l'appréhension qu'elle ressentait habituellement le dimanche soir avant une autre semaine chez Crawford, Holden & Crane. La jeune femme avait beaucoup à faire durant les prochains jours afin de s'assurer que les enchères silencieuses du gala se déroulent sans accroc, ce qui impliquait la réception de dons de dernière minute qui n'avaient pas encore été validés. Et tout ceci signifiait porter des choses – rien de bien lourd, mais tout de même plus que ce que Steven lui avait 'autorisé', c'est-à-dire rien.

Elle avait fait des recherches samedi soir au Cap sur son téléphone alors qu'ils étaient assis sur le patio et elle avait découvert qu'elle ne devait pas porter d'objets *lourds*. Son sac en toile était tout sauf lourd.

« Tu es docteur, tu devrais savoir que tu es parano.

- Je préfère penser que je suis prudent.

- Si j'étais ta patiente, tu me dirais que j'ai le droit de rien porter ? Je vois des mères enceintes qui portent bien leurs enfants de deux ans tout le temps.

- Premièrement, je t'ai déjà expliqué que t'es pas n'importe qui, à mes yeux. Je ne baise pas mes patientes et elles ne portent pas mon enfant. Toi si. Deuxièmement, je ne suis pas là après qu'elles ont quitté les urgences pour m'assurer qu'elles ne portent rien de lourd. Je suis avec toi. Donc ce que je dirais à l'une de mes patientes et ce que je vais dire à la femme dont je suis amoureux, à la femme qui porte mon enfant, seront deux choses totalement différentes. » Il se leva et l'embrassa sur la joue. « Tu veux que je te ramène quelque chose de la cuisine ?

- Peut-être un truc salé et un soda. »

Le docteur fronça les sourcils. « Je vais faire du popcorn. Tu as déjà eu deux sodas aujourd'hui. Pourquoi pas un peu d'eau saveur fruits rouges comme t'aime bien ?

- D'accord » grogna-t-elle, à contrecœur. Steven avait raison, mais tout de même...

« Et toi, Gwen ?

- Une autre bière, merci.

- Vous savez, si j'ai pas le droit de boire, je crois pas que vous devriez vous faire plaisir sans moi.

- C'est logique » répondit-il sans hésiter. *Waouh, pas besoin de batailler là-dessus.*

Gwen opposa un peu plus de résistance. « Désolée, mais si personne n'est là pour *me* mettre enceinte, je ne vais pas me sacrifier juste pour te soutenir. »

Un sourire de dessina au coin de la bouche de Steven et il se dirigea vers la cuisine.

Whitney regarda son amie. « Je pensais que... le shérif sexy...

- vit à des milliers de kilomètres d'ici. Et on n'est pas allés aussi loin que ça.

- Ah. C'est une bonne chose ?

- Je crois qu'étant donné nos situations respectives, c'est pas plus mal. » Gwen indiqua la maison. « Il est toujours aussi autoritaire ?

- Il en fait un peu trop, là. Je crois qu'il se calmera quand il se sera fait à l'idée.

- Et *toi,* tu te fais à l'idée ?

- J'ai… j'ai peur. Je suis nerveuse. Tu sais que j'aime bien tout planifier et tout contrôler. Eh bien, ce n'était *pas vraiment* dans mes plans et j'ai l'impression de rien contrôler du tout.

- Laisse le temps au temps. Tu vas trouver ton rythme.

- Ouais et quand je serai prête, le bébé sera là et les choses vont *encore* changer.

- Écoute, au moins t'as du monde pour te soutenir. Steve à l'air de pouvoir tout gérer et je suis là, moi aussi. Je suis sûre que ta mère sera contente, avec tes grands-parents. »

Même si la mère de Whitney avait essayé de se racheter auprès d'elle, la jeune femme ne baissait jamais la garde à son propos. Il était vrai que ses grands-parents seraient aux anges mais ils étaient tous à la retraite et vivaient au fin fond de l'Arizona. Ce n'était pas comme s'ils pouvaient l'aider, même s'ils donneraient tout pour pouvoir le faire. Steven était là et il allait donner le maximum, si ce n'est plus ; mais il avait un travail plus que prenant. Whitney était néanmoins certaine qu'en cas de coups durs, elle pourrait compter sur Hope, ou même Dakota.

Gwen avait raison, elle n'était pas seule, mais la jeune femme ne s'en sentait pas moins nerveuse pour autant. Elle s'était à peine habituée à aimer Steven et à faire confiance au fait que l'univers la laisserait vivre heureuse à ses côtés. Un bébé changeait complètement la donne.

Steven et elle passèrent le dimanche soir dans sa maison après être rentrés en ville. Et, même s'ils n'avaient pas à se lever tôt le lendemain, son horloge interne la réveilla et elle le vit allongé auprès d'elle, le regard perdu sur son corps.

« Bonjour, dit-il en lui embrassant le front. Bien dormi ?

- Je dors toujours mieux quand t'es là.

- Ouais, moi aussi. Qu'est-ce que tu veux pour le petit-déjeuner ? »

Whitney savait pertinemment qu'un simple café n'allait pas constituer une réponse satisfaisante. Pas avec sa rengaine le *petit-déjeuner est le repas le plus important de la journée*. Surtout pas maintenant qu'elle était enceinte.

« Des pancakes et des œufs.

- Comment tu te sens ? T'as la nausée ?

- Honnêtement, je me sens bien. Je suis pas fatiguée, pas nauséeuse, rien. Si je n'avais pas eu de retard dans mes règles, je n'aurais jamais pensé à faire un test de grossesse.

- Oublie pas d'appeler ton docteur pour un rendez-vous. On peut faire une échographie pour vérifier que tout va bien.

- C'est sur ma liste de choses à faire aujourd'hui, entre autres. Et toi ? Tu vas faire quoi aujourd'hui ?

- Je pensais faire deux ou trois trucs ici, sauf si t'as besoin que je vienne avec toi. »

Whitney pencha la tête. « Merci, mais Gwen va m'aider. T'as des trucs à faire ? Comme quoi ?

- Quelques corvées dans la maison.

- Mais je ne t'ai rien demandé.

- Ouais, eh bien, t'aurais dû. La lumière dans le hall est morte, le gond de la porte de derrière est desserré, le robinet de la cuisine fuit un peu...

- Bébé, t'es *docteur*. Tu as des choses plus importantes à faire que de jouer les réparateurs. Je peux engager quelqu'un pour faire ça.

- Foutaises. Je suis parfaitement capable de m'occuper de ça pour toi. »

Dieu qu'elle aimait cet homme. Tellement que cela en devenait terrifiant. Et ils allaient fonder une famille. Des frissons parcoururent le corps de Whitney, déboussolée par le fait que ceci soit désormais *sa* vie.

« Merci, j'apprécie énormément. Mais, franchement t'as pas à...

- Whitney ! » Steven grogna son nom comme s'il lui conseillait de ne pas finir sa phrase. « Bon sang, femme. Tu pourrais pas me laisser prendre soin de toi ?

- D'accord » répondit-elle d'une voix aiguë.

L'expression du docteur se détendit, comme s'il réalisait qu'il se montrait trop sévère.

« Tu les veux comment, tes œufs ? »

CHAPITRE QUARANTE-DEUX

Steven

Il regarda la montre Fitbit qu'il avait au poignet. Le docteur était resté à l'hôpital depuis trois heures du matin et espérait partir d'ici trois heures de l'après-midi afin de se rendre à la bijouterie. Si aucun patient ne se présentait pour une urgence traumatique, il serait en mesure de quitter l'hôpital dans les temps.

Sa mère lui avait jadis promis la belle bague de fiançailles qui appartenait à sa grand-mère mais Steven ne voulait pas attendre qu'elle arrive de San Diego pour effectuer sa demande – ce weekend, si tout se passait bien. Il allait simplement acheter une bague sans fioriture pour le moment et ainsi éviter les très nombreuses questions de sa mère. Cela pouvait attendre que le docteur annonce officiellement la grossesse de Whitney.

Hope avait bien entendu informé le reste de la famille du fait que Steven avait une petite-amie et ce dernier avait répondu respectueusement aux interrogations de sa mère et de ses sœurs. Ava, la fille aînée des Ericson, avait eu énormément de questions à lui poser – chose compréhensible dans la mesure où Steven et elle avaient été meilleurs amis pendant leur enfance. Elle voulait s'assurer que Whitney était une bonne partenaire pour lui. Le docteur en avait fait de même pour son mari, Travis.

Il n'avait pas beaucoup apprécié Travis durant leur première rencontre mais la façon dont l'avocat soupe au lait prenait soin de sa femme et de ses enfants l'avait rapidement conquis.

Travis possédait son propre cabinet. Enfin, il s'agissait désormais d'une gigantesque usine à fric comprenant des douzaines d'avocats, et peut-être pourrait-il donner des conseils à Whitney lorsque cette dernière déciderait de faire cavalier seul ?

La présence du bébé et son nouveau salaire pourraient lui donner l'envie de le faire plus tôt. Steven avait envisagé acheter un des vieux manoirs du centre-ville que les barons de l'industrie textile avaient construits un siècle plus tôt. Le docteur pensait qu'ils pourraient en utiliser une partie comme cabinet et le reste comme maison.

Enfin, si Whitney désirait toujours ouvrir son propre cabinet. Elle adorerait peut-être travailler au cabinet de Zach et voudrait y rester.

Ou peut-être voudrait-elle pendre du temps pour elle et élever ses enfants ?

Steven s'en fichait tant qu'elle se trouvait tous les soirs dans son lit.

« Dr. Ericson ? dit une infirmière en mettant un terme à sa rêverie. Le Dr. Heatherton vous demande dans la salle d'examen numéro trois. »

Steven fronça les sourcils. Le Dr. Lynn Heatherton était la gynécologue opérant aux urgences ce jour-là. Il n'avait pas l'habitude de s'occuper de femmes enceintes. L'infirmière accueillant les patients allait directement consulter un spécialiste si ce dernier était disponible. Steven n'était demandé qu'en dernier recours.

Il tira les rideaux de la salle d'examen numéro trois et son cœur s'arrêta. Whitney se trouvait là, assise sur le brancard, vêtue d'une blouse bleue, le visage taché par les larmes et une intraveineuse attachée au bras. Le Dr. Heatherton se tenait à ses côtés en lui caressant la main d'une manière réconfortante.

Steven déglutit péniblement et entra dans la pièce en fermant les rideaux derrière lui. Il avait un mauvais pressentiment et ne voulait pas entendre ce qu'il était certain de découvrir.

« Whit ? demanda-t-il doucement en s'approchant d'elle. Qu'est-ce qui se passe, ma chérie ? Est-ce que tu vas bien ? Et le bébé... »

Ses yeux se posèrent sur Lynn et cette dernière secoua lentement la tête. Le docteur se laissa tomber sur le brancard et pris la jeune femme dans ses bras.

« Ma douce, je suis tellement, tellement, désolé. »

Le corps de Whitney tremblait alors qu'elle sanglotait silencieusement et une larme s'échappa de l'œil de Steven. À la fois pour leur douleur et pour ce bébé qui ne verrait jamais le jour.

Il lui caressa les cheveux et la berça tendrement, se rendant à peine compte du bruit des rideaux à l'autre bout de la pièce. Ils pouvaient désormais faire leur deuil dans une intimité relative.

Whitney prit une profonde inspiration et son corps trembla. « J'ai à peine eu le temps de me faire à l'idée, murmura-t-elle, c'est pas juste.

- Pas juste du tout, bébé. Je suis désolé. »

Le docteur la garda dans ses bras pendant quelques minutes avant qu'elle ne se dégage violemment de son étreinte, les yeux plissés. « Comment t'as pu me laisser espérer ? Je savais que ça arriverait jamais. Je le savais ! Mais *toi*. *Tu* es responsable de tout ça. *Tu* m'as donné l'impression que c'était possible. Tout allait bien pour moi avant que tu entres dans ma vie. Je restais dans mon coin et je savais à quoi m'attendre. Je savais que c'était trop beau pour être vrai. J'aurai jamais d'enfants.

- Tu peux toujours en avoir. Ce sont des choses qui arrivent et ça ne veut pas dire qu'on ne peut pas réessayer.

- Non ! Il n'y aura pas de deuxième essai. C'est le signe qui confirme ce que j'ai toujours pensé. Je ne suis pas censée avoir des enfants. Et je ne suis pas censée être avec toi. »

Ses mots lui firent autant de mal qu'un direct au foie.

« Tu ne penses pas ce que tu dis.

- Si. Je vais me faire ligaturer les trompes. Jamais je ne revivrai ça. Tu vas devoir trouver une autre femme pour fonder une famille, parce qu'il faut croire que c'est pas moi qu'il te faut.

- Whit. Je sais que tout ça, c'est beaucoup à digérer et que tu as besoin de temps. Je vais te ramener chez toi pour que tu puisses te reposer dans ton propre lit.

- Gwen va venir me chercher. J'ai besoin d'être seule ce soir. »

C'était la dernière chose dont elle avait besoin. C'était la dernière chose dont *il* avait besoin.

« Bébé, ne me rejette pas. Je souffre beaucoup aussi.

- Je sais. Je sais à quel point ce bébé comptait pour toi et c'est pour ça qu'on peut plus être ensemble, toi et moi. Tu veux fonder une famille et je ne peux pas t'offrir cette vie-là. »

Steven prit sa main dans la sienne. « Mais c'est toi que je veux dans ma vie. »

« Va-t'en, s'il te plaît.

- Je n'irai nulle part.

- Va-t'en ! hurla-t-elle. Pars et laisse-moi tranquille ! »

Il savait qu'elle continuerait de crier et que le reste du personnel ne tarderait pas à lancer la machine à potins s'il restait dans les parages. Ce n'était probablement pas pour le mieux pour sa carrière au Boston General. Whitney n'était pas dans son état normal.

Steven ne l'était pas non plus mais il dut avoir, par miracle, un éclair de jugeotte et se leva, le cœur lourd, afin de quitter la pièce.

Il n'avait pas fait trois pas qu'il vit Gwen accourant dans sa direction. « Je suis arrivée aussi vite que j'ai pu. Elle va bien ? »

Le docteur lui adressa un sourire triste. « Elle a perdu le bébé et elle ne veut plus me voir. Elle vient de me dire de partir. »

Gwen lui fit un câlin. « Oh, Steve. Je suis tellement désolée. Je sais à quel point tu voulais ce bébé. Elle va s'en remettre, donne-lui juste un peu de temps.

- Je ne pense pas qu'elle va s'en remettre, Gwen. Elle m'a dit qu'elle voulait qu'on lui ligature les trompes.

- C'est juste la douleur qui parle. Je te promets que je ne la laisserai pas faire quelque chose d'aussi radical.

- Prends bien soin d'elle. »

Gwen lui prit l'avant-bras. « Et *toi*, tu as quelqu'un qui peut prendre soin de toi ? »

Ses amis Johnny Walker et Jack Daniels allaient sûrement s'en charger.

« Je vais appeler mon pote Zach. » L'avocat répondait toujours présent quand il s'agissait de boire. Steven fit un geste en direction de la salle d'examen. « Vas-y. Apporte-lui ton soutien. Dis-lui que je l'aime. »

Comme si cela aurait un quelconque effet sur elle.

Gwen se dirigea à reculons vers la salle d'examen. « Appelle Zach. T'as besoin de faire ton deuil, toi aussi. »

Il devait se bourrer la gueule afin de ne plus rien ressentir, voilà ce dont il avait besoin.

****

Whitney

Steven : Billy va déposer Lola chez moi après sa promenade aujourd'hui.

Le docteur l'avait appelée et lui avait envoyé de nombreux messages durant ces deux derniers jours, prenant de ses nouvelles, mais Whitney n'avait pas daigné lui répondre. Son dernier message semblait indiquer qu'il était enfin en train de tourner la page. La jeune femme ne lui en voulait pas – elle s'était montrée horrible envers lui à l'hôpital. Le fait qu'il jette enfin l'éponge lui faisait du mal, mais elle savait qu'il s'agissait de la meilleure décision à prendre. Steve méritait d'être père, un jour.

Whitney : D'accord. Je vais préparer ses affaires.

Steven : Comment tu te sens ?

Whitney regardait fixement l'écran de son téléphone. *Comment je me sens ? J'ai perdu notre bébé. J'ai honte de la façon dont j'ai réagi aux urgences. Je suis triste que l'univers m'ait punie à nouveau et j'ai le cœur brisé d'avoir perdu la vie que j'ai presque eue avec toi. Je la tenais enfin et on me l'a cruellement arrachée des mains. Et la cerise sur le gâteau, je me sens coupable parce que j'ai refilé toutes mes responsabilités concernant les enchères du gala à Dakota et Gwen.* Mais physiquement, elle se sentait mieux. Elle était même sortie du lit et avait pris une douche avec la ferme intention d'aider aux dernières préparations du gala.

Whitney : Je me sens mieux, merci d'avoir demandé.

Steven : Je pourrais venir chercher Lola moi-même...

Une partie d'elle ne voulait que cela. Whitney voulait le voir, s'excuser et implorer son pardon. Mais la jeune femme avait retenu la leçon. Il lui fallait faire profil bas et rester dans son coin. Garder le contrôle de la situation. Elle éviterait ainsi bien des ennuis.

Whitney : Non. Je pense qu'il vaut mieux que Billy la ramène chez toi.

Ralph allait lui aussi vivre une rupture déchirante.

Steven : D'accord, eh bien on se verra peut-être demain soir.

Whitney : Tu veux toujours y aller ?

Steven : Bien sûr. J'ai réservé une table.

La jeune femme sourit au souvenir de leur pari puis les larmes se mirent à couler le long de ses joues et elle se leva pour les essuyer rapidement. Tout ceci appartenait au passé. Whitney devait simplement s'assurer de rester concentrée sur le gala pour ne pas le remarquer.

Il ne s'agissait que d'une soirée. Elle pouvait le faire. Elle devait le faire, pour la bonne et simple raison qu'elle devait se prouver à elle-même qu'elle le pouvait et qu'elle se débrouillerait très bien toute seule.

CHAPITRE QUARANTE-TROIS

Steven

Elle avait également mis les vêtements qu'il avait laissés chez elle avec les affaires de Lola.

Aïe. Ces vêtements avaient constitué son plan B afin de la revoir, mais elle avait déjà tout prévu.

Le docteur l'avait appelée et lui avait envoyé des messages en lui demandant de bien vouloir lui dire qu'elle allait bien et n'avait reçu aucune réponse si ce n'est des messages de soutien de la part de Gwen qui le tenait au courant de sa santé.

Steven : Elle t'a parlé de moi ?

Les points de suspension qui indiquaient qu'elle était en train de rédiger une réponse apparurent et disparurent maintes fois. Enfin, il reçut une réponse.

Gwen : Je crois que c'est encore trop tôt.

Steven avait envoyé son message à propos de Billy et Lola à la manière d'une ultime prière adressée au Seigneur et il se trouva surpris après avoir reçu une réponse. Enfin, leur échange fut de courte durée, malgré ses efforts pour engager une conversation.

Le docteur attendrait de voir la manière dont elle se comporterait autour de lui durant la soirée du gala mais il avait l'horrible sentiment que leur relation était terminée. Ce sentiment d'impuissance face à leur rupture le rendait fou.

Il avait presque donné un coup de poing à Zach lorsque son ami lui avait dit : « C'est peut-être pour le mieux. »

Steven avait invité ce con pour qu'ils boivent ensemble et qu'il lui remonte le moral – et ce n'était pas du tout ce qu'il voulait entendre.

« Qu'est-ce que tu me chantes ? »

Son ami haussa les épaules. « Vous voulez des choses très différentes, elle et toi. À la fin, tu vas devenir aigri et haineux de n'avoir jamais eu d'enfants. Tu veux des enfants depuis qu'on a commencé l'université ensemble, Steve, je te connais. Quand cette pute de Marie... »

Steven l'interrompit. « Mais je crois qu'on est sur la même longueur d'onde. Je pense qu'elle a peur, c'est tout. La fausse couche a vraiment amplifié tout ça, j'en suis certain.

- Tu crois que c'est la vérité, ou tu *espères* que ça l'est ?

- Je sais pas, répondit Steven sur un ton mélancolique tandis qu'il avalait le peu de whisky qui restait dans son verre. T'as peut-être raison. »

Zach, qui avait passé son temps à se balancer sur les deux pieds de sa chaise se remit à plat dans un grand fracas. « Bien sûr que non, espèce d'abruti. Mais je pense sincèrement que tu dois lui laisser un peu de temps pour qu'elle puisse décider toute seule si elle veut réellement être avec toi, avec tout ce que ça implique.

- T'es vraiment un connard.

- Ah ça, plus d'une personne me l'a dit à plus d'une occasion. Hé, d'ailleurs... je peux amener quelqu'un à cette petite fiesta, demain ?

- Ça changerait quelque chose si je disais non ?

- Pas vraiment.

- Eh bien, non.

- Génial. Tu nous verras demain, Portia et moi.

- Portia ?

- Je me rappelle plus. Portia, Lexus... un nom de bagnole.

- Tu connais même pas son nom ?

- Je crois pas que ça soit important. C'est même pas son vrai nom, je crois. C'est son nom de scène.

- Tu vas amener une strip-teaseuse là-bas ?

- Ouais, répondit-il sans se démonter. Elle est bonne. Même si ça va me coûter un bras. »

Ah, tout s'explique.

« Je croyais que tu voulais *allier le fond à la forme ?*

- Exact, mais entre-temps, un homme doit satisfaire ses besoins. Je peux lui demander si elle a une amie.

- Te donne pas cette peine. »

Steven n'avait d'yeux que pour Whitney et il ne savait pas vraiment ce qu'il ferait si leur relation était bel et bien arrivée à sa fin.

Et à en juger par la tristesse qu'affichait Lola depuis qu'elle était rentrée, la chienne ressentait la même chose vis-à-vis de Ralph.

****

Whitney

« Est-ce que t'es sûre d'être prête ? » demanda Gwen lorsqu'elle entra à l'intérieur de la chambre de Whitney et trouva cette dernière assise devant sa coiffeuse, vêtue d'un simple slip et d'un soutien-gorge, sans maquillage et les cheveux en bataille. « Tout le monde comprendra si tu ne peux pas venir.

- Non. Je vais bien. Ce gala est important pour moi. » Pour plus d'une raison.

« Steven sera là, tu sais.

- Je sais. » Elle se souvenait de la manière dont il avait surenchéri et proposé de donner encore plus d'argent à la fondation s'il *gagnait* leur pari car la jeune femme lui avait dit que cette cause lui tenait à cœur.

« Tu ferais bien de te préparer, alors. On doit y aller. »

CHAPITRE QUARANTE-QUATRE

Steven

Une jeune blonde avec une mèche bleue le guida jusqu'à sa table. Son regard se perdait dans la foule à la recherche de Whitney, mais l'avocate aux cheveux châtains demeurait introuvable.

« Savez-vous si Whitney Hayes est arrivée ? Elle fait partie des bénévoles.

- Le nom me dit quelque chose, mais je ne sais pas de qui il s'agit. Je suis désolée. Je peux demander à quelqu'un d'autre, si vous voulez.

- Non, ce n'est pas grave. » Le docteur la trouverait lui-même.

Zach et une brune plantureuse avec des mèches blondes et vêtue d'une robe très courte étaient déjà assis, tout comme James, son frère, et une femme semblant elle aussi venir tout droit d'un bar à strip-tease. C'était très étonnant – James fréquentait d'ordinaire des femmes plus... pudiques. Steven était quant à lui venu en compagnie de sa sœur, mais cette dernière s'était volatilisée en un instant afin de discuter avec des gens de l'hôpital.

Il remarqua Parker Preston et Liam McDonnell accoudés au bar et se rappela d'aller les saluer et de les remercier d'être venus, plus tard dans la soirée. Whitney lui avait expliqué que leur présence avait, grâce à une sorte d'effet domino, motivé le reste du gratin de Boston à réserver une table. Le docteur était content d'avoir pu l'aider, au moins de cette façon.

Elle ne l'avait pourtant pas laissé la réconforter à l'hôpital et la plaie était encore fraiche. Il en avait eu besoin. La jeune femme n'était pas la seule victime de cette fausse couche ; et comme si cela n'avait pas suffi, elle l'avait définitivement rayé de sa vie au moment où il avait le plus besoin d'elle – où seule sa présence pouvait l'apaiser. Cette journée avait pourtant bien commencé, Steven se préparait à acheter une bague de fiançailles dans l'après-midi et en moins d'une seconde, son univers avait basculé dans l'horreur. Sa presque-fiancée avait perdu leur bébé et l'avait jeté dehors, de la salle d'examen comme de sa vie. Whitney lui en voulait car il 'l'avait fait espérer'. Qui pouvait en vouloir à quelqu'un pour *ça* ?

Zach pensait qu'il valait mieux pour lui de laisser l'avocate tranquille et de lui donner du temps pour réfléchir. Gwen avait l'air de partager ce sentiment. Hélas, il devenait pour Steven de plus en plus difficile de ne pas lui en vouloir à son tour. Elle s'était dérobée à la première crise que leur couple traversait. Bien sûr, il s'agissait d'une crise d'une ampleur titanesque, qui les bouleversait tous les deux, mais le docteur était toujours persuadé qu'ils auraient dû la surmonter ensemble.

« Je vais enchérir sur deux ou trois objets, dit-il en se levant de sa chaise.

- T'avises pas de surenchérir sur ma bouteille de whisky ! » répondit Zach en le regardant partir.

C'était la première chose qu'il allait faire. Steven s'était montré intéressé par la bouteille de cinquante ans d'âge depuis que Whitney lui avait dit qu'un donateur anonyme l'avait offerte en vue du gala. Une recherche très rapide sur internet l'évaluait à mille-deux-cents dollars et il comptait en donner mille-trois-cents. Le docteur n'était pas là pour dénicher une bonne affaire ; il était là pour aider une bonne cause à lever des fonds.

Après avoir surenchéri face à l'offre ridicule de Zach s'élevant à deux-cents malheureux dollars, il se balada en jetant un œil aux autres objets. Il ne tarda pas à remarquer le séjour tout frais payé dans le Vermont pour lequel Whitney s'était révélée très enthousiaste. « Ah, t'imagines si on s'y rendait pour voir tous ces paysages d'automne ? » lui avait-elle dit sur un ton mélancolique alors qu'elle feuilletait la brochure.

« Mais, est-ce que tu pourrais t'y rendre sans préparer un emploi du temps ? avait-il plaisanté.

- Probablement pas. »

Le séjour valait cinq-cents dollars. Il en proposa six-cents. Il pourrait peut-être la convaincre de partir avec lui.

Chose pour le moins étrange, Steven sentit sa présence avant même de la voir. Il ne savait pas vraiment pourquoi mais il sentit qu'il la verrait à l'instant où il lèverait les yeux. Et elle était là. *Waouh, c'était flippant.* Whitney était tout bonnement époustouflante, vêtue d'une robe couleur jade qui soulignait les quelques reflets roux de sa chevelure châtain qui lui arrivait aux épaules. Son sourire poli était destiné à un des invités les plus âgés qui l'interrogeait à propos de la durée des enchères.

La jeune femme le remarqua et son sourire disparut brièvement. Hélas, avant que Steven n'ait l'opportunité de l'approcher, elle toucha la manche du vieil homme et pris congé.

Son estomac se noua tandis qu'elle se volatilisait sous ses yeux. Venir ici ce soir et espérer lui parler avait sans doute été une erreur. Le docteur devait la laisser partir et traverser cette épreuve seul – même si toutes les fibres de son corps lui intimaient le contraire, mais il était évident que Whitney ne voulait plus rien avoir à faire avec lui.

Steven se rendit alors compte qu'il n'avait pas vraiment fait son deuil quant à elle ou son bébé. Il s'agissait sans doute de la meilleure chose à faire pour qu'il puisse se remettre de tout cela et vivre à nouveau. Sa maison au Cap lui semblait être l'endroit parfait pour le faire et il décida de s'y rendre après le gala.

La rumeur s'était répandue comme une trainée de poudre au sein de l'hôpital à propos de la fausse couche de Whitney et du fait qu'elle soit partie des urgences sans lui. Il fallait croire que le secret médical n'était qu'un mythe, après tout. Parker était venu le voir pour lui dire de prendre autant de jours de congés que nécessaire et c'était exactement ce que Steven comptait faire.

En attendant, puisque la belle avait pris ses jambes à son cou afin de s'éloigner de lui, il allait prendre son temps et examiner tous les objets disponibles et placer ses offres. Le docteur était peut-être blessé par son comportement mais il voulait tout de même que la soirée soit une réussite pour elle.

****

Whitney

Seigneur dieu, pourquoi devait-il être aussi sexy dans cette saleté de smoking ? Son élégance était à couper le souffle et il s'agissait là du rappel qu'elle et lui ne jouaient pas dans la même cour. S'il n'avait pas cinq femmes à ses pieds avant la fin de la soirée, Whitney serait surprise.

L'avocate, quant à elle, n'avait pas eu à se jeter sur lui ; c'était Steven qui lui avait couru après et dieu qu'il s'était montré charmant, elle n'avait pas pu s'empêcher de tomber dans ses filets.

Elle n'avait aucune idée de la raison qui l'avait faite s'enfuir après l'avoir vu. Non, c'était un mensonge. Elle savait très bien pourquoi, tandis qu'elle essuyait ses larmes. La jeune femme ne pensait pas être en mesure de lui parler sans éclater en sanglots, sans oublier qu'elle ne savait même pas *quoi* lui dire – elle avait toujours honte de la façon dont elle l'avait traité aux urgences et de l'avoir ignoré jusqu'ici. Steven avait tout sauf mérité cela.

Il trouverait, un jour, une femme qui lui donnerait ce qu'il méritait. Plus elle s'éloignerait de lui et meilleure serait sa vie. Le docteur réaliserait rapidement qu'elle lui rendait un fier service.

Cela ne signifiait pourtant pas que Whitney respirait la joie de vivre. Tout chez lui lui manquait, sans oublier que Ralph ne lui pardonnerait jamais cette séparation. Elle ne savait même pas si elle se pardonnerait elle-même.

La jeune femme était cachée dans une des cabines des toilettes, séchant ses larmes, lorsqu'elle entendit un groupe de femmes entrer. Elle faillit sortir et les rejoindre car les femmes qu'on rencontrait aux toilettes étaient toujours celles qui offraient le plus grand réconfort.

Mais avant qu'elle ne déverrouille la porte, elle entendit une de ces dames dire : « Vous avez vu Steven Ericson ? Il est à tomber par terre dans ce smoking, putain. »

Je vais pas dire le contraire. Whitney attendit avant d'ouvrir, elle sentait que la conversation n'était pas terminée.

« Charmant ou pas, c'est toujours un enculé, grogna une autre femme.

- Oh, Addison, dit une troisième voix en riant, il faut que tu passes à autre chose. Il est canon. Je le baiserais bien même s'il me rappelait jamais par la suite.

- Je te parle même pas du fait qu'il m'a pas rappelée après m'avoir chuchoté des mots doux à l'oreille pendant qu'on couchait ensemble. »

Whitney sentit son cœur s'arrêter. Elle savait que Steven n'avait pas été un moine avant leur rencontre, mais elle n'aimait pas vraiment entendre parler de ses déboires. Ou peut-être s'agissait-il d'un évènement plus récent ?

La dénommée Addison continua : « Sa copine enceinte est arrivée aux urgences cette semaine, au beau milieu d'une fausse couche. Il est juste entré dans la salle d'examen pour apprendre la nouvelle et il est parti comme si de rien n'était. Il l'a laissée là, seule avec son chagrin sur les bras. Elle a dû prendre un putain d'Uber pour rentrer chez elle. Et pendant ce temps-là, Monsieur a continué de travailler comme si rien ne s'était passé. Je suis désolée, mais ce type est une raclure. Cette femme a vraiment eu de la chance de perdre son bébé, je vous le dis. »

Non, pas du tout. J'ai loupé la chance d'une vie.

« Enfin, vous imaginez Steven Ericson avoir un enfant ? »

Whitney le pouvait, absolument.

« C'est pas ce que j'ai entendu, répondit la première femme, on m'a dit qu'il était vraiment bouleversé, qu'il est parti des urgences et qu'il est toujours pas revenu depuis. Pour autant qu'on sache, il était peut-être avec elle.

- Eh bien, il est tout seul ce soir, non ?

- C'est vrai » murmurèrent les autres femmes.

Whitney sortit de sa cabine, les mains tremblantes de rage alors qu'elle les lavait.

« Elle n'a pas pris un Uber pour rentrer, son amie est venue la chercher. Et il est parti parce qu'elle lui a crié dessus et qu'elle ne l'a pas laissé rester. »

La jeune femme tendit les mains sous le distributeur de serviettes en papier et en prit une pour se sécher les mains.

« Vous êtes qui ? Et comment vous savez tout ça ? »

Whitney mit la serviette en boule et la jeta dans la poubelle avant d'ouvrir la porte. « La femme dont vous parliez, c'est moi. Et je suis aussi avocate. Vous travaillez toutes à l'hôpital, non ? Est-ce que cette conversation n'est pas une violation du secret médical ? »

Les trois femmes la regardèrent, bouche bée, sans un mot.

« Vous devriez sans doute faire attention la prochaine fois que vous parlez de patients en public. »

Elle sortit des toilettes la tête haute et fière d'avoir recadré ces petites connes. Mais ce sentiment fut de courte durée quand elle pensa à toutes ces rumeurs auxquelles Steve devait faire face au sein de ses propres urgences. Aller au travail ne devait pas être une mince affaire dans ces conditions.

Une raison de plus pour elle de se sentir coupable et d'avoir honte de la façon dont elle l'avait traité pendant cette journée maudite.

Whitney savait qu'elle devait lui présenter ses excuses, un jour – enfin si elle arrivait à le regarder dans les yeux sans pleurer toutes les larmes de son corps.

Elle avait presque goûté au bonheur. Presque.

Dakota, ayant l'air sublime dans sa robe de soirée rouge, s'approcha d'elle, un verre de martini à la main mais le posa à l'instant où elle vit Whitney.

« Je suis tellement navrée, ma chérie, dit-elle en la prenant dans ses bras. Comment vas-tu ?

- Je... je ne sais pas.

- C'est compréhensible. Est-ce que Steven a bien pris soin de toi ? »

Whitney baissa les yeux. « On a plus ou moins rompu. »

Elle posa ensuite le regard sur Dakota et la trouva en train de froncer les sourcils. « Que s'est-il passé ? Enfin, si tu veux en parler.

- Je me suis rendu compte que j'avais raison depuis le début. Peu importe ce que tu dis à propos de l'univers, il ne veut pas que je sois heureuse. C'est pas pour moi.

- Qu'est-ce que tu veux dire, *c'est pas pour toi* ? Qu'est-ce qui ne l'est pas ?

- Eh bien, être heureuse. Avoir la vie de mes rêves. Perdre ce bébé est un signe évident de l'univers. Il me remet à ma place. Les fins heureuses sont réservées aux autres, pas à moi. »

Le câlin de Dakota se fit plus ferme. « Ma douce petite. T'es-tu déjà demandé si l'univers ne se contentait pas de vérifier que tu voulais réellement devenir mère ? Tu as toujours dit que tu ne voulais jamais avoir d'enfants. Peut-être que l'univers veut simplement s'assurer que tu sois certaine de ton choix. Et à en juger par la vitesse à laquelle tu as abandonné, c'était peut-être pour le meilleur.

- Attends, qu'est-ce que tu veux dire, Dakota ? Que je voulais pas vraiment de ce bébé ? Que je suis responsable de cette fausse couche ?

- Oh non, pas du tout, ma chérie. Ce n'est pas ta faute. Ce n'est la faute de personne. Mais au lieu de voir ça comme une punition de la part de l'univers, pourrais-tu le voir comme une sorte de protection ? Comme s'il y avait une raison pour laquelle ce bébé ne devait pas naître ? Tu ne connaitras sans doute jamais cette raison, mais elle existe. Et le but n'est pas de te faire du mal.

- Mais *j'ai* mal. Je suis dévastée. C'est un miracle que je sois sortie du lit ce matin.

- Bien sûr que tu as mal. Tu as perdu ton bébé. Un bébé que tu voulais plus que tout, manifestement. Et c'est peut-être la raison d'être de cette fausse couche : te montrer ce que tu veux réellement.

- Et j'ai tout gâché » murmura Whitney.

Dakota lui caressa les bras. « Heureusement pour toi, il n'est pas trop tard. Mais il est temps de passer à l'action. »

La jeune femme devait simplement réfléchir à ce qu'elle allait lui dire.

****

Steven

« T'as battu mon enchère, hein, enfoiré ? » demanda Zach tandis que Steven s'asseyait. Leur table était désormais pleine, à l'exception de la chaise de Hope, à côté de la sienne.

« Ouais, enfin c'était pas si dur que ça, espèce de radin. »

Aiden était venu, tout comme trois des infirmières à qui il avait donné des billets afin de les remercier d'avoir remplacé leurs collègues à maintes reprises.

Steven examina la table du regard. Ici se trouvait ses amis et les gens sur qui il pouvait compter – si on oubliait les deux strip-teaseuses.

Et plus sérieusement, qu'est-ce que James foutait avec une bimbo ? Enfin, pour sa défense, il avait l'air pour le moins mal à l'aise et il était simplement assis là, sans prêter grande attention à son invitée. Hope n'allait tout de même pas être contente. En effet, sa sœur avait insinué que James et Yvette s'était *très bien* entendus durant le weekend du quatre juillet, même si elle avait été vague quant à l'endroit où elle s'était trouvée lorsque cela s'était passé.

Steven savait pertinemment que quelque chose se tramait entre Hope et Evan. L'enfoiré s'était montré plus courtois que d'habitude aux urgences ces derniers temps et il avait même accepté de remplacer Steven cette semaine. Mais ce dernier ne voulait pas que ses soupçons soient confirmés et il préféra ne pas y penser ni en parler à sa sœur. Sa santé mentale ne tenait désormais plus qu'à un fil et l'ignorance se révélerait salvatrice.

Il inspecta la salle de bal et vit Hope en pleine discussion avec Parker à la table que l'hôpital avait réservée. Il ne fut pas surpris de voir Evan, non loin d'elle, assis aux côtés de Liam McDonnell et il semblait ne pas pouvoir s'empêcher de jeter des regards furtifs en direction de sa sœur. Steven reconnut également d'autres personnalités importantes de l'hôpital ainsi que leurs épouses et le président d'un géant pharmaceutique assis à côté de sa femme qui semblait lui servir de trophée.

Comment est-ce que Lacroix a fait pour chopper une place là-bas ?

Si le docteur était moins sûr de lui, il s'inquièterait de voir Evan lui voler la vedette, voire même son poste. Mais en l'état actuel des choses, il n'avait rien à craindre. Steven était un docteur et un directeur de service hors pair et l'hôpital dépendait grandement de lui. Enfin, excepté cette semaine.

Son regard se perdit dans la salle tandis qu'il essayait de faire en sorte que personne ne le remarque en train de chercher Whitney. Il trouva tout de même Gwen, vêtue d'une robe de soirée noire, assise à une table en compagnie de huit autres femmes. L'avocate lui avait expliqué que Gwen inviterait ses amies, professeures elles aussi, afin de remplir sa table puisqu'elle-même serait en train de veiller au grain et elle n'avait pas voulu inviter ses propres collègues. Whitney avait peut-être su de manière inconsciente qu'elle quitterait le cabinet de Crawford, Holden & Crane.

Si seulement le docteur savait où elle se trouvait. Se cachait-elle volontairement de lui ou bien était-elle occupée en coulisses ? Steven espérait qu'elle se ménageait. Ne pas avoir été capable de s'assurer de sa santé durant la semaine l'avait anéanti.

Une table à l'autre bout de la pièce se trouvait remplie d'infirmières du Boston General. Elles avaient dû avoir vent de la présence de VIPs ce soir-là. Addison Hall semblait diriger le petit groupe et Steven avait l'impression que ses collègues ne l'appréciaient pas beaucoup et qu'elles avaient plutôt peur d'elle. Le docteur se demandait quel cinéma elle concoctait ce soir. Comment avait-il échoué à comprendre que cette femme n'était douée que pour créer et alimenter des ragots en tous genres avant de la mettre dans son lit plus d'un an auparavant ? Il n'en avait pas la moindre idée. Mais Steven savait que lui seul avait commis une erreur dans cette histoire.

Dakota était ravissante dans cette robe rouge et ces talons hauts, se baladant en compagnie d'un cocker anglais. Lorsqu'elle approcha leur table, Aiden se leva et lui fit un câlin dans un geste pour le moins maladroit. Elle adressa un sourire éclatant au cardiologue. Un sourire bien plus chaleureux que ne le méritait le docteur, peu habile avec les femmes.

Enfin, les yeux de Steven trouvèrent Whitney, se tenant près des femmes annonçant les vainqueurs des enchères silencieuses. Sa beauté était à couper le souffle. Bien sûr, pour le reste des invités, la jeune femme paraissait calme et confiante, mais le docteur pouvait lire la tristesse que dissimulait son sourire. Il savait qu'elle se sentait aussi démunie que lui. Mais il n'arrivait pas à déterminer si cela était uniquement dû à la fausse couche ou au fait qu'elle était aussi perdue sans lui que lui sans elle.

À en juger par son comportement et la façon dont elle avait ignoré toutes ses tentatives afin de renouer contact, la première option semblait la bonne.

Zach posa un verre de liquide ambré avec plusieurs glaçons devant lui.

« Tiens, on dirait que tu vas en avoir besoin. »

****

Whitney

« Le troisième lot – une journée de soins au Spa Mandarin Oriental, » annonça Brittany, une des rares femmes payées par l'ARF, tandis qu'elle examinait la feuille d'enchère. « Revient à... Dana Bradley pour deux-cents dollars. »

Une autre femme avec un badge où l'on pouvait lire *Julie* écrivit rapidement les résultats sur son ordinateur portable alors que Sandy, une autre bénévole, pianotait elle aussi sur son clavier en demandant : « T'as dit deux-cents ? »

Brittany attendit que les deux femmes soient prêtes avant de passer au lot suivant. « Un scotch pur malt qui nous vient de la Macallum Reserve... revient à Steve Ericson pour treize-cents dollars. »

Julie siffla, étonnée du prix. « Eh bien, ça a pas intérêt à être de la piquette. »

Whitney était heureuse qu'il l'ait remportée. Ses yeux s'étaient illuminés quand elle lui avait parlé de la bouteille.

« D'accord, attends, interrompit Sandy, puisque le Dr. Ericson est celui qui l'a gagnée, je ne la compte pas dans son total, hein ?

- Exact » répondit Brittany.

Whitney pencha la tête. « Comment ça ?

- Le Dr. Ericson voulait surenchérir sur tous les lots qu'il n'avait pas gagnés d'un dollar, pour ensuite les reverser au vainqueur. Donc on est payé le double, plus un dollar, pour chaque objet qu'il n'a pas gagné. »

L'avocate porta la main à sa poitrine. « Il a fait ça ?

- Ouais. Il nous a dit que le gala était très important pour quelqu'un qu'il aimait et il voulait s'assurer qu'on lève beaucoup de fonds. »

L'ARF était déjà sur le point de battre tous les records. La vente de billets, les sponsors et les enchères avaient déjà surpassé tout ce que la fondation avait fait auparavant. Whitney savait qu'avoir le personnel du Boston General à l'évènement y était pour beaucoup.

Un sourire se dessina sur son visage. « C'est tout lui, ça.

- Tu le connais ?

- Ouais.

- Le mec idéal, hein ? Riche, généreux *et* beau gosse. *Le mec qu'on n'aura jamais*, soupira-t-elle.

- T'as oublié gentil » répondit doucement Whitney. *Et sexy. Et incroyable.*

« Sa petite-amie est une femme chanceuse. »

Whitney se contenta de lui sourire, mélancolique, le cœur brisé alors qu'elle pensait : « Ouais, j'en avais de la chance. »

CHAPITRE QUARANTE-CINQ

Whitney

Vint enfin le temps pour les vainqueurs des enchères de recevoir leurs factures ainsi que leurs lots. Whitney s'était portée volontaire pour s'occuper de ceux de Steven. Le montant total de ses enchères était plus élevé que le prix de la première voiture qu'elle s'était payée – et neuve, avec ça. La jeune femme prit sa facture, sa bouteille de whisky et une enveloppe contenant les détails du séjour dans le Vermont avec la brochure explicative, et se dirigea vers sa table. Hélas, le docteur semblait avoir disparu.

« Hé, tout le monde, dit-elle en souriant timidement, j'ai les lots de Steven.

- Tu peux me laisser la bouteille, répondit Zach en souriant.

- *Je* vais m'en occuper, interrompit Hope sur un ton autoritaire alors qu'elle agitait une carte bancaire. C'est moi qui ai sa carte. »

L'absence de Steven lui donna un pincement au cœur mais elle arbora un sourire sincère tandis qu'elle remettait les lots du docteur à Hope, lots que cette dernière posa immédiatement sur la table avant de prendre Whitney dans ses bras.

« Comment tu vas ? » murmura-t-elle tandis qu'elle la tenait fermement.

Whitney sentit ses yeux larmoyer et s'éloigna pour s'essuyer le visage avant d'esquisser un sourire triste. « J'ai connu mieux.

- Je suis tellement désolée, Whit. Si je peux faire quoi que ce soit...

- Est-ce que Steven est parti ?

- Ouais. Il a décidé de partir au Cap juste après la fin des enchères.

- Ah. » L'avocate ne parvint pas à dissimuler sa déception.

Hope leva un sourcil.

« Tu pourrais lui apporter les lots toi-même... Il y est allé seul, tu sais. »

Whitney secoua la tête. « Je ne crois pas qu'il veuille me voir ce soir. Et je dois m'occuper de Ralph.

- Il sera très heureux de te voir, crois-moi. Et je serais contente de prendre Ralph pour qu'il puisse passer le weekend avec Lola. »

Whitney se mordit la lèvre tandis qu'elle réfléchissait à l'idée de se présenter devant la porte de sa maison au bord de l'océan, comme ça, sur un coup de tête. Et s'il voulait être seul ? Ou pire encore, s'il ne l'était pas ?

Zach dit doucement : « Tu devrais y aller, Whitney.

- Vous avez besoin de parler, tous les deux » ajouta James.

Même Aiden acquiesça silencieusement.

« T'es sûre que Ralph te dérangera pas ? »

Hope rit. « Non. J'adorerais l'avoir à la maison. Lola a fait la tête toute la semaine et elle me sera à jamais reconnaissante quand j'amènerai Ralph chez nous.

- Je peux l'amener, si ça t'arrange. »

Hope posa une main ferme sur le bras de Whitney et dit : « Je m'en occupe. Dis-moi le code de ta porte et j'irai le chercher ce soir. Ne réfléchis plus et va le rejoindre. Pars. Sur le champ. » Hope prit la bouteille et l'enveloppe et les tendit à Whitney. « Rentre pas chez toi, t'arrête pas sur la route et fais confiance à ton instinct. Tu montes dans ta voiture et tu fonces jusqu'au Cap. C'est un ordre. »

L'avocate hocha la tête et murmura : « D'accord, je vais le faire. »

Hope se pencha pour lui faire un câlin et un bisou sur la joue. « C'est un homme bien » dit-elle doucement en la regardant dans les yeux.

« Je sais. »

Chapitre Quarante-six

Steven

Il enleva sa veste à l'instant où il entra dans la maison et il se dirigea vers sa chaise-longue favorite. Assis-là, son nœud papillon desserré autour du cou et les trois premiers boutons de sa chemise défaits, il contemplait l'océan. Le docteur tenait une bière du bout des doigts tandis qu'il expirait longuement. Aurait-il dû partir du gala après avoir essayé de lui parler ?

Gwen et Zach lui avaient dit qu'elle avait besoin de temps mais son instinct lui disait qu'il devait faire quelque chose. Et si Whitney prenait son silence pour de l'apathie ? Il devrait se battre pour elle au lieu de se cacher au Cap en noyant son chagrin dans l'alcool.

Steven devait se rendre devant chez elle avec un gros radiocassette et des chansons de Peter Gabriel. Non, c'était ridicule. Il devait plutôt la plaquer contre un mur, la main dans ses cheveux et ses lèvres contre les siennes.

« Espèce d'abruti » bougonna-t-il. Il jeta un œil à sa montre et se demanda s'il lui restait assez de temps pour retourner à Boston avant que Whitney ne s'endorme.

« J'ai une livraison spéciale pour le Dr. Ericson. »

Son cœur s'arrêta. Il savait à qui appartenait cette voix sensuelle mais craignait de se retourner et de constater que l'alcool lui jouait des tours.

Il se retourna lentement et, comme par magie, elle apparut devant lui, debout sur le patio et toujours vêtue de sa robe verte et de ses talons.

« Quel genre de livraison ? »

La jeune femme fit un pas fragile devant lui et déglutit péniblement avant d'en faire un nouveau. « Une bouteille de whisky de cinquante ans d'âge. » Elle fit un pas de plus. « Un séjour à la Dragonfly Inn dans le Vermont. » Un pas de plus. « Et... des excuses. » Elle se figea, incapable d'aller plus loin.

Steven posa sa bière sur le sol et se leva afin de s'approcher d'elle. Il lui prit la bouteille et l'enveloppe des mains avant de les poser sur la table d'extérieur.

« Je m'attendais au whisky et au le séjour dans le Vermont... mais tu vas devoir m'en dire plus à propos de ces excuses. »

Whitney posa son regard sur lui, les larmes aux yeux, et murmura : « Je suis tellement désolée, Steven. Pour tout ce que je t'ai fait. »

Le docteur prit son visage dans ses mains et essuya ses larmes à l'aide de ses pouces tandis que son regard se perdait dans le sien, presque incrédule quant au fait qu'elle se trouvait là, devant lui.

« Moi aussi, je suis désolé. »

Whitney secoua violemment la tête. « Non. T'as rien fait de mal. C'est moi qui... »

Steven la réduisit au silence en posant ses lèvres sur les siennes. La jeune femme sembla d'abord surprise et garda ses lèvres scellées mais à mesure qu'il la tenait dans ses bras et que sa bouche caressait la sienne, le docteur sentit son corps entier se détendre et elle lui agrippa la chemise en lui retournant son baiser.

« On n'est pas obligés d'avoir des enfants. Je m'en fiche. Tu es plus importante à mes yeux. Je ne veux pas te perdre pour ça. Je t'aime, Whitney.

- Je t'aime aussi. J'ai vraiment rien fait comme il fallait. Je suis désolée. J'étais anéantie et j'avais peur. J'aurais dû chercher ton soutien au lieu de te rejeter.

- Je voulais être à tes côtés, bébé. Tellement. Ça m'a fait beaucoup de mal que tu ne veuilles pas que je prenne soin de toi.

- Je sais, et tout ce que je peux faire c'est m'excuser et te promettre que ça ne se reproduira jamais. Je veux réessayer. Absolument tout. Toi et moi. Les enfants. Quand on sera prêts et quand le docteur me donnera le feu vert. »

Steven se plongea dans ses yeux. « Vraiment ? On n'est pas obligés. On... »

Whitney lui posa un doigt sur les lèvres. « J'en suis certaine. Fonder une famille avec toi ferais de moi la femme la plus chanceuse au monde.

- Et si tu commençais par devenir ma femme ?

- C'est une demande en mariage ? »

Steven sourit en se rappelant son discours à propos de la façon dont elle voulait être demandée en mariage.

« Pff. Non, bien sûr que non. Quel homme demanderait sa petite-amie en mariage sans fleurs et sans bague ?

- D'accord. » La jeune femme passa les bras autour de son cou et amena sa tête plus proche d'elle pour lui murmurer : « Si ça l'avait été, j'aurais dit oui. »

Steven lui caressa les hanches et lui sourit. Il n'aurait pu s'empêcher de sourire, même si sa vie en dépendait. « C'est bon à savoir. »

Whitney étouffa un bâillement et il la tira contre lui. Avec ses talons, l'avocate lui arrivait juste sous le menton.

« Pourquoi on n'irait pas se coucher ? » Le docteur ne voulait pas qu'elle en fasse trop – et il avait le sentiment que c'était déjà fait.

Il sentit son corps se raidir et il laissa une main se balader le long de son dos. « Je ne veux pas qu'on fasse l'amour. Je sais que c'est impossible avant que ton corps ait récupéré. Je veux juste te tenir dans mes bras, ma douce.

- Non, c'est pas ça. Je viens de me rendre compte que j'ai pas de pyjama ou d'habits pour demain. Même pas de brosse à dents, ou de... »

Steven l'interrogea du regard. « Ou ?

- Euh... de produits féminins. J'en ai un dans mon sac, mais c'est tout.

- Est-ce que ça va suffire jusqu'à demain matin ?

- Oui.

- J'ai une brosse à dent de rechange et un T-shirt dans lequel tu peux dormir. » Il sourit légèrement. « Même si ça ne me dérangerait pas que tu dormes en petite culotte. On s'inquiétera du reste demain. »

Le docteur ramassa sa bouteille de whiskey à treize-cents dollars et l'enveloppe tandis qu'ils rentraient à l'intérieur. Il s'occuperait de sa bière le lendemain. Pour le moment, il avait simplement besoin de s'endormir avec son avocate dans les bras.

****

Whitney

Il tira sur la fermeture éclair de sa robe et l'aida à l'enlever tout en profitant de l'occasion pour caresser délicatement sa peau nue.

« Ne me fais plus jamais un coup comme ça, dit-il d'une voix douce avant de lui faire un bisou sur l'épaule et de dégrafer son soutien-gorge. Mon cœur ne pourra pas le supporter. » Il posa tendrement ses mains sur sa poitrine et lui embrassa le cou. « Promets-le-moi.

- Je te le promets. »

Whitney avait été prête à se jeter à ses pieds tout en implorant son pardon. Elle avait inlassablement répété son discours sur la route, expliquant qu'elle comprendrait s'il avait besoin de plus de temps avant de prendre une décision, et qu'elle voulait simplement qu'il lui laisse une deuxième chance...

Mais le docteur avait rendu tout cela parfaitement inutile. Il avait accepté ses excuses et lui avait lui-même demandé pardon. La jeune femme avait presque l'impression de s'en être tirée trop facilement, après ce qu'elle avait fait. Elle devait faire comprendre à Steven l'étendue de ses remords.

En se retournant dans ses bras, elle déboutonna le reste de sa chemise. Dieu qu'il était agréable à regarder. Son torse bien défini comportait quelques poils d'une teinte légèrement plus foncée que ses cheveux, et elle pouvait sentir ses abdominaux bien fermes sous le bout de ses doigts.

« Je suis désolée, Steven. Vraiment, vraiment désolée. Tu méritais tout sauf ma réaction. »

Il lui ramena les cheveux derrière les oreilles. « On réagit tous différemment face à une telle épreuve.

- J'avais peur d'être la responsable de tout ça, en étant trop heureuse. Je croyais que ma chance n'allait pas durer.

- La vie n'est pas une équation, Whit. Le bonheur qu'on vit n'a pas à être compensé par quoi que ce soit.

- Je le sais, enfin dans ma tête. Mais ma vie m'a toujours prouvé le contraire donc j'ai beaucoup de mal à y croire. Mais j'essaie.

- Qu'est-ce qui t'a fait changer d'avis ?

- Dakota, Gwen, mon cœur, ces saletés d'infirmières que j'ai croisées aux toilettes ce soir, ta sœur, Zach. Tout le monde. »

Steven plissa les yeux et grogna : « Ces saletés d'infirmières dans les toilettes ?

- Je te raconterai ça demain. Je veux juste que tu saches que je m'en veux beaucoup de t'avoir traité de cette manière, et que je suis désolée.

- J'accepte tes excuses, mais à une condition. À partir de maintenant, s'il y a un problème, on le règle ensemble.

- Je te le promets » murmura-t-elle. Whitney avait fait beaucoup de promesses ce soir, mais elle comptait bien les tenir.

Il lui pressa les fesses par-dessus sa culotte. « Va te coucher, femme. Je veux sentir tes nichons sur ma peau. »

Elle se rua dans le lit en gloussant et attendit nerveusement que Steve enlève son pantalon et la rejoigne. Son téléphone émit un son indiquant la réception d'un message, et celui du docteur fit de même. Ce dernier sortit son appareil de sa poche, lut le message et sourit avant de le montrer à Whitney, bien contente car son téléphone était resté par terre aux côtés de sa robe.

Sur l'écran était affiché une photo de Lola, dormant avec la tête blottie contre le cou de Ralph suivie de la légende : **Enfin réunis. J'espère que vous ressemblez à ça... ou un truc du genre.**

Steven s'installa dans le lit à côté d'elle, releva les couvertures autour de ses seins nus puis mit un bras autour d'elle. « Voilà qui devrait répondre à sa question » gloussa-t-il alors qu'il tendait l'autre bras afin de prendre un selfie. Whitney posa la tête sur son épaule et sourit pour la photo.

Il y jeta un œil et murmura : « C'est parfait » avant de la lui montrer. Sur l'écran, le couple avait l'air heureux – sincèrement heureux.

« Je l'adore. Tu peux me l'envoyer, s'il te plaît ? »

Une seconde plus tard, son téléphone sonna à nouveau après la réception de ce qu'elle devina être la photo, rapidement suivie d'un autre son.

Steven ouvrit le message et ils le lurent tous les deux.

Hope : Waouuuuuuh ! Je suis tellement heureuse pour vous deux ! Profitez bien de votre weekend. On n'est pas pressés de vous revoir !

Le docteur rit. « Je crois qu'il faudra qu'on se rappelle d'envoyer un message à Claire et Billy demain pour qu'ils sachent où se trouvent les chiens. »

CHAPITRE QUARANTE-SEPT

Steven

Il n'avait pas *techniquement* emménagé chez elle, mais lorsqu'il dut préparer sa valise pour leur weekend dans le Vermont afin de contempler les magnifiques couleurs automnales, le docteur sortit ses affaires d'un de ses tiroirs plutôt que de ceux de son propre appartement.

Après leur promenade, Billy et Claire déposeraient les chiens chez lui. Hope s'en occuperait pendant le weekend et Steven avait appelé l'auberge afin de s'assurer que leur chambre soit remplie de fleurs. Il inspecta sa veste de sport et vérifia qu'à l'intérieur se trouvait toujours une petite boîte en velours noir. Le docteur espérait que Whitney serait surprise. La bague de feu sa grand-mère avait presque fusionné avec son tiroir tandis qu'il attendait le moment idéal pour lui demander sa main. À la seconde où il avait vu un début d'orange et de jaune dans les feuillages, il avait réservé un weekend dans le Vermont au sein de l'auberge pour laquelle il avait gagné un séjour durant le gala de l'ARF.

Whitney, quant à elle, avait commencé sa nouvelle carrière chez McNamara, Wallace & Stone et elle était brillante, enfin d'après son ami. L'avocate n'était pas très bavarde quand il s'agissait de sa vie professionnelle et Steven respectait son choix. Lui non plus n'avait pas pour habitude de parler en détail de ce qui se passait entre les murs de l'hôpital. Les deux amants avaient des choses bien plus intéressantes à faire lorsqu'ils se retrouvaient que de se raconter leurs journées. Enfin, leurs emplois du temps les avaient empêchés de passer beaucoup de temps seuls durant la journée – et encore moins nus. Mais cela allait changer ce weekend.

« Bébé ? » appela-t-elle alors qu'elle ouvrit la porte. Steven l'entendit jeter ses clés dans le bol posé sur la table près de l'entrée, comme elle en avait l'habitude.

Il passa la tête autour du montant de la porte de la chambre. « Je suis en haut ! Je finis ma valise. » Il avait vu sa valise devant la porte après être revenu de l'hôpital. La jeune femme avait dû la préparer avant de se rendre au bureau ce matin-là.

« Oublie pas de prendre un maillot de bain. Je crois qu'il y a une source thermale pas loin de l'auberge.

- Attends, on doit porter un maillot de bain, là-bas ?

- Steven Richard Ericson ! Bien sûr que oui ! »

Le docteur sourit après avoir entendu la réponse à laquelle il s'attendait et continua ses préparations.

Il avait pensé la demander en mariage dans cette fameuse source thermale mais il craignait que la bague ne tombe dans l'eau et qu'ils ne la retrouvent jamais ; Whitney interpréterait sans doute cela comme un énième signe de l'univers et s'enfuirait à nouveau.

Non, il lui demanderait sa main comme le font tous les hommes, un genou à terre – et si la bague tombait, il pourrait facilement la ramasser. Mieux vaut prévenir que guérir.

Il sentit ensuite ses petites mains autour de sa taille et sa joue contre son dos. « Salut. Tu m'as manqué. »

Steven se retourna pour lui faire face et la prit dans ses bras. « Salut. Comment ça s'est passé, au boulot ?

- Très bien, j'ai gagné mon procès.

- C'est génial, bébé. Il faut fêter ça.

- On va passer un weekend en amoureux. Il ne m'en faut pas plus, tu sais. »

Il lui fit un clin d'œil tandis que sa main se baladait le long de son dos avant d'arriver sur son cul, qu'il pinça légèrement. « Je sais pas... J'ai quelques idées qui pourraient te plaire ce weekend. »

Whitney posa une main sur la bosse qui se formait sous son pantalon. « Tu les as mises sur l'emploi du temps ? »

Steven savait qu'elle le taquinait mais râla : « Je t'ai déjà dit ce que je pensais de ces fichus emplois du temps.

- Ah, t'es pas marrant.

- Mais au contraire, bébé, dit-il en lui embrassant le cou, je vais te montrer à quel point on peut s'amuser en étant spontané. »

****

Whitney

Steven avait dû déteindre sur elle car la jeune femme n'était pas du tout paniquée à l'idée de ne rien prévoir pour ce weekend en tête-à-tête. Pour tout dire, elle appréciait pouvoir se coucher aussi tard qu'ils le voulaient et sortir du lit quand l'envie les en prendrait – enfin, si cela arrivait – afin de faire absolument tout ce qui leur passait par la tête ce jour-là.

Cela s'était révélé amusant pour elle de le taquiner en faisant semblant de rédiger un emploi du temps détaillé dans l'unique but de le voir grogner en le voyant.

Steven avait pris un stylo rouge et avait tout rayé afin d'écrire des commentaires cochons du style : « Lécher la chatte de Whitney » ou « Baiser le cul de Whitney » Elle n'était pas entièrement convaincue que cette dernière idée fût simplement une blague censée la rendre nerveuse – puisqu'ils n'avaient pas encore exploré ce terrain-là, en dépit des 'avertissements' du docteur. Hélas, ces derniers temps, ils n'avaient même pas eu le temps pour un petit coup vite fait, alors pour le reste...

Leurs emplois du temps avaient été horribles et complètement désynchronisés. En effet, Steven avait pour habitude de revenir de l'hôpital dans la matinée, alors qu'elle s'apprêtait à partir au bureau et, inversement, le soir venu l'avocate rentrait chez elle quand lui devait repartir aux urgences.

Steven avait tout sauf emménagé chez elle, ils n'en avaient simplement pas parlé. Whitney savait qu'elle aurait paniqué s'ils avaient eu cette discussion et le docteur s'était contenté de laisser discrètement ses affaires chez elle, une chaussette à la fois, et de rentrer chez elle après son service sans dire un mot. Lola, quant à elle, ne partait jamais, excepté pour sa promenade quotidienne en compagnie de Billy. Il y a encore quelques mois, Steven aurait probablement eu raison – l'avocate aurait fait une crise de panique en entendant la phrase *vivre ensemble*, mais plus maintenant. Ce weekend, Whitney allait lui demander de faire venir sa commode de son appartement, ou d'en acheter une, pour qu'elle puisse retrouver un peu d'espace. Ils devaient également discuter de travaux afin d'agrandir le placard.

Heureusement pour eux, sa maison au Cap disposait d'un immense dressing et de nombreux tiroirs.

« J'espère que c'est aussi beau que sur la brochure » dit-elle une fois sur la route. Ils avaient pris sa Porsche, qui était garée devant chez elle plutôt que sur le parking de son immeuble – un autre signe évident qu'il vivait là.

« J'ai regardé des avis en ligne. Ils étaient tous positifs et les gens que j'ai eu au téléphone étaient très chaleureux concernant ma réservation.

- Génial. » Elle le regarda, un sourire espiègle sur les lèvres. « J'espère aussi que les chambres sont bien isolées. »

La main de Steven se posa sur sa cuisse avant de se glisser sous sa jupe. « Ah ? Pourquoi ça, ma douce ?

- Pour qu'on puisse regarder la télé avec le son à fond, sans blague ! »

Il lui caressa la chatte par-dessus sa culotte jusqu'à ce qu'elle laisse échapper un léger gémissement. « Ah, je croyais que c'était parce que tu ne voulais pas que le reste de l'auberge apprenne mon nom quand tu hurleras après chaque orgasme que je vais te donner.

- Eh bien... » Whitney prétendit réfléchir à la question tandis qu'elle écartait subtilement les jambes pour lui. « C'est vrai aussi, oui.

- On peut garder tes hurlements pour la source thermale. » Il tira sa culotte sur le côté et plongea un doigt entre ses plis déjà humides. « Ou pour la voiture.

- Non. Je ne veux pas jouir dans la voiture. Je veux jouir en sentant ta queue en moi. »

Steven déglutit et s'apprêta à retirer sa main mais elle l'en empêcha et le tint fermement contre son entrejambe. « Ça ne veut pas dire que tu dois t'arrêter... »

Il se remit donc à jouer avec sa chatte en souriant.

Et, bien sûr, il dut rapidement se garer afin qu'elle puisse le supplier de la laisser jouir tandis qu'il lui bouffait la chatte sur le siège passager, les jambes écartées et à la vue de tous — si du moins des passants désiraient jeter un œil.

« Je m'en fous » grogna-t-il lorsque la jeune femme essaya de râler. La langue divine du docteur lui enleva rapidement l'envie de résister.

« On était censés attendre que tu sois à l'intérieur de moi, dit-elle en faisant la grimace tandis qu'elle remettait sa culotte et sa jupe en place avant qu'ils ne reprennent la route.

- Ma douce, je vais passer le plus gros du weekend à l'intérieur de ta petite chatte. Je te promets que tu vas jouir sur ma queue jusqu'à ne plus pouvoir compter.

- T'es tellement vulgaire, lâcha-t-elle alors qu'il démarrait le moteur.

- Comment tu voudrais que je te le dise ?

- Ah, mais j'ai pas dit que j'aimais pas. Tu sais que ça me donne des frissons quand tu joues le mâle alpha avec moi. »

Steven lui attrapa une touffe de cheveux, d'une seule main. « Bien. Viens-là et suce-moi, femme. »

Sans aucune hésitation, Whitney s'agenouilla en se penchant au-dessus du levier de vitesse afin de défaire son pantalon, gémissant en sentant à quel point sa queue était rigide.

Le docteur dégagea ses mains de son pantalon. « Tu sais quoi ? C'est peut-être une mauvaise idée. Ça fait longtemps qu'on l'a pas fait et je crois que tu me ferais jouir en deux minutes, sans compter l'accident en prime.

- On pourrait se garer » ronronna-t-elle tout en caressant son engin par-dessus son pantalon. Whitney était excitée et voulait l'avaler tout cru.

« Il faut qu'on arrive à l'auberge avant huit heures et on va presque être en retard avec notre petit détour.

- Je suis désolée. »

Steven lui jeta rapidement un regard. « Pas moi. C'était super excitant. »

C'était peu dire. Whitney adorait quand il ne pouvait *s'empêcher* de lui lécher la chatte, incapable de contrôler ses pulsions. Cela la faisait se sentir sexy et désirable à souhait.

Et, à cet instant précis, la jeune femme voulait lui rendre la pareille. Mais Steven avait raison. Il *était* en train de conduire et ils devaient se rendre à l'auberge avant huit heures, coûte que coûte.

« Dès qu'on arrive dans la chambre, je me mets à genoux et j'engloutis ta grosse queue. »

Le docteur sourit. « Je ne crois pas, non.

- Tu verras. »

Il haussa les épaules. « Si tu le dis. »

Ils arrivèrent enfin à l'auberge à huit heures moins dix. Lorelai Danes, la propriétaire, leur donna les clés de leur chambre en personne et ne s'arrêta pas de sourire tandis qu'elle leur jetait des regards discrets – comme si elle savait très bien ce qu'ils allaient faire une fois seuls entre quatre murs.

Les deux amants respiraient-ils le sexe à ce point ?

Elle sourit subtilement à Steven en lui tendant les clés. « Passez un bon séjour à la Dragonfly Inn. J'espère que votre chambre vous plaira. Faites-moi savoir si vous avez besoin de quoi que ce soit. »

Steven lui adressa un sourire étrange avant de prendre leurs valises tandis qu'il suivait Whitney dans les escaliers. Ils tournèrent ensuite à droite et se dirigèrent jusqu'au bout du couloir, suivant les instructions de Lorelai. La jeune femme attendit patiemment que Steven pose leurs valises et ouvre la porte. Le docteur triturait la clé et elle remarqua qu'il tremblait légèrement. Était-il aussi excité pour une pipe ?

Faut dire que je suis une experte, pensa-t-elle en souriant, l'air satisfaite. Whitney adorait avoir un tel effet sur lui.

Steven ouvrit la porte et lui fit signe d'entrer en premier. Elle remarqua immédiatement l'odeur enivrante qui émanait de la pièce – une odeur florale, rappelant la rose – tandis qu'elle tâtait le mur à la recherche de l'interrupteur qui libérerait la chambre des ténèbres. La jeune femme entendit ensuite un bruit et la chambre s'illumina. Steven se tenait à côté de l'interrupteur, les valises devant la porte.

Whitney inspecta la chambre du regard et se rendit compte qu'elle était remplie de roses de toutes les couleurs. Rouges, blanches, roses, jaunes, violettes, et même des hybrides aux pétales multicolores. Chaque mètre carré de la pièce disposait d'un vase et le lit était couvert de pétales de roses.

« Waouh, ils se donnent à fond pour leurs invités, ici » murmura-t-elle alors qu'elle se penchait afin de sentir la douzaine de roses rouges qui se trouvait près d'elle.

Elle jeta un œil en direction de Steven et remarqua qu'il s'était beaucoup rapproché d'elle, avant de le voir mettre un genou à terre et murmurer : « J'ai la bague et les fleurs, cette fois-ci. »

Il fallut un instant au cerveau de la jeune femme afin de comprendre la situation et elle le regarda à nouveau. Cette fois, elle vit la petite boîte noire dans sa main et des larmes s'amoncelèrent au coin de ses yeux.

« Whitney Jane Hayes… commença-t-il, dès que j'ai posé les yeux sur toi, j'ai su que tu n'étais pas une femme ordinaire. Et il ne m'a pas fallu longtemps pour me rendre compte à quel point tu étais exceptionnelle. Je t'aime, ma douce et si tu veux bien de moi, je passerai le reste de ma vie à essayer de te faire sourire. » Steven ouvrit la boîte et révéla une magnifique bague laissant apparaitre un diamant de taille coussin entouré de diamants ronds et plus petits.

« Bébé… veux-tu m'épouser ?

- Oui, murmura-t-elle alors que les larmes coulaient sur ses joues, j'adorerais t'épouser. »

Steven lui passa la bague au doigt puis se leva et la prit dans ses bras. Ses lèvres rencontrèrent les siennes tandis qu'il l'embrassait tendrement avant de la tenir fermement contre son corps viril.

« Tu l'as fait. Quelle surprise ! Les fleurs, la bague… Je ne m'y attendais pas du tout » murmura-t-elle, une joue contre son torse.

Le docteur lui caressa les cheveux et embrassa sa tempe. « J'étais sûr que tu t'y attendais.

- Absolument pas.

- La bague, c'est celle de ma grand-mère. » Il lui prit la main afin d'examiner la bague de fiançailles qu'elle avait désormais au doigt. « Si elle n'est pas à ton goût, on peut en choisir une autre. Je t'en voudrai pas. »

Whitney retira rapidement sa main de la sienne. « Pas de ça avec moi. Elle est sublime, je l'aime beaucoup. »

Il lui ramena les cheveux derrière les oreilles. « Très bien. Je t'aime beaucoup, *toi*.

- Je t'aime aussi. » Elle se tint sur la pointe des pieds et murmura dans le creux de son oreille : « Je crois que c'est le bon moment pour que tu me fasses l'amour. »

Steven la regarda, le sourire jusqu'aux oreilles. « Comme vous voudrez. »

ÉPILOGUE

Steven

Whitney lui avait commandé une commode en ligne alors qu'ils étaient allongés sur le lit la veille, avant de partir voir les magnifiques couleurs automnales du Vermont.

« On vit vraiment ensemble maintenant » dit-elle avant de cliquer sur 'Acheter'.

Steven la tira contre lui et lui embrassa la tempe. « Ça fait un moment, mais c'était juste... pas officiel.

- Mais maintenant, c'est du sérieux...

- Exactement. Et ça signifie qu'on ira à San Diego pour Noël ou Thanksgiving. Et je veux aussi rencontrer ta famille. »

La jeune femme soupira. « D'accord. Mais je crois qu'on devrait reporter ça à plus tard. On pourrait aller dans un coin chaud, juste nous deux sur la plage avec un pasteur.

- J'y avais pas pensé mais, ça ouvre pas mal de possibilités. Même si ma mère nous tuerait.

- On pourrait toujours lui charger de nous organiser une fête.

- Elle en sera ravie. » Steven était content que Whitney comprenne à quel point il était important que sa mère soit impliquée *d'une quelconque façon* dans son mariage et que sa fiancée veuille bien que Frannie se charge d'organiser une réception en Californie.

Ils étaient en route pour son appartement afin de récupérer les chiens et quelques affaires tandis qu'ils discutaient de leurs emplois du temps et de la date à laquelle ils pourraient se marier.

« Il nous faudra deux semaines, au moins. Comme ça on pourra faire le mariage et la lune de miel d'un seul coup. Et pourquoi pas passer une semaine à San Diego, sur la route, expliqua-t-il.

- *Avec* les vacances ? Enfin, j'aurai mes congés, mais toi ? »

Probablement pas.

« On devrait peut-être attendre un an, dit-elle doucement.

- Pas question. Ce sera juste une petite visite pour que tu puisses rencontrer ma famille pendant les vacances. Thanksgiving sera sans doute plus propice pour ça. Mais, Hope a peut-être vendu la mèche et ma mère pourrait être dans l'avion à l'heure où on parle, donc on économisera sans doute un voyage. »

Ils rirent tandis qu'ils entraient dans son appartement mais une minuscule partie du docteur craignait que ce ne soit vrai. Hope savait qu'il avait prévu de la demander en mariage ce weekend-là, mais Steven ne pensait pas qu'elle en avait informé le reste de sa famille.

Les chiens ne se ruèrent pas à leur rencontre pour les accueillir, alors même qu'ils furent assez bruyants en ouvrant la porte.

« C'est bizarre, murmura Whitney en inspectant les alentours. Où est-ce qu'ils sont ?

- Hope ? » appela Steven tandis qu'il avançait jusqu'au salon. Il y trouva sa sœur, couchée sur le canapé et regardant la télé, l'air absente. Lola était couchée sur le coussin à côté de sa poitrine et Ralph était blotti contre ses jambes. La jeune femme avait les yeux rouges et gonflés, et des mouchoirs semblaient avoir envahi la pièce, sans oublier un nombre incalculable de pots de glace roses de la marque Baskin Robbins.

« T'es malade ? Qu'est-ce qu'il y a ? »

Sa sœur le regarda, l'air surprise, comme si elle ne les avait pas entendus arriver. Elle fronça ensuite les sourcils et secoua la tête tandis que les larmes coulaient sur son visage. Lola laissa échapper un gémissement et posa la tête sur l'épaule de Hope, tandis que Ralph pressait ses pattes contre ses jambes.

« Qu'est-ce qui ne va pas ? demanda-t-il à nouveau, plus gentiment cette fois.

- Rien ! répondit sa petite sœur en pleurant et en se retournant pour ne pas lui faire face. Ça va aller. Laisse-moi tranquille. Laisse-moi m'apitoyer sur mon sort toute seule.

- T'apitoyer sur ton sort ? De quoi est-ce que tu parles ? »

Le docteur fit un pas en avant, mais Whitney tira sur sa manche et secoua subtilement la tête en le guidant hors de la pièce.

« Je ne suis pas une experte, mais je crois qu'elle a tous les symptômes d'un cœur brisé. »

Steven plissa les yeux. « Cet enfoiré d'Evan Lacroix. Je vais le tuer. »

Prescription Méchamment Canon — L'histoire de Hope et Evan, bientôt disponible !

Mûr et Méchamment Canon — L'histoire de Parker et Xandra, d'ores et déjà disponible !
https://books2read.com/u/38yqDd

Inscrivez-vous à ma newsletter pour recevoir en avant-première des scènes bonus, des couvertures, des aperçus et bien plus encore !
https://www.subscribepage.com/tesssummersfranaisenewsletter

MUR ET MÉCHAMMENT CANON

Tout commença quand une photo coquine arriva dans ses messages...

C'est vrai, les intentions du Dr. Parker Preston relevaient davantage du désir que du professionnalisme quand il donna son numéro à Alexandra Collins durant le gala en l'honneur du sauvetage des animaux. Mais jamais il n'avait imaginé que cette blonde à la mèche bleue, dont l'insolence n'égalait que la beauté, lui enverrait une photo de sa ravissante poitrine afin de l'encourager à adopter les chiens pour lesquels elle cherchait désespérément un nouveau foyer.

Et si, malgré tout, cela ne suffisait pas pour le motiver, elle avait une autre corde à son arc. Après l'adoption, elle devrait vivre avec la nouvelle famille pendant un mois pour s'assurer que tout se passe au mieux. Bien entendu, elle ne dormirait pas sur le canapé.

En revanche, tout cela ne durerait qu'un mois. Et elle lui avait clairement fait comprendre qu'il ne serait nullement question d'amour, chose qu'il avait acceptée sans aucune hésitation. Le cadre, les règles, tout avait été défini. Qu'est-ce qui pourrait mal tourner pendant ces quatre petites semaines ?

PRESCRIPTION MÉCHAMMENT CANON

La vengeance n'a jamais eu aussi bon goût que sur la peau de Hope Ericson.

Coucher avec la femme de son plus grand rival était une opportunité que le Dr. Evan ne pouvait refuser.

Sauf qu'en réalité, elle n'était pas sa femme – mais sa sœur.

Quelle ironie. La revanche en était d'autant plus douce.

Malheureusement, lorsque Hope se rendit compte de ses machinations, elle n'apprécia guère de n'être qu'un pion sur son échiquier et la belle coléreuse inversa la vapeur.

Evan n'avait rien vu venir.

Et il devait maintenant décider ce qui était le plus important pour lui : l'amour ou la vengeance.

Ce livre ne raconte pas l'histoire de deux ennemis devenus amoureux, mais l'histoire de deux ennemis tirant avantage de leur situation – jusqu'à que la ligne entre rivalité et amour ne devienne floue.

Bientôt disponible !

MERCI A VOUS

Je vous remercie d'avoir lu *Docteur et Méchamment Canon!* J'espère que vous l'avez adoré ! L'histoire de Steven me trotte dans la tête depuis que le grand frère protecteur a fait son apparition dans mon premier roman, *Operation Sex Kitten*, il y maintenant cinq ans. Je suis heureuse d'avoir enfin pu écrire ce livre, et celui concernant la sœur de Steven, Hope (*Prescription Méchamment Canon*, bientôt disponible !) Je crois que cette série va être très amusante.

Si vous avez apprécié le livre (et même dans le cas contraire), pourriez-vous me laisser un commentaire sur la plateforme où vous l'avez acheté et/ou Goodreads ? Croyez-le ou non, mais votre commentaire aide à ce que d'autres lecteurs s'intéressent à mon livre, ce qui me permet de continuer à proposer de nouvelles histoires à mon public.

N'oubliez pas de vous inscrire à ma newsletter pour recevoir du contenu gratuit en avant-première et avoir accès à des couvertures, des concours, des extraits et bien plus encore !

https://www.subscribepage.com/tesssummersfranaisenews letter

Bisous,

Tess

REMERCIEMENTS

M. Summers : Merci d'être toujours à mes côtés et de me soutenir dans tout ce que j'entreprends. J'apprécie ton aide bien plus que tu ne pourras jamais l'imaginer. Et ta bite n'est pas mal non plus.

Sylvain Mark : Merci pour tout l'amour et le soin que vous avez portés à la traduction de mes livres. Je suis sincèrement reconnaissante de vous avoir trouvé !

Elle Debeauvais : Je suis tellement chanceuse de vous avoir en tant que relectrice. Merci, merci et encore merci pour toute l'aide que vous m'apportez.

OliviaProDesigns : Merci pour une autre couverture splendide. Vous trouvez toujours le moyen de m'énerver en cours de route, mais je ne suis jamais déçue du résultat.

Alyssa Faye et Truly Trendy PR : J'apprécie toute l'aide que vous m'apportez afin que je puisse me concentrer sur l'écriture et rien d'autre.

Darla Edison : La définition même d'une amie d'enfance. Merci de ton soutien indéfectible.

Carrie et Mike Seegmiller : Vous êtes vraiment nuls à l'euchre, mais vous assurez sur TikTok. Je vous aime tellement tous les deux ! Merci pour votre aide. Cet été va être magique. Viva la Mexico !

Renee Rose et Misty Malloy : Merci d'être les meilleures oreilles attentives qu'une femme puisse espérer avoir. Vous faites sourire jusqu'à mon âme.

Mon incroyable famille : Merci d'être là pour moi. À chaque fois.

Tous les membres du groupe Facebook Tess Summers' Playhouse : Vous êtes incroyables. Merci de votre soutien.

Enfin, à mes lecteurs : Vous êtes la raison de la magnifique aventure que je suis en train de vivre. Je vous remercie. Je suis touchée que vous ayez choisi de lire mes livres.

À PROPOS DE L'AUTEURE

Tess Summers est une ancienne femme d'affaires et professeure qui a toujours aimé l'écriture mais qui n'avait jamais le temps de s'asseoir et de se plonger dans la rédaction d'une nouvelle, et encore moins d'un roman. Luttant désormais contre la sclérose en plaques, sa vie a subi des changements drastiques, et elle a enfin le temps d'écrire toutes les histoires qu'elle avait voulu partager avec le reste du monde – y compris celles avec une touche d'humour et de sensualité !

Mariée depuis plus de vingt-six ans et mère de trois enfants désormais adultes, Tess jouait le rôle de famille d'accueil pour chiens mais elle finit par échouer et les adopta. Elle et son mari (et leurs trois chiens) passent le plus clair de leur temps entre le désert d'Arizona et les lacs du Michigan ; elle vit donc toujours dans un climat ni trop chaud ni trop froid, mais juste comme il faut !

CONTACTEZ-MOI !

Inscrivez-vous à ma newsletter :

https://www.subscribepage.com/tesssummersfranaisenewsletter

Email : TessSummersAuthor@yahoo.com

Visitez mon site web : www.TessSummersAuthor.com

Facebook : http://facebook.com/TessSummersAuthor

TikTok : https://www.tiktok.com/@tesssummersauthor

Instagram : https://www.instagram.com/tesssummers/

Goodreads : https://www.goodreads.com/TessSummers

Twitter : http://twitter.com/@mmmTess

www.ingramcontent.com/pod-product-compliance
Lightning Source LLC
Chambersburg PA
CBHW072009110726
47910CB00005B/1697